U0585819

陆春祥 著

SPM 南方出版传媒 广东人民出版社

·广州·

图书在版编目（CIP）数据

夷坚志新说 / 陆春祥著. —广州：广东人民出版社，2021.9

ISBN 978-7-218-14747-5

Ⅰ. ①夷… Ⅱ. ①陆… Ⅲ. ①笔记小说—小说集—中国—南宋 ②《夷坚志》—研究 Ⅳ. ① I242.1

中国版本图书馆 CIP 数据核字（2020）第 246304 号

YIJIANZHI XINSHUO

夷坚志新说

陆春祥 著

出 版 人：肖风华

责任编辑：李力夫

责任技编：吴彦斌 周星奎

封面设计：周伟伟

出版发行：广东人民出版社

地　　址：广州市海珠区新港西路 204 号 2 号楼（邮政编码：510300）

电　　话：（020）85716809（总编室）

传　　真：（020）85716872

网　　址：http://www.gdpph.com

印　　刷：三河市荣展印务有限公司

开　　本：787mm×1092mm 1/16

印　　张：21 **字　　数**：200 千

版　　次：2021 年 9 月第 1 版

印　　次：2021 年 9 月第 1 次印刷

定　　价：68.00 元

如发现印装质量问题，影响阅读，请与出版社（020-85716849）联系调换。

售书热线：（020）85716826

序言
夷坚闻而志之

1

洪皓和他优秀的儿子们——老大洪适、老二洪遵、老三洪迈，并称南宋“四洪”，也有称“三洪”的，人们将他们和北宋的“三苏”相比，是一种莫大的尊重和赞许。

从洪皓的简历中，我们可以读出这样的信息，他的儿子们，基本凭着自己的聪明和能力，野蛮生长，进而打出自己的一片天地。

洪迈（1123—1202），南宋饶州鄱阳（今江西鄱阳）人，字景庐，号容斋，谥号文敏，著有笔记《容斋随笔》74 卷、《夷坚志》420 卷。

洪迈或许生在他的老家鄱阳。他七岁的时候，洪皓就毅然出使金国。那个时候，洪迈一家，都居住在秀州（今浙江嘉兴）。秀州兵士叛变，掳掠无一家免，但经过洪迈家门口时，那些兵都说，这是“洪佛子”的家，不能进去。

小洪（洪迈）初出娘胎，感染风寒，落下了风疾，头会不由自主地摆动。洪皓的博学和好读，自然也影响了儿子们，“(迈)幼读书日数千言，一过目辄不忘，博极载籍，虽稗官虞初，释老傍行，无不涉猎”(《宋史·洪迈传》)。我在《字字锦》一书中，写到了洪迈七十岁的一段回忆：他十岁时，从老家往杭州，经过衢州的白沙渡，见岸上酒店的破墙壁上，有《油污衣》诗，六十年后都不曾忘记——一点清油污白衣，斑斑驳驳使人疑。纵饶洗遍千江水，争似当初不污时。诗虽然是大白话，包含的哲理却无限深刻，而洪迈十岁时就能看出诗的深刻，足见他的不一般。

洪迈十六岁时，母亲去世。父亲不在身边，母亲又去世，洪迈兄弟三人在母亲的墓旁结庐，一边守孝，一边苦读。绍兴十二年（1142），洪家三兄弟到临安参加考试，最终老二洪遵一举夺得状元，老大洪适摘得第三名探花，轰动一时。不过，小有遗憾，最有文学天赋的老三洪迈，居然落第！

不知道青年洪迈是如何熬过那个时刻的。幸好，第二年，父亲从金国回来了。对洪皓来说，以英雄的姿态胜利回归，两个儿子又给他挣足了面子，心情可谓一时大好。父亲深知老三的天赋，一点也不担心他，当初给他取名迈，就是希望他走得扎实而快远。

父亲对洪迈的异常信任，点点滴滴的关心，使洪迈在经历短暂的失落后，迅速调整好状态，准备再次战斗。绍兴十五年

（1145）春天，杭州以满城的春意迎接各地的考生，当洪迈再一次踏进考场的时候，他内心特别沉稳，暂时忘却了所有人的期待，发挥正常。果然，他和大哥洪适一样，没有辜负众人的期望，一举夺得第三名的佳绩。

2

然而，南宋政坛上并没有立刻升起一颗超亮的明星，因为洪迈和他父亲的命运紧紧相连。

登第后的洪迈，立即被授予两浙转运司干办公事，随即又被封为左承务郎敕令所删定官。可是，因父亲触怒秦桧被外放，洪迈也被赶出了临安。但洪迈没有到任，他和大哥一起，陪伴在患病的父亲身边，读书、写书、编书，结交朋友。凭他的文才和文名，日子过得不算太难，只是，仕途的不如意，登第后那短暂的意气风发，只能深深地埋在心里。

父亲去世，守制三年结束，洪迈已经三十六岁了。不过，仕途的机会留给了有准备的他，起居舍人、秘书省校书郎、国史编修官、吏部员外郎、枢密院检详文字，直至枢密院检详宰相，也就是说，这个时期的洪迈，在南宋朝廷已经是个重量级的人物了。他向朝廷上了许多奏议，涉及时政、经济、人事、军事、外交、礼制等方面，全面负责起草书、诏、榜、檄。洪迈的新时代似乎已经来临。

绍兴三十一年（1161），南宋和金国之间暂时的和平被打破。金主完颜亮亲率六十万大军南下，一路攻城略地，打算直接灭了南宋，但在采石大战中却大败，完颜亮被部下杀死。这样一来，宋金之间的关系就发生了巨大的变化，赵构想派人出使金国，表面上是贺金国新主登位，实际上是想和金国争取平等，如果能再要回一点河南的土地（理由是方便祭祀），那就更好了。如此，至少挣回一些颜面，但派谁去能准确表达他的意思呢？他想起洪皓曾经向他推荐过自己的第三个儿子洪迈。而眼前这个翰林学士，早已经文名满天下，而且，在各方面都有自己独特的见解，洪迈应该是个合适的人选。

洪迈也主动请缨，他想，眼前这个局势，大大有利于南宋朝廷，以他的文才和智慧，完成出使任务，应该有相当的把握。想起父亲十三年艰难的出使经历，一股热血涌上心头，他也要像父亲那样，建功立业！

绍兴三十二年（1162）正月，洪迈以翰林学士、礼部侍郎的身份出使金国，好友周必大作《送洪景庐舍人北使诗》以赠：尝记挥毫草檄初，必知鸣镝集单于。由来笔下三千牍，可胜军中十万夫。已许乞盟朝渭上，不妨持节过幽都。吾君甚似仁皇帝，宜有韩公赞庙谟。（《文忠集》卷二）好友的评价和赞许，其实饱含着当时人们的热切希冀，希望洪迈不辱使命，光荣归来。

然而，洪迈承受了金国盛气凌人的屈辱。洪大使给南宋丢了面子，这个屈辱最终成了伴随他一生的阴影。当然，也有人为洪迈辩护，范成大对洪迈出使归来就有“关山无极申舟去，天地表情苏武归”的赞颂，一些人也说事情没这么严重，而且，洪迈第二年就得到了孝宗的重新任用。

随后的数十年，洪迈在朝廷和州府之间调动，凭他的为人，官应该做得不错。不过，这些都不能和他的文学追求相比，《容斋随笔》和《夷坚志》两部大书，在他心里的分量，要远高于其他一切事。他每到一处，都想尽办法采访搜罗，并持续不断地写作，日积月累的坚持，终于奠定起了他在中国笔记文学史上的成功基石。

3

《夷坚志》是怎么来的呢？那都是大禹看到的故事，伯益取的书名，夷坚听说后就记载下来了。

洪迈就是那个夷坚，《夷坚志》就是南宋版的《山海经》。

洪迈的《夷坚志》，整整写了六十年。四百二十卷的体量，几乎可以和北宋的《太平广记》有得一拼，但我们现在能读到的只有一半左右，其余都已散失，它包含了志怪笔记中的各种故事，尤以神仙、鬼魂、精怪、灵异、前定、因果报应等居多。当然，也有不少忠臣、孝子、节义、阴德、禽兽、医术、梦幻、奇异等门类，内涵丰富，不妨将其看作是两宋三百年间民众的生活史、风俗史和心灵史。

洪迈的笔记，首推《容斋随笔》。《夷坚志》历来评价不一，有说草率一般的，也有极为赞赏的。陆游有《题夷坚志后》诗曰：笔近反离骚，书非支诺皋。岂惟堪史补，端足擅文豪。驰骋空凡马，从容立断鳌。陋儒那得议，汝辈亦徒劳。陆大诗人将此书和《离骚》以及段成式的笔记《酉阳杂俎》相并提，且认为，这不是一般的如段成式的笔记，而是如《离骚》那样具有微言大义的大书。虽属野史，却是对正史的有益补充，那种文学想象力，是大师一级的，一般人读不出其中的奥妙，极其正常。

一个显而易见的道理是，如果洪迈创作的书没人读、没人买，我想他坚持不了六十年。我们从《夷坚志》各集前的序言中可以读出不少信息，洪作家，是一个有才华的官员，也是一位不错的畅销书作家。“夷坚初志成，士大夫或传之，今镂板于闽，于蜀，于婺，于临安，盖家有其书”（《夷坚乙志序》），这就厉害了，难怪洪迈创作的动力如此巨大。

说到洪迈创作《夷坚志》，我敬佩两点，一是单凭他一己之力持续不断的六十年写作，这需要相当的毅力才行，在这一点上，历史上笔记作家无人可比；二是他随时随地积累创作素材，一部分内容来自历史典籍，但大部分都是他的所见所闻，尽管捕风捉影，尽管夸大附会，但这是作品的体裁所决定的。我从内心深深感谢洪迈，他为我们展示了一部不一般的烟火气息极浓厚的宋代历史画卷。

4

我读南宋赵与时的笔记《宾退录》，卷八开篇有长文，说到了洪迈《夷坚志》的序言问题，他从《夷坚甲志序》一直说到了《四志甲序》，看开头几句总括：

洪文敏著《夷坚志》，积三十二编，凡三十一序，各出新意，不相复重，昔人所无也。今撮其意书之，观者当知其不可及。

一本写了六十年的书，三十一个序（最后一编绝笔，没有序），非常详细地讲了成书过程中的点点滴滴。洪迈的“粉丝”赵与时，也是有心人，他将这三十一篇序编辑成书，不过，现在我们能读到的只有其中的十八篇，在《夷坚丁志序》中洪迈如此说他的写作：“以三十年之久，劳动心口耳目，琐琐从事于神奇荒怪”；在《夷坚支丁序》中甚至这样说他的写作：“爱奇之过，一至于斯。”洪迈在多个序言中表明，他的《夷坚志》里的内容都是他读到的、看到的、听到的故事传说，选材以新奇、好看、有趣为原则。

《夷坚志》的影响有多大？仅明代凌濛初的《初刻拍案惊奇》和《二刻拍案惊奇》中，出自《夷坚志》的故事就达三十几个。

夷坚就是另一个洪迈，他只是闻而志之。

5

本书是我数十年阅读之一点心得，所选《夷坚志》中百余则笔记，皆因为它引起了我的共鸣，当然，我也希望引起你的共鸣。在我眼里，《夷坚志》是宋代的官场现形记，争斗和邪恶，暴虐和欺诈，贪婪和狡猾，淋漓尽致；《夷坚志》也是立体的《清明上河图》，市井与烟火，情爱与善良，金钱与道德，活灵活现；《夷坚志》还是另一种形式的《山海经》，凡人与鬼神，想象与传奇，因果与报应，充满隐喻。

我努力在《夷坚志》中，打通现实，寻找自己。

子曰："我非生而知之者，好古，敏以求之者也。"

感谢洪迈。

庚子八月于杭州壹庐

陆春祥

目　录

第一卷　夷坚甲志

2　医生谢与权
5　《论语》的章节
7　蚕的故事
12　狡猾的小吏
14　李医生
17　断肠草的根
19　一针救两命
22　鹅涎
23　鱼顾子
27　治寸白
29　应声虫
31　王干事的业绩报表
32　换脸

第二卷　夷坚乙志

36　第一等画
38　无缝船
41　名医张锐
46　韩信首级
49　鱼的痛
51　神秘的染铺
53　自投罗网的母鹿及顽皮的猴子
57　鬼原来是狗
59　食物相克三种

第三卷　夷坚丙志

62　水塘枯骨
66　药方雕刻工
67　床单妖
70　蟹化漆
72　綦叔厚反击
74　契丹人读诗
76　变色龙

第四卷　夷坚丁志

80　许提刑冤死
83　卖烤鸭的鬼
85　一棵杉树的风波
88　观潮垮桥事件
90　再加二十五两银子
92　聪明潮州象
93　二百味草花膏
95　让俺娘也尝尝
97　无肠人
100　如何在瓶胆里面镀金
103　私了的结果
105　口吐莲花
107　东坡的雪堂
110　磨镜师

第五卷　夷坚支甲

114　护国大将军
116　神秘老僧
118　考试梦
120　屠夫之死

第六卷　夷坚支乙

124　奇祸连连

126　台上台下

132　三朵花

135　“好处”

137　汤显祖

第七卷　夷坚支景

140　鹿集

142　杨玉环的《金刚经》

144　娃娃鱼

146　少年之死

148　气死的绿毛龟

149　淳安无头人

151　养得一枚葫芦

153　鸬鹚报仇

155　每天一个梨

158　玩笑引出的惨案

第八卷　夷坚支丁

162 活吃驴肠
163 害人者蜈蚣
165 一场轻度传染病
167 吃药的壮牛
169 虱小强

第九卷　夷坚支戊

174 猴保姆变脸
176 捉鲍鱼
177 大鱼之死

第十卷　夷坚支庚

182 痴情女
185 孝义狗
187 酒去黥字
191 鱼子能存活多久
193 缝衣针钻到皮肤里去了
197 金子的祸害
200 抗金游击战
202 射箭比赛

第十一卷　夷坚支癸

208　何押录的竹筒
210　讨债
212　第一等可以多录取几人
214　道士杀鬼

第十二卷　夷坚三志己

218　韩世忠荐人
220　坏人解忠
222　摩耶夫人
224　姜片妙用
226　名贵猫
228　桐庐两只猫
230　桐庐两头牛

第十三卷　夷坚三志辛

234　家庭教师
237　出人意料
239　神仙药方

第十四卷　夷坚三志壬

244　为什么怕萝卜
245　救酒
248　长生的蜗牛
250　月上落下桂花树籽来

第十五卷　夷坚志补

258　一念
261　还钱和借钱
263　救命小金钗
266　面具惨案
267　恶毒燕
269　九头鸟
272　卖生姜的小商贩
275　乡官之死
277　一个杀人犯是如何脱罪的
280　情爱连环骗
289　舔铁锹口
291　古墓只是土堆
295　你妻原来是我妻

298 食挂
300 下棋赢个妻
303 六臂孩童
304 石头奇遇记
307 比干墓中的大铜盘镜
309 神秘种园翁

313 后记

第一卷

吏坚甲志

医生谢与权

《论语》的章节

蚕的故事

狡猾的小吏

李医生

断肠草的根

一针救两命

鹅涎

鱼顾子

治寸白

应声虫

王干事的业绩报表

换脸

医生谢与权

杨惟忠生病时，脸和头发像火一样红，上门的医生一个个都不知道如何治疗。杨的女婿很担心，他便向胡脩然医生求救。胡医生找来了蕲地的谢与权医生，谢家世代为儒医，胡很相信他的医术。

谢与权到了杨家，看了看杨的病情，也不诊脉，他和杨夫人滕氏说：你先生的病症很明显。意思是可以开方子了。滕氏请求谢与另两位朱、张医生一起会诊，再开方子，朱、张说：我们已经开了正阳丹、白泽圆，加钟乳、附子了。谢与权却说：这是热症，应该用大黄、黄檗等药。三人各持己见，意见统一不起来。而滕氏认为，杨已经六十多岁，却又新纳了好几个妾，病因就是房事过多、体虚，于是，她没有采纳谢的方子。

谢与权从病人的房间出来，对胡医生说：你去听听那些医生的议论吧。胡医生刚到门口，就听见有人在说：谢医生用的是《千金方》中的一个治暑方子，这个方子有七味药，而他只记得五种，居

医生谢与权

然也想治杨的病吗？胡医生转话给谢，谢说：这五种药，确实可以治疗中暑，但我考虑药性太强，所以又增加了两种来平衡。我看杨的病情在加重，现在应该只用那五种药，不需要其他两种来平衡了。如果杨真的服了他们开的两种药，病人明天中午就会干燥口渴，下午两三点钟就会死掉，我会来和你们一起哭丧的。

胡医生将谢与权的意见告诉了杨的女婿，但他不敢去和丈母娘说。第二天，杨惟忠死去，情形和谢与权说的完全一样。

——（《夷坚甲志》卷第一《谢与权医》）

三位医生，都开了七味药，前五种，不用说，大家应该都没有异议，关键是另外的两种。朱、张两医生开的正阳丹、白泽圆，主治下部虚冷、虚损，这两味药，重在治寒，而谢与权方子里的大黄、黄檗，却重在治热，清热解毒，泻火燥湿。

杨的主要症状：脸红、头发红。表面看来，朱、张两医生的判断应该准确，这不就是体虚引起的寒症吗？关键是，杨夫人滕氏内心就坚持认为丈夫的病症是房事过度引起的。

谢与权甚至都没有诊脉就能判断病症，或许，他已经见多了这类病症，这一回，加上滕氏的抱怨，他更加坚定自己的想法，杨的体虚是真，却是典型的热症。

良药和毒药的区别，大多数时候只是剂量，良医和庸医的区别，有的时候，只是多了一种眼光。不过，眼光的培养，却需要经年的积累和实践。

《论语》的章节

胡克己是温州人，绍兴庚申年（1140），他去参加乡试。有一天，他对妻子说："昨晚做了一个梦，我梦见皇宫的门早上开了，其他人还没进去，我一个人进去坐在堂上，我想，这次考试，必是第一名。"他妻子说："官人，不是这样的，你没有读过《论语》吗？先进者，第十一也。"等到揭榜，果然如他妻子所言。

——（《夷坚甲志》卷第四《胡克己梦》）

关于《论语》，衍生出许多有趣的话题。

比如有酒馆名"者者居"，取的是《论语》第十三篇《子路》中的"近者悦，远者来"之意。而这里从形式结构上入手，别具一格，"先进者，第十一也。"

《论语》二十章，每一章，都有文章可做。在洪迈的《夷坚三志已卷》第五中，有一则《卫灵公本》，更是妙趣横生：

某个休息日，范元卿和他的一位太学同学去杭州孤山的竹阁游玩。有个小商贩在兜售各种首饰，范说想买一件，商贩说要三千钱。范用《论语》中的章节次序和那位同学作隐语说：给他《颜渊》如何？那位同学答：不行，只能给《乡党》。那商贩笑着不说话就走出去了。范追上去问：你怎么走了呀，我还没有跟你还价呢！商贩答：听你们讲的价钱，我这东西没法卖。我要《卫灵公》

才卖。这两个读书人听后，惭愧极了，不再与商贩说话。范回来后对别人说：当时，要是那座竹阁的地板上有条缝可钻，我真想钻进去遮遮脸面！原来，那商贩乃市井无赖，经常偷听读书人谈论的话题，所以范和太学生们反而遭到了他的讥笑。

在《论语》的二十章中，《颜渊》第十二，《乡党》第十，而《卫灵公》是第十五。两个读书人以为，儒家的经典，他们从小就读，烂熟于心，用来作隐语，一般的商贩，都不怎么识字，肯定不知道，没想到吃了哑巴亏。

不过，楼外楼，山外山，高人的出现常常没有预兆，一切皆因学海无涯。即便那商贩是偷听来的，也是一种学习能力的体现，活学活用。更何况，还会出现层出不穷的“且待小僧伸伸脚”的情况。因此，读书，忌卖弄，还是老老实实为好。

《笑林广记》有一则讽刺走后门的笑话《得丈人力》，也借用《论语》中的人和事及章节顺序构成：

有以岳丈之力，得中魁选者，或作语嘲之曰：孔门弟子入试，临揭晓，先报子张第十九，人曰：他一貌堂堂，果有好处。又报子路第十三，人曰：他粗人也中得高，全凭那一阵气魄。又报颜渊第十二，人曰：此圣门高足，屈了他些。又报公冶长第五，人骇曰：此子平日不见怎的，如何倒中正魁？或曰：全得他丈人之力耳。

子张第十九，子路第十三，颜渊第十二，引出公冶长第五，第五应该是二甲了，公冶长凭什么能列二甲呢？凭的不就是孔子是他的老丈人吗？

轻松的讽刺就在人们喷饭绝倒中显现。

蚕的故事

绍兴六年（1136），淮水一带的桑叶价格涨得很高。有个住在江中小岛上的百姓（我们暂且称他艾钱吧），家里养了几十箔蚕，艾钱与妻子商量：我们近来养蚕，都没赚到什么钱，支出多，收入少，还很浪费时间，不如将这些蚕都丢掉，直接摘下桑叶去如皋卖，来回不过三天，赚的钱一定多。艾钱的妻子也爱钱，她认为丈夫这个主意很好。于是，夫妻俩烧了开水，将蚕都浇死，然后埋在桑树下。随后，他们摘了桑叶，用船装着，向如皋方向驶去。

船行到半途，有条鲤鱼突然啪地跳上了船，艾钱大喜，立即将鱼剖开，用盐腌好放着。不久，船到岸，岸上的官吏上船检查税收，他们拨开桑叶一看，里面有个死人，艾钱一看，竟然是自己的儿子，立即惊恐得哭了起来。官吏认为艾钱杀了人，将其拘捕。问他为什么到此，艾钱就将事情的来龙去脉说了，官吏又派人去艾钱家查看，发现他家门关着，屋内也没一个人，就试着将埋蚕的地方挖开，却是艾钱妻子的尸体，且尸体已经开始腐烂了。两具尸体，充分证明艾钱是杀死妻子、儿子的凶手。艾钱百般狡辩，但无法为自己脱身，官吏也不敢断案，后来，艾钱在监狱中死去。

（《夷坚甲志》卷第五《江阴民》）

关于蚕的故事，洪迈在《夷坚志》中总共写了三则，和上面这则艾钱被报复相类似的，还有《夷坚丁志》卷第六《张翁杀蚕》：

乾道八年（1172），信州（今江西上饶）境内的桑叶价格突然大涨，每斤值百钱。沙溪人张六翁的桑田，估计可采千斤桑叶，他家的蚕正在休眠，张就起了赚大钱的念头，他对妻子和儿媳妇这样说：我们家用这点桑叶去养蚕，远远不够，最多只够一半的量，但如果按现在桑叶的价格，我们怎么买得起另外不足的桑叶呢？要是桑叶没成熟，或者没有桑叶买，那我们的蚕照样养不活，还不如将这些蚕箔全部丢到江中，而将那些桑叶卖给他人，立即就有大笔收入，这多省事呀！张一向脾气暴躁，他妻子自然不敢说不，只好和儿媳妇商量，如果将蚕种全部投入江中，那明年的蚕不是没种吗？于是留下两箕蚕种，藏在儿媳妇的床下。

这天半夜，有小偷来张家桑叶地偷桑叶，守夜的张六翁气愤至极，拿着长矛就朝那人刺去，对方腹部被刺穿，倒地，立刻死去。张回到家中，对妻子说：刚才在桑叶地里，我刺死了一个贼，那人是小偷，将他杀了也没有罪。张妻一听，吓得整个人都哆嗦起来，她料定，那被刺死的极有可能是儿子，张妻跑到桑叶地里一看，果然是儿子，张妻当即解下裙子，吊死在桑树上。张六翁见妻子久不回家，很惊慌，他也跑到桑叶地里，一看儿子被自己刺死，妻子上吊，感觉自己没法活了，索性吊死。此时，留在家里的儿媳妇，手持烛火去寻丈夫，看见了三具尸体，大声惊叫，邻居来了，里正也来了，里正一看情况，正准备将张家儿媳妇抓起来移送官府，张家儿媳也跑出去吊死了。一夜工夫，张家人都死光了。

我也感叹，怎么让这一家人都死光呢？唉，蚕是“神”啊，春蚕到死丝方尽，蚕将一生的所有，都贡献给了人类，他们怎么能那样对待它们呢？

洪迈为了证明自己观点的正确性，给世人再多一点警示，接下来，他在《夷坚甲志》卷第八《符离王氏蚕》的引子部分，索性抄了一则蚕的故事，想说明好人好报，恶人恶报的道理。这故事出自唐代著名笔记作家段成式的《酉阳杂俎·支诺皋》：

新罗国人旁㐌，向他的弟弟要蚕种，弟弟将蚕种煮熟了再给他，而旁㐌并不知道。到蚕孵化时，只长出了一条蚕，开始时，它每天长一寸，几十天后，这蚕长得就像牛一样大了，一天吃几棵树的桑叶还不够。旁㐌的弟弟又找了个机会，将大蚕弄死。不料，方圆百里之内的蚕，都飞到他哥哥家来聚集产丝，旁㐌的邻居们都赶来帮忙，蚕丝抽也抽不完。

洪迈认为，段成式的记载，很荒诞，而他另得到的一则新闻却颇真实：

宿州符离县（今安徽省宿州市埇桥区）北边的蔡村，有个叫王友闻的农民，与他弟弟友谅一起居住。友闻娶了本地人秦彪的女儿为妻，秦氏凶狠暴戾，整天在丈夫面前说友谅的坏话，兄弟俩于是分了家，两人有时一年都不见一次面。某天，友谅向他哥哥讨蚕种，秦氏将蚕种用火烤后才给了友谅。友谅的妻子，按常规方法，用热水洗后，就等着蚕种孵出，结果，最后只长出了一条蚕。这蚕越长越大，最后有近百斤重。秦氏见了，又怀疑又嫉妒。某天，友谅夫妻去东村做客，只留小女儿看家，秦氏就带了丈夫到友谅家，将小女孩哄到厨房后，直奔蚕房，那条大蚕正躺在窗户下，像牛一样喘息着，吃桑叶的声音很大。秦氏用大棒打蚕，但每打一下，它就吐出几斤丝，秦氏吓得失了魂魄，急忙催着丈夫跑回家。秦氏回家后就发了病，心脏严重不好，一个月后就死去了。而友谅家的蚕结成茧后，如一只洁白的大缸，抽丝后，正好得丝一百斤。

洪迈没有讲完段成式记载的旁㐌的故事。其实，那是一个长长的故事，旁㐌的弟弟不仅给了蚕种，还给了谷种。蚕种结了一条蚕，谷种也只长出了一棵谷子（因为谷种也是弟弟煮熟了才给哥哥的），但旁㐌并不灰心，依然每天守着那棵谷子。有一天，一只鸟飞来，突然叼了那棵谷子就跑，旁㐌就死命地追，追到天黑，鸟飞入石头缝中，再也找不着。四周一片漆黑，旁㐌也迷路了。过了一会，月亮升起，但旁㐌还在伤心，突然，一群穿红衣服的孩子出现了，他们在月光下做着游戏。一个孩子问另一个孩子：你要什么东西？孩子回答：要酒。于是那孩子拿出一把金锤，在石头上用力敲敲，酒具、酒都摆上来了，另一个孩子说，还要各种食物，于是，饼呀，糕呀，汤呀，肉呀，全都被敲出来了。这几个孩子吃完喝完，拍拍屁股走了，那把金锤被留在石头缝里，旁㐌就将它带回了家，他成了这个国家最富有的人。而旁㐌的弟弟不服气，他也照着哥哥的样子做了，也长出一棵谷子，也来了一只鸟，这鸟也叼了弟弟的谷子跑，弟弟也追，一切仿佛旁㐌经历的情景再现，但最后，旁㐌的弟弟却被那些神秘的孩子当作偷金锤者抓了，并将他的鼻子整得如象鼻子那般长，旁㐌的弟弟又愧又气，不久就死掉了。

故事越来越离奇，本质却没有变，做人不要生坏良心，上天有一双明亮的大眼睛，一直监视着人类呢。

为什么人们对蚕如此尊崇？考古证明，人和蚕早就已经是亲密的伙伴。在河姆渡遗址中，两件盅形象牙雕刻器的外壁上，刻有逼真的蚕纹图像，这表明，早在7000多年前的新石器时代晚期，中国人（越地）就已经开始饲养家蚕了。

桑叶，它不仅是蚕宝宝的最佳食粮，也是极有用的一味中药。在洪迈的《夷坚志再补》中，有一则《桑叶止汗》，此方子现在估计还有用：

严州（州治在今浙江建德梅城）有一山寺，某天早晨，一位形体单薄的僧人从此寺门前路过，山寺住持见了，叫住了他，一问，果然患病：每天吃得很少，晚上睡觉汗出如雨，第二天起来时，衣服、被子都湿透，二十多年来，一直如此，久治不愈。住持对那僧说：我有一个方子应该灵验，让我为你治治看。三天之后，经过住持的治疗，那僧人二十多年的病便好了。

这方子，只有一味药，便是桑叶。早晨趁桑叶上还有露水时，将桑叶采下，用火烘干，磨成粉，取两钱，空腹时用温米汤调和喝下。也可以用脱落的桑叶，但它没有带露水桑叶的治疗效果好。

洪迈提醒，《证类本草》一书中也有用桑叶止汗的处方，可以作为这故事的旁证。

狡猾的小吏

福州的老吏夏铧，从北宋治平年间（1064—1067）便开始做小吏，到了政和年间（1111—1118），凭着年资和工作勤奋得到官职，前后共四十八年。夏铧曾经这样告诉别人：郡里大大小小各个层次的领导好多，都被那些小吏欺侮过，不能欺侮的，只有两人，一个是程碎，一个是罗俦老。

夏铧重点说了罗俦老，但又说，即便罗很精明，也照样被小吏欺侮了。别人问为什么，他说：起初，没有人敢欺侮罗，但罗喜欢学习，每当读书时，一定会深入钻研，如果有一点新发现，他就立即大声高叫，如果没有弄明白，他就走来走去，搔头皱眉，一副失魂落魄的样子。那些小吏都非常清楚他这个习惯，所以，常常等他开心大叫时，立即捧着文件进去请他签字，他看也不看，拿起笔就签了。如果是他搔头没弄明白时，小吏别想欺骗他，一看一个准。夏铧感叹地说：罗这么喜欢读书，还被我们这些人欺侮，何况他人呢？！

（《夷坚甲志》卷第六《猾吏为奸》）

这则故事可从两个角度分析。

宋朝的小吏，准确地说，应该是所有的小吏，属于机关组成部分的最底层，然而，按办事程序，这些人都有大小不一的权力，即便是县衙里立在大堂下等待县令发号令执杖的小吏，也都有权力。给他们送钱了，板子可以打得轻一点，钱送多了，甚至装装样子。这一切，外人都看不出来。夏铧作为小吏的代表，他的话，有一定的典型意义。在整个机关，小吏们舞弊徇私的现象极为普遍，而且，他们运作权力的空间极大，从这个角度说，那一定是上下联动的，如果没有上层官员的暗中配合，小吏要想单独做成一件事，也难。

另一个角度，只怕官员没爱好。大多数官员都受过长期的儒家教育，有为人为官的基本道德准则，因此，对官场腐败，疾恶如仇的不少，夏铧所说的特别的两位，就是如此。然而，那罗俦老，还是有被小吏欺侮的时候，原因就是在罗自得其乐的时候，他不管不顾，任小吏所为。罗的这种行为，就是个人的小爱好，只要有了小爱好，就有空子可以钻，或许，罗俦老们认为，这是雅的、高尚的，但在钻空子的小吏眼里，只有缝隙，并没有高雅和低劣之分。

钻空子作恶的胥吏们虽可恶，但板子不应该只打在他们的身上。

李医生

江西抚州人李医生，名字忘记了，他的医术十分高明，十年时间不到，积累起了数百万的家产。一次，崇仁县某富翁病了，家人来请李医生，并承诺，如果治好了病，将付他五百万钱酬金。李医生在富翁家，尽心尽力，治了十来天，病人就是不见起色。于是，李请求离去，让他们另请高明：别的医生不用请，你们只请王医生就可以了。当时，王、李两医生的名气相当，医术都精湛。病人家属看着病人病情不见好转，于是答应李医生辞去，李离开之前，又留下了几副药。

李走到半路，碰巧见到了王医生。两人寒暄，李于是将事情的前后经过都说了一下，王医生见状，立即头摇得像拨浪鼓：不行，不行，我的医术和李兄相比，差太远了，你都治不好，我怎么可能治得好呢？李医生说：王兄别急，你听我说。那病人的病情，其实我已经把脉把得很准，药方也对，但就是不见起色，我估摸着，是我自己没有得到这份酬金的运气，所以我告辞了。王兄上门，不必换药，你就用我开的药，一定会治好他的。

王向来敬重李的人品和医德，于是，他信心满满地走向病人家。王见到病人后，只稍微换点药，让病人依次喝下，过了三天，病就好了。富人家很开心，愉快地履行了承诺，给了王医生五百万酬金。

王回到抚州城，大赞李医生的医术：我在崇仁治病，都是李兄的功劳，没有你的指导，病根本看不好，这份酬金，我不敢独吞，我要分一半给李兄。而李医生则坚决不肯接受：我不应该得这个钱，王兄你治好了他的病，是你出的力，你就该得这份钱，你治好了病，而我得酬金，这万万不可！

王医生也没有强迫李收下酬金，过了一些时间，王以馈赠的名义，送了几千缗财物给李，李才接受。

李、王两医生，都是平常之人，但他们这样对待财物的做法，就是有的士大夫也不如他们啊。这件事过去几十年了，临川一带的人如今依然喜欢谈论。

（《夷坚甲志》卷第九《王李二医》）

或许，李医生只要再坚持几天，病人就痊愈了，但这也只是估计，李医生告辞而去，源于他一心想着病人，康复才是大事，而酬金是不能和人的身体健康相比的。他推荐王医生，也是出于他的医德，他相信王的医术和人品，他的建议，王应该会接受，果不其然。

假如，李医生一直坚持到病人康复，他的巨额酬金，就会拿得心安理得。

假如，王医生刚愎自用，根本不听李的建议，或者将李的建议当耳边风，另外开药，那富人，不死也得丢掉半条命。

李、王两人，都有敬畏之心。李敬畏神明，他相信运气，运气不好，他就不该得这份钱，即便得了，老天也会以另外的方法夺去，这样的事，比比皆是；王敬畏公众，公众的口碑就是在社会立身的通行证，这次看好了病，得了巨额酬金，他在公众中的名声一定大振，而他内心知道，这并不是因为他的医术高明，万一，下一次，一定会有下一次，再有疑难杂症、重症找上门来，他如何面对？

李、王两医生相比较，我更敬重李医生，一切为病人着想，即便给他五百万巨额酬金，在医德面前，都不值一提。

断肠草的根

绍兴十九年（1149）三月，在英州（州治在今广东英德市）州府南边三十里处的洸口，有庙会，僧人希赐此时正好去祭扫佛塔，他亲眼看到的一件事，应该引起人们的警惕。

什么事呢？彼时，有一只来自番禺的船停在水边，船客是个读书人，他的几个仆人，突然生了病，双脚软弱无力，不能走路，船老大看着可怜，就对他们说：我有一种药，治你们这种病有奇效，很多人都吃好过，到时我送点给你们。

傍晚时分，庙会结束，船老大吃着祭祀完毕的肉，喝足了酒，便乘着几分醉意，进山采草药，他将采来的草药用酒浸泡了一下，就将它们分发给病人，药一进口，病人痛苦的呻吟声就不断传来：肠胃痛，像刀割一样！但船老大安慰他们说没事。天刚放亮，那些服药的仆人都死掉了，读书人自然要去报官，追究船老大的责任，船老大不高兴了：哪有这样的事？不信，我吃给你看！说完，他就取来昨晚剩下的草药，用酒浸泡一下，嚼着吃了下去。不过一个时辰，船老大也死掉了。

怎么回事呢？原来，那座山中，长着许多断肠草，船老大所采的草药，由于与断肠草的根缠到了一起，而他又处于半醉中，根本没有选取和洗净，就将其浸到了酒中，所以毒死了人。

（《夷坚甲志》卷第十《草药不可服》）

断肠草，听这名字就让人失魂。此草，广泛生长在中国的南部及西南地区，药物学家已经发现，在中国不同的地区，有近四十种植物，都被称为断肠草。既然能断肠，那毒性一定大，全草都有毒，尤其是幼叶、根的毒性最强。

中国古代笔记中常出现的毒药，排名前几位的，大致有这么几种：断肠草、雷公藤、钩吻、鸩酒、砒石、鹤顶红、番木鳖、夹竹桃、天然砒霜、乌头、毒箭树、雪上一枝蒿、情花。而钩吻，就是四十几种断肠草中的毒王。

金庸的《神雕侠侣》中，杨过中了情花毒，白色曼陀罗就是情花，不过，解毒的却是断肠草，以毒攻毒吗？不知道金先生有没有医学根据。

船老大死于他的日常经验，他已经用这种草药治好过很多人，不想，在这里翻了船。他肯定知道断肠草的厉害，但他没想到这种草药连着断肠草的根，都是醉酒惹的祸。

神农尝百草，以身试毒，许多草药就这么被发现了。草药可以治病，这已经被中国几千年的医学证明，但因产地、季节、病人不同的体质病况，皆会有不同的效果，稍有不慎，就会酿成大祸。

一针救两命

中书舍人朱新仲，租住在桐城（今安徽桐城）的时候，目睹了一件紧急的事情：一妇人生孩子，七天都没有生下来，药啊，符啊什么的全用了，就是生不下来。大家都说，这妇人和孩子的命恐怕保不住了。

此时，名医李几道正好来朱新仲家做客，朱就带李去产妇家看情况，李几道说：百药都没有用，只有针灸可以试试，但我的针灸技术还不行，我不敢扎。两人只好回家。巧的是，这个时候，李几道的老师，名医庞安常刚好经过桐城，李几道就和庞安常一起再访朱家。朱又把事情的前因后果讲了一遍：产妇家不敢请先生上门，然而，人命关天，还是要请先生屈尊上门。

一行人到了产妇家，庞安常一看到产妇，就连连说：你们放心，还有救，还有救！马上让人打来温度比较高的水，将产妇的腰部和腹部温热，然后，宠安常用手上下摸之，找准一个位置，立即下针，一会儿工夫，只见产妇肚子动起来了，呻吟间，生下一男孩，母子都平安。产妇家喜极拜谢，将庞安常敬为神仙。

大家都纳闷，庞安常究竟用的是什么方法呢？

庞医生洗好手，笑笑解释道：这孩子已经出了子宫，但一只手误将他母亲的肠胃抓住了，抓得紧紧的，脱也脱不掉，什么药都没有用。刚刚，我上下在摸，就是在找孩子的手，找到后，一针扎在他的虎口上，孩子突然感到痛，立即缩手，所以，很快就被生下来了。

庞医生说完，见大家还是不太相信，立即将孩子再抱来，一看，孩子右手的虎口上，针扎过的痕迹还在呢。

（《夷坚甲志》卷第十《庞安常针》）

这是典型的一针救两命。

许多医典和笔记上，都记载有类似的神奇故事，小小银针，确实不可思议。

这里的情节交代得相当完整。朱新仲是个热心且负责任的官员，本来也不是分内事，可救人实在是大事，但凡有希望，都要尝试。同样是名医，但通过李几道和庞安常的对比，就可以知道，银针救人，不是什么人都可以做到的，尤其是产妇在差不多耗尽体力的情况下，更是危急。

两位名医在一个地方的碰巧相遇，证明了古代的名医也常常在行走，通过行走，获得更多的实践经验。

针扎虎口，简单的技术，医生一般都可以掌握，关键是要知道到底是怎么回事。庞安常信心十足，他已经断定了问题的基本所在，似乎长着透视眼。

有段时间，我的左肩一直痛，以为是“五十肩”，拼命锻炼，结果，越来越痛，后来医生建议做核磁共振，才发现是肌肉损伤。也就是说，治疗肩周炎要运动，肌肉损伤却需要静养，需要休息，最好用绷带吊着，而我完全弄反了。最后，去针灸，感觉针灸师不错，似乎什么都可以扎好。他说我这个症状很快能恢复，结果，扎了二十次，每次半小时，再加十分钟拔火罐，只是稍微减轻一点而已，一直到大半年后，靠热水泡加固定方法锻炼，才完全痊愈。

百病百因，唯有找准病因，才能对症下药，这也许是名医和一般医生的根本区别。

鹅涎

秀州（今浙江嘉兴）某户读书人家，有个五岁的孩子，顽皮好动。某天，一群孩子在玩游戏，他发现了一个捣药的铁臼，一时兴起，就将头伸了进去，没想到，伸进去后，却拿不出来了，小孩吓得哇哇大哭。一家人在边上帮忙，左弄右弄，头却始终没办法出来，正无计可施时，有人想出了办法：抓住孩子的两只脚，用新打上来的凉井水快速往孩子身上浇去，孩子突然受惊，身体随之缩小，于是得以将头扯出。

某天，晒谷场上，一孩子，在看大人打稻子，他随手捡了一根稻谷的芒刺放到口中，没想到，那根谷芒将他的喉咙给粘住了，孩子两手乱舞，痛苦不堪，大人们着急得很，有人出了一个主意：捉来一只大鹅，将鹅的涎水灌到孩子口中，一会儿，喉咙就畅通了。原来，鹅涎能够化解谷芒。

（《夷坚甲志》卷第十二《仓卒有智》）

急中生智，智能救人，历朝历代，生活中常见。

与上文类似的事情经常发生，比如，手上戴几个戒指时间长了取不下来，调皮小孩把头伸进搪瓷盆（新闻上有尿盆）出不来，某行人图方便横跨马路脚被栅栏夹住。这样的突发事件极多，皆因好奇、无知、不小心，一般的解救方法根本不行，于是，消防员紧急出动，用特制的工具破开。

我咨询过一位中医，他说，鹅涎其实是一味中药，味咸，性平，它能软坚消肿。噢，这就对得上号了，那鹅口水流进孩子嘴中，过了一会，谷芒软化，就可取出或吞下。我将这则笔记说给中医听，再问他怎么取鹅口水呢？是不是捉来鹅，倒提，将鹅嘴对着孩子嘴，灌进去就可以了，因为现场紧急。他说，应该是的，但没有试过，不过，也可以将鹅口水滴在碗中，这样，孩子喝起来更加科学。

我还是不放心，上网查，查到了两本书，一本是明朝陈嘉谟的《本草蒙筌》，中有“鹅涎”方:治误吞稻刺塞喉。另一本是《中国动物药》，今人邓鲁明等编，上面记载有564种动物药，其中关于“鹅涎”这样写:治麦芒、鱼刺着喉中不下。

看来，鹅的口水是一味传统中药，是我孤陋寡闻了。

中医告诫我，如果鹅突然流下许多口水，那是生病了，和正常的鹅涎是两回事。

鱼顾子

井度做成都漕官的时候，有一天外出巡察，到了蜀州（今四川崇州市）的新津，从江中买来一条好几斤重的大鱼，吩咐厨师煮了吃。厨师随即杀鱼，正拿着刀要剖鱼，大鱼一个翻身跳入江中。厨师害怕井度责怪，此时，恰好有一只小渔船经过，厨师就对渔夫说了事情的原委，一定要渔夫帮他捉一条差不多的大鱼来，并承诺给他千钱高价。渔夫再问厨师：你那跑掉的鱼，是从什么地方买到的？厨师用手一指前方：距此地约一里远，从江潭深处获得的。

渔夫摇着船，立即划向前方江面深潭处，到了差不多的地点，两手一撒大网，捞上来一条大鱼。渔夫将鱼交给厨师，一看，正是刚刚跑掉的那条大鱼，厨师感到有点奇怪，渔夫解释：现在是春天时分，鱼都在芦苇间产子，雌鱼每天都要回来照顾小鱼，一直要到小鱼长大才离开。如果雌鱼被捕获了，那么小鱼就不能长大，所以，只要在抓到鱼的地方等候就可以了。

（《夷坚甲志》卷第十三《鱼顾子》）

舟山的岱山海面，以前生活着成群的小黄鱼，渔民捕捞时，只要猛敲锣或鼓，就会将鱼震得晕乎乎，浮上一大片，不过，现在差不多已经绝种了。每年的休渔季，就是让鱼休养生息，不仅仅是鱼，虾、蟹都要产子。

我知道的是，一般的鱼，都会在固定的季节、固定的区域产卵。不过，雌鱼会不会真的如此保护自己的孩子，小鱼需不需要这样的照顾，这都要问专业人士。

我在网上找到一篇青岛汾阳路小学陈雅欣的观察日记（如果陈同学或者陈同学的父母、老师、同学、亲戚等读到我的书，可以联系我，我会签名送书给她），陈同学发现，大鱼不会保护孩子，而且会吃掉别人的孩子，大鱼真吃小鱼：

一天我放学回家，发现一条快要生小鱼的母凤尾鱼的肚子瘪了，应该是生完小鱼了吧，可是鱼缸里没有啊？难道能失踪？我问妈妈是怎么回事，妈妈想了想说：是不是被其他公鱼吃掉了？我半信半疑。又过了一两天，又一条凤尾鱼妈妈快要生小宝宝了。那天正好是星期天，终于可以仔细观察一下这条凤尾鱼了。我时不时地到鱼缸前看看这条母鱼有没有生出小鱼，一分钟、五分钟、十分钟——终于，鱼妈妈开始生小鱼，刚生出来的小鱼还没游几下，就被公鱼发现，它们迅速游来，把小鱼一条一条吃光了。

没过几天，有两条鱼妈妈挺着大肚子，又要生小鱼，妈妈于是把这两条凤尾鱼放到新鱼缸里隔开。又过去一两天，我看了看鱼缸，其中一条鱼妈妈的肚子瘪了，可鱼缸里才只有三四条刚出生的鱼宝宝，我记得妈妈说过一条母鱼一次能生出好几十条小鱼呢！我正在疑惑中，那条母鱼又生了一条鱼宝宝，另一条母鱼不慌不忙地游了过来，一口吞掉了这条小鱼宝宝，我简直惊呆了！没想到母鱼也会吃刚出生的小鱼啊！真是令人难以置信！我把这件事情告诉了妈妈，妈妈也不相信，然后，我和妈妈来到鱼缸前仔细观察，后来发现，母鱼不会吃掉自己的孩子，但其他的母鱼会把别的母鱼生出来的孩子当成美餐吃掉。我们迅速把两条母鱼给分开了。

所以，我宁愿相信，井度买到的鱼和渔夫捉到的鱼，虽然是同一条，但只是一个巧合，要不然，人实在是太残忍了。

治寸白

蔡定夫的儿子蔡积康，为寸白虫所苦。有位医生开了这样一服药：将槟榔碾压成细末，用长在东边向阳的石榴树的根煎汤，两者一起调服喝。而且，吃药前，要做一件事：将一大块烤熟的肥猪肉放到口中，只让肉汁流入喉咙，但不吃下去。

医生这样解释其中的原理：这种虫，只在每月初三以前，头是朝上的，才可用药打下，其余时间则是头朝下，即使患者吃了药，也没有用。那虫闻到肉香，就有想吃的念头，所以争着往上爬，等到感觉胸间像万箭穿心一样难受，就是吃药的最好时刻，这个时候，将前面所准备好的药全部服下。

小蔡按照医嘱服药。不到两刻钟，肚子里像打雷，急忙去上厕所，虫就像倒出来一样。小蔡叫仆人用竹竿挑着虫看，那些虫都缠连成了长长的一串，差不多有几丈长，还在不断地蠕动。小蔡让仆人将虫全部抛入河中，他的旧病顿时就好了。

这则药方，也载于杨氏的《集验方》中。蔡到京城临安去游历，告诉钱仲本，希望这一药方能广为传播，治疗更多的患寸白虫病的病人。

（《夷坚甲志》卷第十四《蔡主簿治寸白》）

用肥猪肉引诱寸白，不算歪招，古人常用，比如炒鸡引蚰蜒、鸡卵大黄治蜈蚣入口（明代陆容《菽园杂记》）。

寸白虫病，就是绦虫病，古代的一种常见病，寸白虫长一寸，色白，形小褊，故名。按现代医学解释，因食不熟而染有囊虫的猪牛肉而感染。

《苏沈良方》卷第八有《疗寸白虫》：

锡沙（作银泥者即以黄丹代油和，梧桐子大）；芜荑、槟榔（二物等分，为散）。上煎石榴根浓汁半升，下散三钱，丸五枚，中夜服，旦日下。予少时病白虫，始则逾粳米，数岁之后，遂长寸余。古说虫长盈尺，人即死。以药攻之，下虫数合，或如带，长丈余，蟠蜒如猪脏，熠熠而动，其末寸断，辄为一虫。虫去，病少，以后数月，复如初，如是者数四。得此方服，虫悉化为水，自此永断。

从方子上看，不知是沈括，还是苏轼，也曾为寸白虫所苦。

在洪迈的《夷坚志再补》中还有一则《治寸白虫方》：

赵子山被寸白虫害得苦不堪言，医生告诫他不能喝酒，但他一向沉湎于酒，想戒也戒不掉。一天晚上，他喝醉酒后回到住所，已经深更半夜，只觉得口干舌燥，但又找不到开水喝，恰好他暂住的寺庙走廊上有一满缸水，月光照在上面，水清澈透明，便用勺子舀了几勺喝，他觉得那水如糖一样甜，喝完水倒头便睡。次日晨醒后一看，睡觉的席子上满是寸白虫，而他心里则感到十分舒畅。原来，他在夜间将虫都吐了出来，多年来的病也就好了。后来，他才弄清楚，那缸水，是寺中仆人白天织草鞋时浸泡红藤根的水。

这是无意中的歪打正着。

我小时候肚子痛，母亲去药店买来宝塔糖，吃下，拉出一堆虫，长长的。现在想起这个场景，总觉得恶心。小蔡让仆人用竹竿挑着看拉出的寸白，也十分恶心。

表姐小时候蛔虫穿胆，疼得打滚，后来还是做了手术才好。

肚子里的寸白虫、蛔虫，并不安静，它们不只是懂你的心思，有时候也会要你的命。

应声虫

永州（今湖南零陵等地）通判厅的士兵毛景，得了一种怪病，每次说话时，喉咙里总会有东西跟着发出声音。有个道人，教他诵读《本草》上的药名，读到“蓝”时，那声音就没了，于是，道人就教毛景找来蓝草，制成药汁喝下去，过了一会，毛景的嘴里便吐出一肉块，长二寸的样子，极像人的形状。

彼时，刘襄子的儿子刘思做永州的通判，毛景正好生这种病，一年之后，刘思亲眼看见毛的病好了。我记得前文记载了应声虫因服了雷丸而消失，和这个有点相似。

（《夷坚甲志》卷第十五《应声虫》）

此病确实奇怪。

唐朝张鷟的笔记《朝野佥载》卷一，有一则《应语病》，极其类似：

洛州有士人患应病，语即喉中应之。以问善医张文仲，经夜思之，乃得一法。即取《本草》令读之，皆应；至其所畏者，即不言。仲乃录取药，合和为丸，服之应时而愈。

这种病是怎么形成的呢？谁也不知道，连名医也束手无策。张大医生用的是歪门邪道，他也只是凑巧找到了原理。这种原理，勉强说得过去，因为他医好了病，人们也会相信的。而上文的道人，和张文仲如出一辙，用的也是《本草》，只是，毛景嘴里吐出的东西，有点古怪，难道是这个人形一样的怪肉发出的声音吗？

洪迈编的这个故事，虽然人物、地点、时间、病状都有，但依然荒唐，细看故事的构思，也明显有抄张鷟的痕迹。不过，依我推测，唐朝、宋朝根本就没有这种病，这是作家或者当时的批评家臆造出来的，他们的用意就是，批评那种对什么事都点头，都应诺，没有自己主见的人。

应声虫，大部分人不喜欢，估计连应声虫也讨厌自己。

这也算一种对症下药。在洪迈的《夷坚支戊》卷第五中有一则《鳖症》，说的也是这一类的治疗法：

景陈弟的长子拱，七岁时，胁下忽然长了个肿包，很痛，隐约见皮里面包有一个东西，颇像鳖的形状，动一下，便疼得不行。有个叫洪豆腐的外科医生，他让病人家买来新鲜的虾吃，人们不理解，一般人都认为疮毒最忌这类食物，但孩子吃下虾不久，疼痛居然消失了，洪医生高兴地说：这果然是鳖症，我只是用它喜欢吃的食品试探一下。于是，洪医生便开了一个方子，碾碎后让孩子吃下，吃了几次就好了。次年病症又复发了一次，再用原药，于是根治。

怪病需要特别的治法，理论上是说得通的。

王干事的业绩报表

永康军导江县有一个姓王的官员，阴险毒辣。绍兴五年（1135），他担任了四川都转运司的干事，被派到潼川路（今四川三台）去征收盐税。他亲自跑到井场，强迫盐民签订契约，一律加倍纳税，以前交五千斤盐的，现在要交万斤。他还规定，如果不能完成任务交足数量，便要抄没家产。

这姓王的心里早就盘算过，如此重税，许多人一定完成不了，那就可以乘机没收他们的盐井，由官府来煮盐。这些政策实施后，盐税收入成倍增加，王干事因业绩出色，被推荐到宣抚使那里，升任利州路（今陕西汉中）转运判官，但没过多久，他就死掉了。

（《夷坚甲志》卷第十七《人死为牛》）

这个王某是四川都转运司的普通干部，他刻薄、阴险、强悍、残暴，这样的官，什么事都做得出来。这不，他去潼川路征收盐税，明知道盐民不能完成他规定的任务，却故意强迫盐民签约，任务完不成，他就可以没收对方的家财，甚至没收盐矿，上官自然不会问他如何完成，只看业绩报表，王某因为业绩好，还升了转运判官。

不过，王某表面上转运升官了，却没有转运，没多少时间就死掉了。后面的情节是，他恶有恶报，变成了牛。让王变成畜生，是百姓的诅咒，也是民众对待邪恶的普遍态度，看着荒唐，却解气。

然而，如王某般的宋朝大小干部，却大量存在，扳着指头数不过来。

换脸

晏安恭住在京城，娶了河南邢氏家的女子。邢氏的脸上生了疽，此疽不比平常，满脸都烂了，烂到后来，整张脸连着下颚及牙齿，都像被截断似的脱落下来。邢氏自以为活不下去了，一个医生对她说：这个不难，给我几万钱，我可以医好！邢氏问用什么方法，医生答：只要得到一张与你这脸型相同的人的脸，合上就行。邢氏害怕，便离开了。

但是，邢氏的儿子、女儿、亲戚甚至女仆，却不断去医生那里送东西，要求医生千万要试一下。一天晚上，医生来了，他带来一个布包，打开一看，是一个妇人的一张脸颊，肉色、宽窄的长短，都和邢氏相差无几，医生将其按在邢氏的脸上，并用药物封粘好，并嘱咐道：只能喝粥，不能吃其他东西。半个月后，揭开药物，刑氏脸上的伤疤已基本愈合。

后来，晏安恭因避乱到会稽居住，唐信道和他结了亲家。唐曾去晏家拜访，邢氏的嘴角间还有一条像线一样的红丝，隐隐地连着面颊。二十多年后，邢氏才死去。

（《夷坚甲志》卷十九《邢氏补颐》）

这其实是一个比较惊险的补脸、换脸手术。

从效果上看，相当成功，病人活了二十多年。

这样的器官移植，在宋代可能实现吗？一般说来，是不可能的。但是笔记中，早就出现了，东晋干宝的《搜神记》中，就有换头术。

在《夷坚志》中有一则《孙鬼脑》，讲的就是一个漂亮公子被换头的事：

眉山人孙斯文，文懿公抃曾孙也。生而美风姿，尝谒成都灵显王庙，视夫人塑象端丽，心慕之，私自言曰："得妻如是，乐哉。"是夕还舍，梦人持锯截其头，别以一头缀项上。觉而摸索其貌大骇，取烛自照，呼妻视之，妻惊怖即死。绍兴二十八年，斯文至临安，予屡见之于景灵行香处，丑状骇人，面绝大，深目倨鼻，厚唇广舌，鬓发鬅鬙如蚕，每啖物时，伸舌卷取，咀嚼如风雨声，赫然一土偶判官也。画工图其形，鬻于市廛以为笑，斯文深讳前事。人问者辄曰："道与之貌也"。杨公全识其未换首时，曰："与今不类"。蜀人目之为孙鬼脑云。

那灵显王，显然小气，此孙斯文，也是咎由自取，居然看上了神的老婆，小气的灵显王随便惩治一下孙，你不是帅哥吗？给他换张土判官的脸。这判官脸实在太丑了，以至于当即吓死了孙妻。

孙斯文变成了孙鬼脑，这同样是洪迈的想象。或许，孙斯文是因为一场突如其来的事故而变得如此丑陋，但我以为，洪迈这则笔记的重点，却是告诫人们，对神要有足够的尊重，否则便会招致横祸。

邢氏的换脸手术，科学想象十分大胆。

第二卷

夷坚乙志

第一等画

无缝船

名医张锐

韩信首级

鱼的痛

神秘的染铺

自投罗网的母麂及顽皮的猴子

鬼原来是狗

食物相克三种

第一等画

成都郫县百姓王道亨，七岁时就能画画，笔法、立意都有过人之处。政和年间（1111—1118），朝廷开设画学专科，考试仿照太学的方法，全国各地优秀的画工集中考试，录用优秀者。王道亨参加了第一批考试，题目是根据唐人的两句诗作画：蝴蝶梦中家万里，子规枝上月三更。

王道亨交上来的画，意境是这样的：苏武在北海边牧羊，盖着毛毯卧着，手上捏着符节，有两只蝴蝶在他面前飞舞，那种在沙漠上、风雪里羁旅愁苦的酸楚，让人泪目。另外，王道亨又画了扶疏的林木，上有杜鹃，午夜时分，月亮当空，树影照地，亭榭楼观，皆隐约可见。

无疑，王道亨得了第一名。次日，王的画被送到宋徽宗面前，皇帝一看，大为惊奇，立即升王做了画学录。

（《夷坚乙志》卷第五《画学生》）

诗中有画，画中有诗，说的是诗画相通，而相通，无非是独特的意境。“独坐幽篁里，弹琴复长啸”，“蝉噪林逾静，鸟鸣山更幽”，“独钓寒江雪”，“古道西风瘦马”，所有的好诗词，都有意境突出的好画面。

宋朝邓椿的《画继》，有两个创意的例子颇为有名。

一个是战德淳，画院的考试题是“蝴蝶梦中家万里”，他画是的苏武牧羊假寐以见万里意，得了第一名。

又有另外一次考试，试题是“野水无人渡，孤舟尽日横”，第二名以下的画，意境大部分都是岸边一只空船，有的船上有白鹭停在舱舷间，有的船篷上有乌鸦停着。第一名的画，意境是这样的：一人卧于船尾，横一孤笛。他的构思，不是没有船工，只是没有行人，船工的闲正好反衬河渡的孤。

中国汉字具有画一般的奇特性，是因为先民创造的象形文字，本身就是画。只要我们细品，好的词语都具有这种强烈的画面感。

《庄子·养生主》中的“庖丁解牛”一节，那个高明的厨师的一把杀牛刀用了十九年，竟然一点也不钝，依然锋利，看他解完牛后的神态：“提刀四顾，为之踌躇满志”。踌躇满志，现在早已演变成特定的意义，但在该文中，你可以看到一个为自己的技艺感到骄傲的厨师，这种骄傲程度甚至已经目中无人：天下的厨师，像我这样的，恐怕再也没有了。是的，仅从这个词语上看，庖丁已经名垂千古了。而庄子，正是通过著名厨师的技艺，告诉人们，道是怎么一回事。

杜牧的《旅宿》，描写离家久远的游子，独自住在旅馆的心情，有这样两句："寒灯思旧事，断雁警愁眠。"这"寒灯"，看得人心都有点发毛，"灯"肯定不会寒，不仅不寒，还会发出温暖的光，但是，孤寂的旅人，离群的大雁，它们的生动画面，都靠"寒灯"展开。

杜甫的名诗《兵车行》开头，简直就是一幅大叙事画："车辚辚，马萧萧，行人弓箭各在腰。耶娘妻子走相送，尘埃不见咸阳桥。"然后，撕心裂肺的场景紧接而来"牵衣顿足拦道哭"，七个字，四个动作，官家的连年征战，百姓的苦不堪言，生离死别的场景，让人动容，那种哭声，一人哭，一家哭，众人哭，哭声汇成巨大的气流，直上云霄。

王道亨的画，意境如此别致，一定离不开他扎实的诗文基础，否则，用再好的画技，画出来的画也只是枯燥呆板的花纸而已。

无缝船

绍兴二十年（1150）七月，福州甘棠港，有条船从东南漂来，船上有三男一妇，还有几千斤重的沉香、檀香。

三男中的一男，本是福州人，家住南台。他以前航海，不幸沉船，幸亏抓住了一块木头，借着那木头，漂到了一个大岛上。此人喜欢吹笛子，平时就将笛子挂在腰间，岛上有人将他带到岛主那去，岛主本来就喜欢音乐，一见那人腰间的笛子，极为高兴，就留下那人，给他吃，给他住的地方，后来又将女儿嫁给他。福州人在岛上居住了十三年，但因为语言不通，他也不知道岛叫什么，但岛上的人似乎知道他是中国人。有一次，船上的另两名男子邀请他一起出海，两个月后，便到达了甘棠港。

甘棠港管理海事的巡检认为，这极可能是以前失事的海船，便派人将人和船一起送到了闽县。闽县的县令邱文昭请我（洪迈）去了解一下情况，我到了现场，看到那只船是用一根巨大木头挖成的，没有缝隙，只开了一个洞供人进出，船里有个小舱，三尺来宽，说是女子住的。女子齿白如雪，眉目清秀，只是皮肤有点黑。其他两个男子说是那女子的兄长，他们用布遮体，用带束发，光脚，给他们酒喝，他们就跪坐着，用手按地，好像下拜一样，然后接过酒一饮而尽。

我当时是州里的博士，被派往那里监考，我想等回家后再仔细问问他们情况，但不久，县官就将他们送到泉州市舶司去了。但此后，再也没见着他们，至今以此为憾事。

（《夷坚乙志》卷第八《无缝船》）

这是由一起海难事故引出来的故事。

洪迈对独特的大船，对船上的兄妹，对那福州人生存的神秘海岛，对一切都极感兴趣。如果继续给他时间采访，一定还会有更精彩的细节。

無縫船
蔡瀾畫

音乐无国界，福州人因会吹笛子，于是获得了比较好的生存条件，还娶妻生子，日子过得也算不错。相比那些葬身海底的死难者，他实在是幸运儿。

重点说一下这个无缝船。

至明代以前，中国的造船技术，均走在世界的前列，郑和下西洋时的庞大船队，当时世界上几乎没有哪个国家能够做到。然而，如同两千多年前一样的文明轴心时代一样，不仅有中国的老子、孔子，也有古希腊的苏格拉底、柏拉图，更有古印度的释迦牟尼，他们都是亘古的哲人，就造船技术而言，出现在洪迈眼前的这艘巨大的独木船，也如同宋朝的各色船一样，极有特色，令洪迈在书中记录下了它。

福州人漂浮到的岛，洪迈也不知道在哪里，但根据那女子的容貌判断，极有可能是南亚一带。

名医张锐

成州（今甘肃成县）团练使张锐住在郑州，他以医术高明闻名于当地。

政和年间，蔡鲁公的孙媳妇怀孕，生产期临近时却病了，国医馆的医生来了好几个，都认为是阴证伤寒，害怕胎儿流产，不敢开凉剂方。鲁公写信，请来名医张锐。张锐望闻问切后说：腹中胎儿已经足月，快要生了，没什么药能妨碍。张医生就按平常方法开药，并且剂量加倍，半天工夫，孩子就生下了，产妇也平安无事。

次日，蔡家产妇却大泄不止，喉咙不能吞食物。那些医生于是一起指责张锐：产妇这两种病如冰炭一样不相容，又刚刚生产，即使扁鹊再世，也救不了她！张锐笑着说：诸位不必担心，我今天就会让产妇的病好起来！随即取来数十粒药丸，让产妇吞服，很快，产妇喉咙就顺畅，泄也停住。小孩满月时，鲁公设宴会，全家六十几口人，一起宴请张锐，鲁公亲自向张敬酒：你的医术精妙，我无法理解，只请问你一药而治两病，这是什么道理？张锐笑着答：医学典籍上确实没有这种药方，是我自己琢磨出来的。对这种病，以前常用附子理中丸，外面包一层紫雪。当喉咙不通时，不是特别祛寒的药不会起作用，而当喉咙顺畅时，问题就解决了。能够在肚子里起作用的药，只有附子，所以，服这种药可以治好两种截然不同的病！鲁公大加赞赏，并将宴席上所有的金匙、金筷子都送给了张。

慕容颜逢任起居舍人的时候，他母亲病了，慕容也到郑州来请张锐，当张锐到达时，慕容的母亲已经断气。彼时，正值大暑天，张锐想进去看看，而慕容不允许，慕容在心里嘀咕，猜测可能是张想要钱，于是便说：你路途上的费用，我都会如数奉送，进去看病就不麻烦你了！张锐的脸色马上暗下来，很严肃地说：伤寒病，有死了一昼夜又活过来的，你怎么就吝惜这一看呢？见此，慕容只好让张锐进去。张锐揭开慕容母亲盖着的帛巾注视了一下，叫来验尸官问：你曾见过夏天死的人脸色会红润的吗？那人答：没有。又问：嘴巴有张开的吗？那人再答：没有。张锐这才说出他自己的判断：这是因为病人体内汗液出不来而昏过去了，不会死的，不能急着入殓！随后，张锐取出药，命人用二升水煮沸煎至一半，灌入病人口中，并吩咐道：小心守着她。张锐就去外面的房间睡了。到半夜，病人大泻不止，已经苏醒，屙出一斗左右的屎，弄得满席子都是，但一家人都很高兴，急忙去敲张锐的房门，张锐在房里答：我今天很困了，起不了身，而且，我也不必起来，病人要到明天才能吃药。天快要亮时，张锐就叫仆人驾车回了郑州。天亮后，慕容来到张锐住的地方，只发现他留下一帖平胃散。慕容母亲服下，几天后病就全部好了。

绍兴（1131—1162）年间，张锐到了四川，王叔坚见面赞叹：公的医术，不愧是古人所称的“十全良医”啊！张锐又笑笑：不能这样说，我的医术顶多只有七八成。我的长子病了，诊脉观色，都表明是热症，我就叫人煮了承气汤，想让儿子喝。儿子正要喝时，我又产生了疑问，如此举棋不定有三四回，最后我决定，还是让儿子喝下，而此时，仿佛又有什么东西牵住我的胳膊，我拿药杯子的手好像在等待。没过一会，儿子忽然颤抖不停，盖了四五床棉被才稍微安定下来，出汗如水洗，但第二天病就好了。假如，他当时吃了我的药，就没命了，怎么能说是我医术高超呢？世上的庸医，学习医学方子，不知道也有万一的时候，而自认为可以医治一切，真是太可怕了呀！

（《夷坚乙志》卷第十《张锐医》）

张锐的三个医案，都具有这样的特点：他不为表面所惑，而是结合自己的医疗实践和病人的实际情况，作出和常人不一样的判断。

第一则，蔡京权势熏天，他家里人的病，不是那么好诊治的。张锐到达时，那些国医馆的名医都已经会诊过了，但那些名医都有一个常识错误，对孕妇用药过于谨慎，怕伤了胎儿，特别是产妇后来的突发状况，连见多识广的蔡京也存了不少的疑惑，两种完全不同症状的病，如何用一种药解决？张锐大胆而果断的做法，既源于他广博的实践，又源于他对病人的具体判断。嫁给富贵人家的妇人，各方面营养什么的一定都不错，病人的免疫力没有什么问题，这些病都是新染的，就病论治就可以。至于他那数十粒药丸，应该就是附子理中丸，温阳驱寒、补气健脾。

第二则，慕容的母亲，因伤寒而起的暂时性昏厥，被病人家人误认为身亡。病发在炎热的夏季，这是大前提，张锐对验尸官的几个发问，一方面是打消慕容的不信任，这种不信任，应该就是次日张锐不辞而别的主要原因（以钱来衡量我，是对我医德的极大亵渎，我很不高兴，不过，我不和你计较，治病救人乃我天职）；另一方面，张锐根据现场诊断，立即就判断出慕容母亲的主要病症，然后对症下药。看他不开房门就知道他胸有成竹，老太太的病，一切都在他的预料之内。那帖留下来的平胃散，方子普通，情意深重，那是一位良医的道德方子，即便张锐不开口，慕容也会用重金答谢，可张偏偏不要。

伤寒死后复生，笔记中并不少见，洪迈在《夷坚丁志》卷第十五中，就记载了一个叫张圭的百姓，因伤寒死后复生而没有得到及时救治导致真正死亡的案例：

张圭死后，家里人立即将他装棺放到城西的广泽庵中。庵里的和尚夜里听见有摸索的声音，爬起来细听，声音是从张圭棺材里发出的，和尚不敢打开棺材看，而庵又离城较远，无法立即和张家说，和尚只是拱手念佛。过了很久，声音才消失。天一亮，和尚立即跑到张家告知此事，但张家不相信。到秋天要火化时，打开棺材一看，张圭的尸体侧身躺着，脸被遮着，衣服都被扯碎了。家里人这才相信，那个晚上，张圭确实活过来了。

第三则，来自张锐长子的一场病，有点惊心动魄，张锐想起来就后怕，故当王叔坚夸赞他时，他也是极为谦逊，世上没有十全良医，他更不敢当，差点后悔终生。

百病百医，最怕万一。名医张锐的千年感叹，足以警醒所有的从医者。

张锐应该比较有名，洪迈在《夷坚志》补卷第十八《吴少师》中，又写到了张锐精湛的医术。这回，他替吴少师治疗肚子里的蚂蟥，吴因前一年夏天晚上的急行军，口渴，让士兵到小溪里舀了一罐水。刚喝进嘴，好像有东西混在水里，想要吐掉，那东西已经随水进入喉咙了，从此以后，他就得了病。几个月下来，肌肉消瘦，腹中好像有许多虫在扰动，又痒又痛。张锐判断得很准，对症下药，药到病除。

韩信首级

中丞席晋仲，政和年间，做了长安（今西安）的元帅，因为公使库倒塌，他就命令工匠重新修建。挖着挖着，在地下挖到了一个石匣子，它的样子像玉石，石匣子的盖上面有四个篆体字：韩信首级。打开一看，里面什么也没有。席元帅让人将石匣子迁到高的地方，祭祀一番后就埋了。这件事，是朝奉郎郑师孟说的，郑师孟与席晋仲是亲家。

（《夷坚乙志》卷第十二《韩信首级》）

这差不多是一则宋代文物发掘的新闻，虽没有专家考证，但因为是汉代名人，依然引起了人们比较浓厚的兴趣。

说到韩信，有许多相关的野史，但司马迁说的可信度较高。刘邦“赚”得天下后，对那些功臣们，各有不同的处理办法，韩信就是一个典型例子。

《史记》卷九十二有长长的《淮阴侯列传》，后面紧跟着还有卷九十三《韩信卢绾列传》，这样的篇幅，显然有点反常。不过，一般的读者都能体会出文中暗含着司马迁对韩信的深深同情，对汉家王朝的不近人情，似乎也有激愤溢出。韩信为刘邦立下一桩又一桩的大功，又被一点点地削权，弄到后来差不多是软禁，最终为吕后所杀，且诛三族，刘邦知道韩信死后，司马迁用五个字描写他的神态：且喜且怜之。喜什么？这个“天王式”的人物，对汉王朝始终是个威胁，现在终于被除掉了；怜什么？这样的人死了，真是太可惜了。

在刘邦、吕后眼里，韩信必须死，他不懂得谦恭退让，他如此炫耀自己的功劳，他那么的目中无人。他临死前还不知道，自己到底错在哪里，他发出的感叹，甚至让人觉得有些可笑：唉，我真后悔当初没有采用蒯通的计谋呀，最后竟然被女子、小人欺骗，这难道不是天意吗？韩信的感叹，和力拔山兮的项羽最后的感叹，有什么区别吗？

关于韩信首级的埋葬地，有几种说法。

山西灵石县南焉乡的高壁村有高壁山，山有秦汉古官道，历来是兵家必经之地，官道边有岭叫韩信岭，据说就是埋韩信首级的地方。汉高祖十年（前197），吕后诱杀韩信后，派人将韩信首级送往平叛回程中的刘邦，刘邦命人就地掩埋，地点就在高壁山，这山岭以后就被称作韩信岭。当地的《灵石县志》上如此记载。但这没什么具体根据，估计是传说，因为司马迁说得很清楚，是刘邦回到长安后，才看见韩信的首级。

其实，我拜谒过韩信的另两处坟墓，一处在西安灞桥区的新筑镇新农村，此处据说是韩信埋身处。韩信石塑像，披风仗剑，威武矗立。《西安日报》这样报道过：《咸宁县志》曾说，淮阴侯韩信墓，在古长安城东三十里，新店墓前有庙。淮阴侯韩信墓为一奇特古冢，五丈见方，形似馒头，有四棵千年古柏高耸古冢之上。冢的南侧立一龟座石碑，上书“汉淮阴侯韩信之墓”，为大清乾隆四十一年（1776）陕西巡抚毕沅立石题字。

另一处的韩信墓，在他的出生地淮安市淮阴区的镇淮楼东面，此处据说是韩信的衣冠冢。这里有韩侯祠，祠的一副对联，颇耐人寻味：生死一知己，存亡两妇人。知己自然是萧何了，萧何月下追韩信，已经演变为重视人才且画面感极强的成语；两妇人，一是漂母，那在河边漂洗棉絮的老太太，数十日都拿饭给饥饿的青年韩信吃，韩信高兴得不禁夸下了大口：我一定会重重地报答您老人家的！不想，老太太却大为生气：大丈夫竟然连自己都不能养活，我是可怜你才给你饭吃，难道是希望得到你的报答吗？！这当头棒喝，韩信犹如雷击般警醒。另一妇人，自然是让他送命的吕后了。一生一死，皆在妇人手中。

那石匣子里到底装的是何物，已经不重要。汉朝以后，无论是谁，看到韩信两个字，多半会感喟不已。洪迈感叹，我也不断感叹。

鱼的痛

处州龙泉县（今浙江丽水龙泉），有家张氏米店，张氏有个十五岁的儿子。某天，他提着一篮子鲜鱼，到溪边去剖。小张开始做准备工作，比如，先要把鱼刺去掉，但没过多长时间，小张就被刀误伤了手指，痛得厉害，他只好停下来歇息。突然，小张想：我伤了一个手指就这么疼，而这些活鱼，还要被刮掉鳞，剔出腮，剖开肚，切断尾，可以想象它们有多么疼呀，只不过它们不会说话罢了。想到这里，他就将那些鱼全部倒入溪水中，然后，跑进深山，找个石洞住了下来。

老张一家对儿子没有回来感到奇怪，都以为小张掉水中淹死了。第二年的寒食节，乡里游山的人才看见小张，他身体枯如干肉，背脊上露出根根肋骨，瘦得不成人样，但从面目上还能认得出是小张，乡人急忙喊他父母来，父母叫他回家，小张头也不回：我不是你们的家人，你们不要牵挂我！他父母只好哭着回家。十年后，小张父母又去看望他，发现小张的身体和常人没什么两样，且气色非常好，大家都不知道是什么原因。到现在，小张已经在山中住了二十多年。

（《夷坚乙志》卷第十二《龙泉张氏子》）

这则笔记的重点在前半段，小张进山的原因，至于后半段，似乎是学道，不去细说。

小张未归的原因也极其简单，就是见不得鱼的疼痛。

鱼会疼痛吗?

庄子与惠施那场关于鱼快乐还是不快乐的对话，我们可以这样理解：鱼知道疼，也可能不知道疼，疼是人的感觉，迁移到鱼，我们不是鱼，所以只能猜测。

延伸开去，小张心疼鱼，是出于一种本能的同情心，褒而言之，那就是善良。国学家傅佩荣先生如此解释“善”：人与人之间适当关系的实现。如此说来，善基本用于人与人之间，而人与动物之间的善，都只是善的一种迁移。但人类毕竟有眼光，人类同情动物，是因为和动物在同一个现场，动物的日子不好过，也会影响到人类，彼此紧密相连。爱因斯坦曾预言：人类如果离开了蜜蜂，只剩下四年的光阴。

如鱼一样的动物，许多生来就为人食，那也是自然的生存法则，不过，有不少动物，它们看见人类的屠刀也会两眼泪汪汪，或者嗷嗷狂叫，在这里面应该找得到一种平衡的方法。君子远庖厨，不是让你不要去厨房干活，而是要怜悯动物们临死前发出的悲鸣。这也是一种人类善良的体现吧。

小张在深山中，自食其力，劳动和思考相结合，再加上，空气新鲜，负氧离子充足，小张面色红润，那是大自然的赐予，没什么稀奇。

神秘的染铺

王锡文在京师的时候，曾见一人推着辆小车，车上有个瓮，外面有个花门，门旁立着一块小广告牌，上写：诸般染铺。架子上还挂着数十条各种颜色的丝巾。

有人好奇，偷偷地看那个瓮，只见瓮里盛着一斗左右的浊汁。有人拿来一条白绢，说：请染成青色。那商贩就将绢丢进瓮，鼓捣了两下，拿出来，就变成青色的了。又有人拿来一条白绢，说：请染成绿色。那商贩就将绢丢进瓮，鼓捣了两下，拿出来，就变成了绿色。这坛汁水，能染出黄的、红的、黑的，甚至将红的染成绿的，将紫的染成绛色，随人的要求染，应付自如，而瓮里的一斗多浊汁还没有干。看那些染成的颜色，都非常干净透亮和精致，就像从专业作坊中经过一天时间才染出来的那样，居然没人能猜得出这用的是什么技术。

（《夷坚乙志》卷第十五《诸般染铺》）

青取之于蓝而青于蓝，用蓝色把物品染成蓝色，中国很早就有了这项技术。而这个小小的流动染铺，居然能染出这么多的颜色，关键问题是只有一瓮汁。

南宋的临安（今浙江杭州市），丝织业发展迅速。南宋初年，临安城上供绢仅四万匹，到了宁宗的庆元年间，已经增加至十二万匹，花色品种，从一般性的绸、缎、绢、锦、绫、纱、罗发展到鹿胎、透被、绣锦等多个新品种。武林门外夹城巷晏公庙，那里有绫锦院，杭州日报社边上的仙林院有文思院，都是规模宏大的丝织品生产基地，织机数百架，工匠上千。自然，规模大的都是官营机构，此外，临安城里，还有遍地开花的私营丝绸手工业作坊，洪迈在《夷坚志》的支丁卷八写有一则《周氏买花》，那周氏，就是在临安丰乐桥边开机坊的周五，家里因此发了财。

对于那流动商贩神奇的染技，我咨询了丝绸专家、浙江理工大学的李加林教授，他这样向我解释：从专业角度讲，这是不现实的，因为它有一个前提，就是白绢染色。在一个缸里可以染两种不同的颜色，前提是缸中得有两种不同性能的染料。比如，根据真丝的上色性能，用的是活性染料，根据化纤的上色性能，用的是分散性染料，只有缸里同时放进两种不同性能的染料，才能染出两种不同的颜色。

李教授强调：同样材料属性的织物，在同一个缸里，想染什么色就染什么色，是不可能的。

于是，我只好这样推断：那商贩的暗箱里，其实藏着数十个小瓮，里面放着各式染料，但他做得很巧妙，手法熟练，如变魔术一样，人们以为只是从一个瓮里染出来的，许多人就传开去了，洪迈也不辨真假，就这么记下来了。

自投罗网的母麂及顽皮的猴子

休宁县（今隶属安徽黄山市）张村，有个叫张五的村民，他一家靠狩猎为生，粗茶淡饭的日子，还算过得去。某天，他在追猎一只母麂，麂带着两只幼麂，跑不快，很快就要被张五追上。母麂知道跑不掉了，它看见田下面有堆浮土，便带着两只幼麂跳下去，母麂弄一些泥土将幼麂的身子盖好，自己则投入猎网中。张五的母亲老远就看见了这一幕，她连忙跑到张网的地方，把看到的一一告诉儿子，张五听完，立即将网弄开，放出母麂，让它和两只幼麂都逃生了。面对此情此景，张五母子，相对无言，唯有感伤。他们很后悔以前的行为，便将罗网之类的东西都烧了，从此不再狩猎。

休宁这地方，猴子多，那些猴子调皮至极，经常出来损害老百姓的庄稼，老百姓就想出办法用笼子捕捉它们。多的时候，一只笼子能捕到上百只猴子。他们先打开笼子的一个小口，仅能容一只猴子进出，人就在外面对猴子喊道：你们一只只出来，我们会把你们都放了。笼子里的猴子们，齐心协力捉住一只个子小点的猴子，将其奋力推出，猴子一出笼子，候在笼子外的人，用大木棒朝猴子头上用力一敲，小猴子一下就死了。笼子里的猴子见状，惊恐万分，乱喊乱叫，有的甚至流下眼泪。外面的人，便重复刚才的举动，又一只猴子被推出，被捶杀，一直到所有的猴子都被捶杀。

休宁当地的百姓说：我们的庄稼刚刚成熟，猴子们便一群群来，少则几十只多则数百只，它们牵着手，如人一般站着排列，自东向西，在地里蹦蹦跳跳，玩够了，才摘些庄稼离开，还将剩余的庄稼都踩得乱七八糟，弄得地上颗粒无收，我们恨死这些猴子了！

（《夷坚乙志》卷第十八《休宁猎户》）

张五母子的行为，和前文张氏儿子感知鱼也疼痛的行为一样，都是发自内心的善良。但这里，显然，现场的情景教育意义更显著，张母目睹了这一场围猎，如果母麂不去将幼麂藏起来，如果母麂不去自投罗网，张母估计不会受到震动。对她一家来说，狩猎行为，就是日常的生计，他们赖此而生。然而，母麂那奋勇一投，对她内心的震动，不亚于雷击，那是母亲的相怜，无论是对动物还是人。

休宁百姓对付猴子的行为，应该是群体行为，民以食为天，人在恨透了猴子的大前提下，是做得出来的。

这些猴子确实可恨，但这样简单粗暴的处理方式，人看了都会掩面或者扭头转身。其实，人有多种方法可以对付猴子。

洪迈晚年写的《夷坚志补卷》第九中有则《寺僧治猴》，实在有趣。也是休宁这地方，有座寺庙的僧人，同样为猴所苦，后来来了一位云游和尚，他想出了一个对付猴子的办法：让人在厨房中放上大网，里面摆上甜枣和栗子，不一会，两只猴子钻进网，那

指鹿

和尚就又让人磨了许多墨和锅灰，用水搅匀，将那两只猴子从头到脚，全身涂得漆黑，然后放了猴子。两只漆黑的猴子，见自己变了样，吓坏了，急忙跑回去找同类，同类一见，以为来了什么怪物，拼命跑，黑猴子们就紧追，前面的猴子跑得更快，没几天，这地方几千只猴子都跑光了。

我以前在老家的桐庐报社工作时，报道过这样的新闻：三县交界的一个村的高山上，每当玉米、番薯快要成熟的季节，几百只猴子就会“猴拥”而至，那些猴子也如上面笔记里一般的调皮（哈，如果不调皮，就不叫猴子了），吃的吃，掰的掰，掏的掏，踩的踩，总之，现场惨不忍睹。村民们想尽了办法去赶，布偶，稻草人，敲锣，甚至鸣放土枪，但都没什么效果。村民们知道，猴子不是野猪，不可以杀的。他们唯一能做的，就是在庄稼地里，搭个草棚，日夜守着，能保住一点是一点，但绝不杀猴子。

我家附近有中国刀剪剑博物馆。有次，进去参观了一下，一圈下来，什么也没记住，只在一个标有“猴脑剪”的展柜前停下了脚步。该剪其实也没有什么特别之处，形体并不大，中等显小，只是刀口部位略尖而已，如果没有文字说明，绝对不会想到它是专门用来取猴脑的。而这个剪刀已经有百来年历史了，但并没标明产地。其他的都不重要，重要的是它曾经作为一种普通产品而生产，重要的是许多地方曾经有活吃猴脑这道菜（我在一本清末法国人写的书里读到过中国人活吃猴脑的细节）。冰冷的猴脑剪，静静地躺在大运河畔的博物馆里。

或许，真正的悲悯和宽容，就在于你的利益被损害或者严重损害时的反应。

鬼原来是狗

鄱阳县有个韩老太太去世了，她家请来族人、永宁寺的僧人钟达在屋子里守夜。钟僧人专心闭目诵经至半夜，忽然听到老太太房间里传出呜呜的声音，不久，声音越来越刺耳，那声音，听着有点像瓮中发出的，然后回荡在墙壁的四周，好久都没停下来。钟僧人心里越来越害怕，嘴里念的楞严咒也越来越虔诚。

天快要亮时，韩老太太的儿子来了，还听到那声音，似乎在撞门，他们几个就拿着棍子，进了老太太的房间。刚一进门，一个四尺长的东西，顶着一只瓮，直接来撞他们。钟僧人拿着棍子打了它一下，瓮就破了，一只狗嗷嗷叫地跑了出来。原来，当初关门的时候，狗已经在房里了，瓮里有糠，狗伸头就吃，却被套住不能出来，所以顶着瓮一直吼叫。

（《夷坚乙志》卷第十九《韩氏放鬼》）

所谓“疑心生暗鬼”，大概说的就是这种事情。

然而，这样的事，有它广泛的大前提。古时的人们，很相信鬼神。相传人死后魂魄会回来，根据日子计算，魂魄回来的那一天，全家都应该去外面躲避，同时又让健壮的仆人或僧人在屋子里守候，把灰洒在地上，次日，根据地上留下的痕迹，就可以判断死者是转生为人类还是其他东西。

李渔父亲去世，安葬后的第七天，要举行“回煞”的仪式，所有的人都要离家，因为死者的灵魂将最后一次回到家里。而李渔坚决不离开，他一个人守夜，将蜡烛挑得明亮，大门和客厅的门及窗全部打开，在客厅中间的桌子旁，李渔正襟危坐，高声朗诵《诗经》，他读了一首又一首，一遍又一遍，直到次日天明。当然，这一夜，什么事也没有发生，他似乎有几分得意，写下一篇《回煞辩》，哪有什么神呀鬼呀，全都是人造出来吓人的！

笔记中大量存在着这类自己吓自己的例子，这些例子，也被许多作家当作嘲笑有神论者的靶子。

中国传统文化中，鬼神一直是文学作品的一大主角，许多人深信不疑，但同时，包括哲学家王充在内的一大批思想家，也对鬼神发出深深的疑问。然而，在科学日渐昌明的今天，有许多现象依然未知，无法解释清楚，并使人疑惑，这其中自然包括鬼神。

食物相克三种

吃黄颡鱼不可同时吃荆芥，吃蜜不可同时吃鲊鱼，吃河豚不可同时吃风药。这些食物相克，都有例可证。

吴地的魏几道，在妻子的娘家吃了黄鱼羹后，又以荆芥调和着茶水喝，不一会儿，他就觉得脚底奇痒，后来全身都痒得厉害，他赤脚走进沙中，发狂似的奔跑，脚底都跑破了，还是不能止痒。他又急忙让人找来解毒的药服下，差不多两天后，奇痒的症状才消失。

韶州（今广东韶关）月华寺旁的百姓家，设斋饭给僧人吃。当时，新蜜刚熟，僧人们都吃够了蜜。别院有两位长老，回去时，走到半道，正碰到村边有人在卖鲊，忍不住诱惑，就买了半斤吃。当天晚上，那两位长老都死了。

李郎中路过常州时，知州王子云款待他吃早餐（好隆重，有点像广东人的早茶），准备了美食河豚，李因为平时一向不吃河豚，便让人将烧好的河豚，送到他住的旅舍，给他妻子尝。李妻天亮时刚刚服了药，也没多想，觉得河豚味道鲜美。不料，当时就口鼻流血而死。李郎中的早餐还没吃完，他妻子的死讯就传来了。

（《夷坚乙志》卷第二十《饮食忌》）

黄颡鱼，就是我们常见的黄辣丁，汪刺鱼；荆芥，也叫假苏、姜芥，品种很多，散风热，清头目。《本草》里就强调，荆芥不能和鱼蟹同食。鲊，就是咸鱼，或指腌制海产品；风药指什么？太多了，几十种，上面的荆芥就是，独活、防风、天麻、桂枝，麻黄，薄荷，菊花，葛根，等等都是，还有好多动物药也是，如蜈蚣、乌蛇、蝉蜕。后两例食物相克，都致人死亡，表明它的毒性巨大。

所谓相克，其实是两种食物混合后，形成了新的反应。人们往往对有毒食物小心提防，甚至研究出不少以毒攻毒的方子，但对经常食用的普通食物，却毫无戒心。从表面上看，两种食物，都没有毒，但混合后产生的毒性，让人防不胜防。

假如，我们将食物相克，看成是事情之间相互联系而产生的结果，那么这就变成了一个有趣的话题：一种食物，理论上可以和 N 种食物发生联系，N 没有穷尽，N 还有无数个 N，N 种联系的数目，绝对可以超过人类的数量。它和我们的世界一样，每时每刻都在变化中。

因此，任何有机体，都有着复杂而多变的联系和结构，大部分领域仍然未知，或许，有极少数将永远未知。人类对此，只能感叹。

食物相克，只是大自然对人类的一种小小警告而已。

第三卷

夷坚丙志

水塘枯骨

药方雕刻工

床单妖

蟹化漆

綦叔厚反击

契丹人读诗

变色龙

水塘枯骨

富人祝氏，住在兰溪（今浙江金华兰溪）县城三十里外，祝氏有个近成年的儿子，知书达理。祝家屋子边上，有一个方圆几十亩的大水塘，春季塘水清澈荡漾，秋冬之季，水塘浅下去不少，塘岸边的树下，忽然出现了一具枯骨，谁都不知道是怎么回事，邻家也不敢隐瞒，遂将此事报告给了里正。

此前，祝家发生过这样一件事：某道士，曾行乞到祝家，道士不断讨要东西，祝氏很气愤，就将道士驱赶出门。争执中，道士还出言不逊，祝氏就出手打了他，那道士假装倒地而死。祝氏害怕极了，想去官府报官自首，但一直拖到傍晚天暗下来还没有去，道士知道祝氏不可欺骗，就自己起来，向祝氏谢罪离开了。

里正接到枯骨报告，异常兴奋，因为他和祝氏争田地，打过官司，他立即前往县衙告状：祝氏过去曾用鞭子将一个人打死，现在，在他家水塘内发现了尸骨。县令信以为真，派吏卒将祝氏捉来关进牢中。此后，不断有人来为祝氏说情，凡有人来证明祝氏是被冤枉的，县令都认为他们是受了祝家的贿赂，所以，他惩治祝氏越来越厉害，每天都要让人鞭笞祝氏。可怜祝氏，一介儒生，没吃过什么苦，受不了这般折磨，又不知道其中到底有什么，于是违心承认罪行。

祝氏的母亲，知道儿子被冤枉了，她将枯骨接回家，焚香祈祷，日夜哭泣，并且还张榜悬赏，以期捕获真正的杀人凶手。

县令以为，祝氏杀人的各项证据都确凿无疑，就准备将案子报到郡里，了结此事。

话说另一头。祝氏被关进大牢的时候，那个到过祝家的道士，正行走在岳州大地上，他想去衡山。这天晚上，他做了个梦，梦中有人对他说：你不能急着走，明天有人会追你到此地。道士醒来，有点莫名其妙，不知道会发生什么事。次日，他果然碰到了另一位道士。两人一起买酒痛饮，此道士心中有疑问，于是问那道士从哪里来，有什么新鲜事。彼道士说：我从婺州来，到兰溪时，满县都在谈论祝家的冤案。于是描述一通，此道士听后大惊：当年欺诈祝家的是我，我让他冤受此罪，本来已经受到上苍的谴责了（他梦里被遣入地狱），现在祝氏深陷牢狱，危在旦夕，我如果不去陈述真相，那祝氏真有可能被判死罪，那样的话，我欠的冤债就大了。此道士迅速和彼道士一起，昼夜兼程赶往兰溪。

两道士到了县衙，向县令陈述事实，也就是说，那具枯骨，一定不是里正指认的道士。但祝氏依然不能获释，那具白骨，到底是谁，还没有弄清楚，这就变成了疑案，祝氏依然是嫌疑人，于是，案子就一直拖着。

不久，另一县捕获了真正的凶手。一讯问，凶手自述，他本是一屠夫，曾欠下某卖牛客的钱，卖牛客追债急，屠夫无钱可还，就设计加害了债主，并趁月黑风高，将卖牛客的尸体沉于祝家水塘。

至此，祝氏冤案大白。

（《夷坚丙志》卷第五《兰溪狱》）

案情本身，并不是太复杂，但案中几方的行事，依然令人警醒。

首先是里正。乡里发生了命案，必须要向有关部门报告，此乃职责，问题是，里正和祝氏曾有过节，再加上之前道人的假死，当年为什么不报案？或许祝家买通了官家，平息了此事。这就严重影响了他的判断。现在，面对这具枯骨，他几乎不假思索地断定，祝氏就是杀人凶手，白骨就在你家边上的水塘里呢？！按常理，这很容易被推翻，祝氏如果杀了人，会傻到将证据留在极容易被发现的自家屋子边上的水塘里吗？

其次是县令。对他来说，这真的不是一件复杂的命案，现在，所有的证据都指向祝氏，那么，所有的说情者，就是受了祝家的好处。对他来说，这是对司法公正的干扰，坚决不听，还要从严惩处。结果是，村民们每说情一次，祝氏就会多受一次皮鞭。县令并不认为有错，他是在履行公正的职责。

再次是那个道士，他似乎是事情的源头，因为他曾经耍无赖装死过，或许村里的许多人都见过道士躺在祝家门口的场景，以为祝氏失手打死人了。天黑之时，道士却自己爬起来，悄悄溜掉了，否则，太没有面子，以后让他在江湖上怎么混呢？道士溜走，许多村民一定没有见到，这就为日后里正的主观推断提供了想象的重要依据。

作者借助道士的一个梦，来为祝氏洗白冤情，有巧合，却也合理；另一县捕获了凶手，表明宋代对百姓实行了有序的户籍管理，且信息共享。

人命关天的案件，每一个细节都忽视不得，严刑逼供，往往是冤案的起因。

宋人李上交的《近事会元》卷五有《死罪五覆奏》，要判一个人死刑，必须慎重又慎重：

唐太宗时，河内人李好德素有风狂，而语涉妖妄。时直中书省张蕴古究其狱，实癫病有征，法不当坐。太宗始令斩蕴古于东市，寻悔之。因发敕："凡决死罪，皆令所司五覆奏。"蕴古始也。

一个精神病，说了大逆不道的话，不至于要判死罪，本来也没什么事，但侍御史权万纪告状，说张蕴古家住相州，而李好德的兄弟是相州刺史，包庇枉法，太宗于是大怒（这个细节见宋代孔平仲《续世说》卷七《尤悔》)。

张蕴古一定要死吗？如果案子经过有关部门的五次共同审判，那么结果就会完全不一样，即便真的要判死刑，也要让人口服心服。

药方雕刻工

绍兴十六年（1146），淮南转运司刊刻《太平圣惠方》，其中一半的任务分给了舒州承担。州里招募了几十位刻工，在府学专门开辟了雕刻局，作为刻工们的办公场所。这些刻工，每天饮酒喧哗，府学的读书人都受不了，向学校告状，学校又向州太守汪希旦反映。汪太守立即将雕刻局迁到了城南癸门的楼上，又命令怀宁县的县令甄倚，监督管理这帮刻工。

七月十七这一日，癸门附近一座五尺高的小佛塔，无缘无故倒掉了。次日清晨，天气晴朗，到了中午，却有大片乌云从西边飘了过来，紧接着大风大雨随后而至。当时，癸门附近的刻工、商贩及市民有数百人，一个惊雷打下，八十多人倒地，其余的都惊慌逃散。过了好久，楼下又是尘土飞扬，地面上火星四迸，夹杂着一股浓郁的硫黄味。领头工匠胡天佑，将此情景报告给了甄县令，县令随后到达现场，看到倒地的五名刻工，遍体鳞伤，痛苦万分，这五人分别是：蕲州的周亮，建州的叶浚、杨通，福州的郑英，庐州的李胜。

甄县令想，雷不会无缘无故打人，他立即展开调查，一问，此五人，平日里嗜酒如命，又异常懒惰，刻字偷工减料，更可恶的是，为了赶进度，他们还随意更改文字笔画，甚至将药方的计量也弄错。

（《夷坚丙志》卷第十二《舒州刻工》）

《太平圣惠方》共百卷，是中国古代最早的官修方书，收录了两汉以来，一直到宋初，各代的名方 16834 则，按内容分成 1670 个小门类。

这显然是国家行为，如此庞大的刻板印刷工程，政府投入巨大，自然是想将药书刻得精致准确，造福于民。而且，它又不同于一般的经书，药方典籍，药量都精确到克或者更细微的单位，人命关天的事，容不得半点马虎。

但上则笔记显然是一种虚构，雷击乃自然现象，如此精准打击，这就神化了雷。不过，此处，雷就是顶天的上方神明，他洞察世间一切，善恶分明，误人性命的事，必遭天谴！

雕刻属出版印刷行业，允许极小极小的差错率，人非圣贤，更何况错字也是防不胜防，但绝不容忍如此的草率和不负责任。

历朝历代，各种领域都有犯罪现象，但若事涉百姓食物、药物方面，则更会令群情激愤。乱刻药方，制假药，两者本质上并没什么大的区别，皆谋人财而害人命。

床单妖

吕安老尚书，年轻时曾在蔡州（今河南汝南县）府学读书。某天黄昏，同宿舍的七八个人，一起出去游玩，到半夜才返回。突然间，大雨如注，他们也没带雨具，而府学的规矩极严，不经请假，不能在外过夜，他们随即跑进一酒家，借了一张床单，将床单四角打结，再用竹竿撑着床单，大家躲在下面往回走。快到府学东墙了，看到巡逻的士兵手持火炬向他们叫着走来，大家吓得不轻，双方只距二十余步，谁也不敢再向前走，霎时间，时间似乎凝固，突然，巡逻的士兵往回走了，头也不回。于是，这一群学生得以翻墙进入。

整个晚上，这些学生都惴惴不安，以为事情一定会暴露，并且要被赶回家了。次日，巡逻的兵卒向长官报告：昨晚二更时分，天正下着大雨，我们出巡到某处，忽然有个怪物从北边走了过来，怪物的上部平坦如席，看起来模糊，不能辨出是什么东西，下边像有人在行走，约有二三十只脚，走到学墙附近就不见了。郡守以下的各级官员，都猜不出是什么怪物。人们于是纷纷相互传递消息，认为来了只大妖怪，他们向官府提出建议，每条街巷做三场法事，并将怪物的形状描绘下来挂到祠中，誓要将其碎尸万段！

（《夷坚丙志》卷第十三《蔡州禳灾》）

学生不守纪律，古今都一样。我读这则笔记时，边读边笑，一下子勾起了有趣的回忆。

我在分水中学读复习班时，书读厌烦了，晚上经常和表弟一起，跑到外面去看电影。有次，正好上映《王子复仇记》，我们两个又不管不顾跑去看，回宿舍时，早已熄灯，一片漆黑，我们

妖
蔡皋

摸黑进宿舍，不想，碰到了四合院二楼阳台上的一盆花，“噗”！花盆倒地碎了的声音急促沉闷。次日，数学老师在班上幽幽地责问：昨晚有同学不经请假就跑出去看电影，还打碎了我的花盆！我们都装作若无其事，如果请假去看电影，老师会同意吗？显然不可能。

一个子虚乌有的“床单妖”，或许，除了那些读书人外，其他人可能永远也不会知道这件事，而整座城市的街巷里，当念经祛灾声到处响起时，读书人会越来越守口如瓶，他们也会不由自主地加入祝祷的行列中去，因为害怕处分，甚至退学。

不过，再往深层想一想，这则笔记，除了有趣之外，还让人深思，那就是巡逻兵们看问题的方法。他们只看到了表面，就想当然地推测是大妖怪，既缘于内心的恐惧，也出于无知。许多时候，要得到一个真相并不难，难的是再往前走一步。

蟹化漆

乾道五年（1169），襄阳有个盗窃犯应该被判死刑，但正碰上朝廷特赦，就处以黥配之刑。州里的长官考虑到他有可能会再次害民，所以，在他脸上刺字后，又用生漆将他的两只眼睛涂瞎。该犯被押至荆门时，眼睛已经看不见东西了，押解人员就将他暂时囚禁在长林县的监狱中。

当时，长林县有个里正，到县里办事，看到那囚犯两眼被涂生漆，很同情他，于是悄悄对他说：再往前走时，你就请押送人员到蒙泉边，找一只石蟹，将蟹捣碎，然后沥出汁水滴在眼内，漆就会随着蟹汁流散，你两眼的疮疤就会好了。

次日，那囚犯贿赂了押送的兵卒，兵卒捉来一只小蟹，囚犯按照里正教的方法捣汁涂眼，过了两天，囚犯的双眼又像当初一样了，没有一点损害。我（作者洪迈）的妹夫朱晞颜，当时正从当阳县尉调往长林县令，亲眼看到过这个囚犯。

（《夷坚丙志》卷第十三《蟹治漆》）

生漆，就是刚刚从漆树上割下还没有处理过的天然乳白色液体，接触空气后，生漆会转化为褐色。干漆是一种中药，李时珍的《本草纲目》上有记载：干漆入药，主治绝伤今卜中，续筋骨，填髓胞，安五脏，五侵六急，风寒撮脾，有驱虫止咳等效。

漆能防腐、防雨、防污、防伤口干裂，但生漆涂到眼睛上，会是什么结果呢？眼瞎。

那蒙泉边的蟹，应该是一般的石蟹，到处都有。我们小时候在深山溪流的石头底下，经常翻石蟹，将壳剥了洗净，用油炸一炸，美味可口。

上例笔记中，那囚犯的双眼被涂上生漆，估计开始并没有损伤双眼，而石蟹汁能化生漆，这个真没有试验过。即便我岳父做过油漆匠，我略知道一点油漆知识，也不知道蟹汁能化漆。不过，我还是相信，洪迈的妹夫亲眼所见蟹汁能去生漆，应该是真实的见闻。

什么时候方便，我想做一下这个简单的试验，最好就在割漆的现场，在溪边随便找一只石蟹，看看能不能用蟹汁化漆。

从易学原理而言，许多生物都相生相克，文天祥被俘，服脑子（冰片）二两自尽，不料，服药后，他大泻一场，反而将素有的眼疾治愈。真是卤水点豆腐——一物降一物，世界就是这么的奇妙。

綦叔厚反击

綦叔厚某天骑着马出去访客，转弯过一处教坊后，他的马正好撞上了一个卖药的老头，老头倒地，但人没事，老头的药架也倒地，小药瓶子却破碎了不少。

那药架做得很精致，上面一色排列着几十个白色小瓶，里面放着各种药。綦叔厚见状，连忙下马来道歉。不想，那老头却不问青红皂白，走上前来就将綦叔厚的衣服扯破，然后厉声责问：你在这里见过太师出行吗？那太师出行，跟在后面的随从数以百计，吏卒在前面大声呵责开道，道路两旁坐的人都一齐起立，行人看到尘土飞扬立即躲开！你曾见过大尹出门不？武士狱卒，一个跟着一个传呼，我们这些人见了他的仪杖，唯恐避之不及。今天，你一个人骑着这匹劣马，孤身一人，叫我怎么给你让路？！这老头，连珠炮似的骂了几百句奚落、侮辱綦叔厚的话，老头越骂越来劲，街道两边看热闹的人将路都堵住了。

綦叔厚已经忍无可忍了，他一向擅长辩论，但他依然不动声色，等老头骂够了，他才慢慢地答道：这位老人家，您指责我的话很对，我的罪责太大了，只是被马所牵累，我也无可奈何。然而，人生富贵自有天时，我难道不愿做宰相吗？我难道不愿做大尹吗？只是我刚得一官职，哪里还敢再觊觎其他呀。您难道没有看到过井子刘家的药店吗？高门大户，正面七间大屋，我即使再不会骑马，也不至于单马撞入他家，误碰他家药铺上的东西吧？街上的行人听了，都拍手叫好，那老头也沮丧羞愧，用俚语说道：也得，也得。于是放开了綦叔厚。

井子，是刘家居住的房子名，京城有名的大药店，綦叔厚以此来反击老头。

（《夷坚丙志》卷第十四《綦叔厚》）

从这一平常的市井新闻中，却足见綦叔厚的智慧，不露声色地反击，终于灭了对方嚣张的气焰。

这可以算是一起轻微的交通事故。街道的转弯处，往往是交通的盲区，幸亏速度有限。事故一发生，綦叔厚立即下马道歉，如果不是老头连珠炮似的骂声，綦叔厚一定还会有后续动作：您做点小生意，实在不容易，刚刚打碎的那些小瓶子、倒地的草药，算一算多少钱，我一并赔偿。

然而，这老头也不是什么善茬，他绝对属于那种得理不饶人的市井无赖一类（或许偏重了一点），扯破对方衣服，还破口大骂，能一口气骂上数百句的，也算个吵架的人才，老头举的两个例子，都是大官，言下之意是，只有大官才有这么大的派头，老百姓才会给他们让路，而綦叔厚是一个普通百姓，骑一匹劣马（他凭什么这么判断呢？难道大官们的马都是披红挂绿，和大官们一样气宇轩昂吗？）他凭什么要给普通百姓让路呢？

老头用的其实是简单而蛮横的推理：太师出入，百姓要让路；大尹出入，百姓要让路；你不是太师，你不是大尹，我们不必给你让路！而论辩高手綦叔厚，明显看出了他的破绽，用最简单有力的例子，奋起一击：也怪你呀，你如果开个像刘家那样的药房，那我的马绝对不可能撞上你，也根本不会撞倒你的小药架。大家都是行路人，难免磕磕碰碰的，有必要这样骂人吗？况且，你已经扯破了我的衣服！我们扯平了！

綦叔厚显然温文尔雅，他已经是官员身份，在等级森严的古代社会，理应有一定的威严，本次对骂，纯属被逼无奈。

契丹人读诗

契丹人读汉诗，甚为有趣。契丹小儿，刚上学时，先学契丹母语，用他们的俗语，再颠倒文句去读汉诗，因此，汉诗中的一个字，他们需要用两三个字来解释。我奉命出使金国时，接伴副使、秘书省监王补，每次同我说话我就发笑。比如“鸟宿池中树，僧敲月下门”这两句，他就要读成“月明里和尚门子打，水底里树上老鸦坐”，大抵如此。王补是锦州人，锦州也属于契丹。

（《夷坚丙志》卷第十八《契丹诵诗》）

绍兴三十二年（1162）正月，洪迈以翰林学士、礼部侍郎的身份出使金国，和他老爹洪皓相比，他不仅没有取得满意的成绩，还落下了软弱的名声，弄得他后来好久都抬不起头。但就如他老爹在出使期间写下一部笔记《松漠纪闻》一样，洪迈此次出使，也为他今后的写作，增加了不少写作素材。上面这则为出使途中之偶得，别开生面。

契丹的历史，实际上是鲜卑、匈奴等北方少数民族历史的延续，鲜卑语应该是契丹语的母语。法国人伯希和认为，鲜卑语属蒙古语族，于是我们今天这样推断，契丹语是蒙古语的一支。但也有学者认为，契丹在降唐之前曾经臣服于突厥，因此契丹语属于突厥语族，且许多契丹语词和突厥语词的发音很接近。

契丹文字分大小字，如果单纯从契丹文字的角度说，很少有人能解读出。现在的研究，都是通过查找汉文典籍里的契丹语言译音，从而推断出有关契丹文字的意思，比如契丹语“耶律阿保机”，表示的就是“大人”之意。

陆游《老学庵笔记》卷六，有“汉儿”一词，这便是契丹语：

予与尹少稷同作密院编修官，时陈鲁公、史魏公为左右相。一日，过堂见鲁公，语少款，少稷忽曰："穑便难活，相公面上人。"又云："穑是右相荐，右相面上人。"又云："穑是相公乡人，处处为人关防。"鲁公笑答云："康伯往年使虏，有李愈少卿者，来迓客，自言汉儿也。云女真、契丹、奚皆同朝，只汉儿不好。北人指曰汉儿，南人却骂作番人。愈之言，无乃与君类耶？"一座皆笑。

本则笔记里，贾岛的诗被颠倒了过来，虽基本能明白，不过，大大缺少了唐诗原来的意境，纯粹是白话解读。

如果从翻译角度说，缺失原诗意韵，这也是没有办法的事。比如"鸟宿池中树，僧敲月下门"，有人这样译成英文：Birds live in the trees near the pool, and the monk knocks the door in the moonlight。或者译为：Bird lodges pool tree，monk knocks on door。

变色龙

徐大夫被启用为婺州太守。当时，刘大中任礼部尚书，早晚都被事务缠身，他的父亲不乐意待在临安，就到婺州去任法曹官。

某天，刘父因为向徐太守汇报工作时行动迟缓了一些，就被徐骂道：你都这样老糊涂了，为什么还不退休回家？刘笑着说道：我儿子不允许呀，我只好在此做事。徐太守瞪大眼问：你儿子是谁？刘答道：刘大中呀！徐太守立即转怒为笑：您精力过人，虽然年纪有点大，但仍然很健康，法曹这个岗位不适合您，我们的府学正缺少教授呢，就请您勉为其难，给那些学生指导指导学习吧！于是当即让刘父去做州学教授。

（《夷坚丙志》卷十八《徐大夫》）

这样的场景一定滑稽：刘父颤颤巍巍地站在徐太守面前，说话都有些结巴，这自然让徐大为不悦，而刘父却不急不慌，他听到过这位太守的不少轶事。刘的儿子在朝中做大官，就是他坚硬的后台，地方官不敢得罪，而当他看到徐太守瞬间变脸时，内心真是充满了无限的喜悦（儿子的名头真灵，这个徐太守真好玩）。

这个徐大夫是宋代官员中典型的变色龙。这一条笔记的前半部分，已经记叙了徐大夫好几件转瞬即变态度的笑话，他还因为不适宜地向低级官员示好的行为而被贬官，后面《支乙》卷四还有《再书徐大夫误》，洪迈真是写尽这一类官员的嘴脸。

这类官员的影子，古往今来，到处都能看见，一方面迫于权势，不得不低头换脸，一方面却利用权势压人，在他们的手下做事，日子绝对不会好过，这种人，只要有一点点小权，都会设法榨干用尽。

第四卷

東坚丁志

许提刑冤死

卖烤鸭的鬼

一棵杉树的风波

观潮垮桥事件

再加二十五两银子

聪明潮州象

二百味草花膏

让俺娘也尝尝

无肠人

如何在瓶胆里面镀金

私了的结果

口吐莲花

东坡的雪堂

磨镜师

许提刑冤死

靖康二年（1127）冬天，金兵再次渡过黄河。河北提刑许亢，凭借武举考试得以任官，但因放弃洛口不守而溃逃吉阳被贬官，正碰上中原大乱，他无法前往被贬地方上任，就与两个儿子、十几个随从士兵，抄小路到了南康。许亢不想让州郡知道自己的事，就在山上的一座小寺中住了下来。许亢的仆人，因为偷摘寺中菜园里的蔬菜和僧人发生了口角，僧人就暗地里去郡中告状：这伙人是趁着溃兵时前来行劫的，好多是罪犯！郡守李定深信不疑，立即派兵前往抓捕，许亢父子三人及随从，全部被关进监狱。

许亢在大堂上自然要申诉，他一五一十将前后经过以及自己的生平都说了一遍，但他仓皇南来，妻妾也沦落别处，朝廷的任命文件什么的一样也没带，无法证明身份，因此，李定听后一百个不相信：哪里有做过监司，到了一个地方不拜见地方官而躲避起来的呢？他命令狱吏，继续严加审讯，但还是没得到什么信息。

见此不行，李定又暗里派一孔姓目吏到囚室，表面上装出要和许亢交朋友的样子，实际上是想探听情况，孔目吏摆出酒菜，与许亢痛饮，但依然没有得到许亢是盗贼的有效信息。

有一天，许亢和两个儿子说：我昨晚上做了个梦，梦见我们父子三人手拿雨伞在雨中走，不一会刮起一阵大风，三把伞都被吹得破裂并被风刮走，老大呀，这个梦是凶是吉呢？许亢的大儿子擅长解梦，他哭着对父亲说：这个梦很不吉利，这是我们父子三人离散为三个部分的征象。当天晚上，那孔目吏带着丰盛的酒菜又来了，与许氏父子痛饮，并给许亢倒上满满的一杯酒说：提刑尽力一醉，等下要将令郎迁到别的屋子里去了。喝完酒，狱吏们将许氏父子分别隔离到不同的房间里，半夜过后，三人全部被铁锤打死。

许亢父子死后，李定将此案写成奏折，自称除灭盗贼有功，但还未来得及上报就突然死了。所有参与这件事的人，都在一个月内相继死去，只有那个孔目吏活了下来。鄱陵人周西瑞曾任南康军知军，是李定的后任，他的儿子周珏从孔目吏那里听到了这件事。

（《夷坚丁志》卷第一《许提刑》）

一位堂堂的省级官员，不能自证身份带来的后果，让人看了后怕。

这也是另一种形式的草菅人命。自然，也要安排李定及参与这起案件的人遭报应的结局。

洪迈在《夷坚志丁志》卷二里，写有一则《李元礼》，可以从另一角度解释上面这则笔记：

福州福清人李元礼，绍兴二十六年，为漳州龙溪主簿，摄尉事，获强盗六人。在法，七人则应改京秩。李命弓手冥搜一民以充数，皆以赃满论死。李得承务郎，财受告，便见冤死者立于前，悒悒不乐。方调官临安，同邸者扣其故，颇自言如此。亟注泉州同安县以归，束担出城，鬼随之不置。仅行十里，宿龙山邸中，是夜暴卒。

有名有姓，言之凿凿。龙溪主簿李元礼，工作尽力，破案技术高超，一下子抓获六名强盗，这是一个不错的成绩，将为他以后的仕途打下坚实的基础。可是，他为了升官昧了良心，因为干部升职条例清楚地写着，抓获七人，就有升任京官的机会，这还不简单，让属下再去抓一个老百姓来冒充就是了，这个百姓，或许是个独身，或者是个无赖，总之，抓他别人也不会同情的那种，但绝不至于死，然而，他却和另外六个罪犯一起死了，而李主簿，如愿升得承务郎。可那个冤枉者不是白死的，他变成鬼来报仇，于是，那个冤死者就经常出现在李元礼的面前，弄得他郁郁寡欢，也就没有心思去京城了，去泉州的同安县吧，说走就走，当天晚上，李元礼住在龙山的旅店中，突然暴毙。

除描写李定、李元礼枉杀无辜的报应，这两则笔记的言外之意为，各级官员为了自己的利益而酿成的冤案有很多。统治者未必不清楚这样的事，所以，即便在宋代，都有专门的官员负责陈年积案的清理、复查。

卖烤鸭的鬼

中散大夫史忞，建康（南京）通判任职期满后，回到了临安（杭州）的盐桥居住，一个虞侯跟随在他身边照顾。某天，他和虞侯到集市上去，碰到一个卖烤鸭的，那人十分像他以前的厨师王立，虞侯也说像，可王立已经死去一年多了，还是史忞出钱埋的他。正纳闷间，王立走过来跪在史忞面前说：匆忙间碰上大人，没来得及预先告诉您。王立如此解释，史忞半信半疑。随后，王立和史忞一起回到史家，并送给史家剩下的一只烤鸭。

见此情景，史忞还是忍不住问了：既然你已经不是人，为什么白天还在临安城里呢？王立答：自从离开您，我就来到了这里，现在临安城里，有十分之三的人是鬼，这些鬼中，有官员，有和尚，有道士，有商贩，还有妓女，形形色色的都有。人鬼交往很多，鬼并不害人，人自然也分辨不出来。史忞看着那只烤鸭再问：你卖的鸭子是真的吗？王立答：我也是从市场上买来的，每天十只，天还未亮，我就到了大作坊里，在灶边将鸭烤熟，然后交给主人一点柴钱，我们贩卖鸭的都这么干。一天挣的钱，足够我生活，但到了晚上，我却受罪，因为没有屋住，只好经常睡在菜市场里卖肉的案板下，常被狗惊醒并追逐。这鸭，是人间的东西，可以吃的。史忞于是给了王立两千钱。

第二天，王立又拎着四只鸭子来到史家，以后常常来。史忞叹息道：我是人，而每天和鬼说话，看来，我在人世间活不久了。王立知道史忞的心事：您不要怀疑我，难道您不知道大养娘也是鬼吗？王立于是拿出两颗小白石，对史说：您将其放入火中，您就知道我没有撒谎。

大养娘是史忞长子的乳母，在史家已经住了三十年。史忞并不相信，于是和大养娘开了个玩笑：外面的人说你是鬼，你是鬼吗？大养娘很生气：我都六十岁了，真可以做鬼了！但脸上一点也没有畏惧的感觉。此时，史的小妾正好在边上熨衣服，史就将小白石丢进熨斗里，不一会儿就起火了，大养娘脸色大变，身形渐渐淡如水墨中的影子，一下子就不见了。此后，王立也不再来了。我（作者洪迈）在丙志中记载过李吉的故事，鬼的伎俩相似，实在令人可笑，但这里鬼的伎俩又稍有不同。

（《夷坚丁志》卷第四《王立熝鸭》）

细读这则笔记，颇耐人寻味。虽荒诞无稽，但洪迈将时间、地点、人物皆设置得十分妥帖，看不出有什么大的破绽。

王立的视角是关键点，他是鬼，他知道鬼世界的事情，而我们普通人，无法得知，即使身边有鬼。

临安城中，有十分之三的人是鬼，鬼的职业也如人，多种多样。显然，作者的矛头对准的，是鬼官，鬼一样心计的人。

什么是鬼官呢？中国人判断一个好官、良吏的标准大致有三条：清廉，正直，有智慧。每一条都不可缺少。清廉第一，乃是人民和社会的集体需要，如果一个官员，一天到晚，尽想着自己的私事，为自己牟利，那第二条自然就不具备，即便第三条再突出，也是一个贪官，越聪明，贪得越厉害。和好官的标准相对，那就是鬼官（这里非指阴间自阎罗王以下的各级官员，笔记中，阴间的政府要远比阳间的政府公正，阳间的不平事，只有在阴间才能得到申冤），心思不正的官。除了鬼官，还有人世间那些形形色色的鬼一样的普通人，自私刁钻，损人利己，表里不一，蛮横无理，作恶无数，伤天害理，一句话总结，什么缺德事都敢干。

从这个角度说，人还不如鬼。至少，如王立那样的鬼，还是规规矩矩的，那大养娘不是在史家好好地生活了三十年吗？

洪迈写作了一辈子，他的许多笔记，尽在鬼的世界里转悠，意在提醒、劝诫、警示人们，唠叨中显示着一种深深的无奈。

一棵杉树的风波

建阳人陈普，他祖墓旁边有一棵很大的杉木。绍兴壬申年（1152）的一天，陈氏十二家族人合议，将树卖给本地人王一，估价十三千钱，并约定次日祭祀祖墓后再砍掉这棵大树。

这天夜里，陈普做了一个梦，几个白胡子老头对他说：这棵杉树，已经生长三百八十年了，应当留给黄察院作棺椁的，你们怎么可以随便砍掉它呢？！陈普问：黄察院是谁？老人们回答：就是招贤里的黄知府。陈普又问：他现在居住在信州，怎么可能到我们这边来呢？老人们又答：如果你们不相信，一定会生出灾难来的。况且我们守护了这么多年，你们即便想卖，也一定卖不成的。陈普醒来，将这个奇怪的梦告诉了他的妻子，他妻子说：因为这棵树，常遭子侄们的怒骂，要卖就卖掉，你不要到处去乱说。

第二天，王一带上钱，还有酒及鹅鸭，来祭祀祖墓。典礼完毕，将陈氏族人邀来陈普家，大家一起喝酒，吃完酒，每户人家分得一千零八十文钱，还余下四十文，陈普拿在手上说：这点钱，就当补偿给我家的柴钱吧。陈普的一个侄儿，向来凶狠，走上前来，一把抢过陈普手中的钱，用力丢在地上。陈普生气了，抬腿就是一脚，结果将侄儿的脚踢断。此时，王一还在现场，他担心，这样闹下去，要出大事情，于是他不要这棵树了，就向各位索要钱回去，但其中有四户人家，就是不肯将钱还他，一伙人就打了起来，几个当事人又闹到县衙打官司，本来，陈氏每户人家都有二三十亩的田产，这场官司打下来，有人就倾家荡产了，只好迁往别处生活。

五年后，黄察院死于信州（今重庆奉节），他的儿子黄德琬到处买棺材，都未寻得合意的。于是就到故乡来寻，有人告诉他，陈家有棵大杉树，很合适，而且还告诉他说，陈家想卖树已经很久了，就是因为相互间计较那四十文钱，一直没卖成。黄德琬于是去陈氏家族商议，正好，迁往别处的几位户主都回来了，这时，陈氏家族已经有十六家了，每家各给一千钱，大家都很高兴，协议很快达成。

等黄家将这棵杉树买下，做成棺椁后，陈普这才谈及多年前的那个梦。黄德琬仔细观察杉树的纹理，正好三百八十多圈。

（《夷坚丁志》卷第六《陈墓杉木》）

梦是巧合，如果没有梦，因杉树而引起的风波照样会起，公共财产的分配，谁都有份，谁都要求公允，谁都有可能不服。

陈普应该在陈氏家族有一定的威望，他是事件的中心，如果换作别的人，在长辈家吃酒吃饭，在长辈家分钱，多下来的四十文作柴火钱，似乎没什么不妥。然而，这里有前提，陈普的妻子已经道出：子侄们早就盯上了这棵树，为了这棵树，此前一定还有其他的风波闹出，而且，他的子侄们性情暴躁，一言不合便会大打出手。果真，陈普的主意一说出，侄儿就和他打了起来。当然，陈普也不是什么善良之辈，他下狠脚，居然踢断了侄儿的腿。

这里，我们可以将四十文钱，看成是一杆公平秤的秤砣。十二家，每家一千零八十文，余四十文，如果每家一千零八十三文，余下就只有四文，但即便是四文，也会显示出不公平，因为秤砣还是不准。不准，还谈什么公平。那个和陈普打架的侄儿，就是这样的心态。或许，除了陈普，其他十一家也都是这样的心态，只是有的人不说而已。

一棵大杉树的风波，显示出了中国古代农村真实的一面，村民们几乎在许多事情上面，都会斤斤计较，而计较的源头，皆是生活的困顿和艰辛，谁家都不容易，好不容易有了一个显示公平的机会，自然要分厘必争。

观潮垮桥事件

钱塘江潮，以八月十八最大，天下少见的壮观。这一天，临安城的老百姓，都会到江边观潮。绍兴十年（1140），八月十六前后的晚上，江边的居民听到天上有人这样吩咐：今年应当有几百人死在桥上，都是凶恶、淫荡、不孝之类的人，这些人如果没来观潮，要分头去催促，不在其中的，要赶开他们。接着就听到很多人答应好的好的。人们听了很惊讶，但没有谁敢说出去。到第二天晚上，住在跨江桥边的人梦见有人来叮嘱：明天不要上桥，桥要折断！早晨起来，大家互相一问，都说做了差不多的梦，大家于是非常惊惶。

八月十八日，大潮要来的时候，桥上已经挤满了人，做过梦的人都在旁边观察，望见有亲戚朋友在桥上，连忙偷偷劝他们下来，那些人听了都认为是妖言、愚弄人的话。不久，大潮涌来，巨浪排空，惊涛拍岸，只听一声巨响，桥被震垮，压死、淹死了几百人。

（《夷坚丁志》卷第九《钱塘潮》）

八月十八观大潮，是南宋人的盛大节日。周密的《武林旧事》卷七《乾淳奉亲》，也写到了这个节日的热闹场景：

自龙山已下，贵邸豪民，彩幕凡二十余里，边马骈阗，几无行路。西兴一带，亦皆抓缚幕次，彩绣照江，有如铺锦，市井弄水人，有如僧儿、留住等凡百余人，皆手持十幅彩旗，踏浪争雄，直至海门迎潮。

群体性聚集，就有可能出现事故。

天人接到指令，将那些该死的人都弄到桥上，显然是附会，将事件涂上一种神秘色彩但观潮垮桥事件应该为真。或许这样，死者的家属，心里会好受一些，毕竟是上天的旨意，谁也不能违背。

对于这样的大事件，官方应该有记载。我查史料，果然，《咸淳临安志》卷九十二《纪事》中“八月”条有如此记载：十八日，钱塘江大潮，惊涛激岸，坏跨浦桥，桥上及桥旁观潮者，压溺而死数百人。

江水平静如处子，发起威来，震天咆哮，万千年来，钱塘江一直如此。

再加二十五两银子

当涂有个外科医生叫徐楼台，家里世代擅长治疗痈疖，因他家门头上画有一个楼台做标记，人们都习惯称他为徐楼台。传到徐楼台的孙子徐大郎时，医术越加精湛了。

绍兴八年（1138），江苏溧水县蜡山有个叫江舜明的富人，背上长了个痈疽，到徐家求治，徐大郎说能治好，商定治好后酬谢三十万钱。十来天后，江的饮食就像正常人一样了，言语和精神都不错，只是躺下和起身还要别人帮忙。

某天，江舜明的毒疮突然变得又痛又痒，徐大郎说，只要放出脓血，随后便好。当晚，徐大郎便动手诊治，边上有许多人在围观。只见徐大郎用针刺入疮中，再捻了个五寸来长的纸捻，如纸钱那么粗，沾上药，插入烂孔中。此时，江大喊：痛死了！痛死了！喊声越来越高，徐大郎慢慢地对江说：再加二十五两银子给我，我就拔出纸捻，放出脓，疼痛马上就好。边上江舜明的儿子江源气极了，坚决不答应：原定酬金已经不少，今晚治好后，明天就给你！徐大郎不为所动，一定想要得到加的钱。此时，江舜明的同族人江元绰也在场，他劝江源：病人疼得厉害，为什么还要吝惜钱呢？赶快答应徐医生。江源于是先给了徐大郎一半钱。此时，纸捻插下去已经有一个多时辰了，徐大郎得到钱，拔出纸捻，血如泉涌，病人的喊声，逐渐减弱了下去，徐大郎以为疼痛止住了，江家人上前一看，病人已经死去，血水还在流。

没过一年，徐大郎忽然得了热病，他不停地惨叫：江舜明，莫再打我了，我做得不对，你儿子也有错啊！煎熬几天后，徐大郎便死去。他妻子带着两个儿子改了嫁，徐家就这样绝了后。

（《夷坚丁志》卷第十《徐楼台》）

这则笔记，前半部分，徐大郎中途突然要加钱，具有极强的警诫意义，至于后半部分，徐大郎生病，则可以看成是对恶的一种惩罚。

医术高明者，收费也高，这在古今都很正常，如现今的专家挂号。但也有特例，对穷户、病急，医生或医院也免收费用，这都是医德的一部分。

南宋时，钱塘江中有渡船，某些不良船工，往往在船到江心、船晃浪大时，突然加价，这加价的船工和徐大郎，性质是一样的，都是乘人之危，趁火打劫。

徐大郎极有可能是第一次这么干，这病对他来说，并不是什么疑难杂症，而眼前江家，又是出了名的富户，多要点钱，没什么大问题。但上苍对恶的惩罚，并不会因为你是第一次犯错就会原谅，即便有恶的念头都不行。

洪迈在同一卷中，紧接着还写有一则《符助教》，这符助教擅长治疱疖，但他的心更黑，碰上病人的疱疖不怎么严重的，就先用药加重病情，然后再重重敲诈。如今极少数民营医院，尤其那些治性病、美容什么的，逮到一个病人，常常连蒙带吓，最后病人大都花不少冤枉钱。

二十五两银子，害了两条命，银子没有错，错的是贪心和恋财。

聪明潮州象

宋孝宗乾道七年（1171），缙云（今浙江丽水）人陈由义，从福建去广州探望他的父亲。船过潮阳（今广东潮州）时，他听到了当地一个群象围攻太守的故事，很是有趣。

惠州太守带着家人从福州去上任，路过潮阳。那里有很多野象，几百只一群，每逢秋收，老百姓害怕它们来践踏庄稼，于是就在田里弄些陷阱阻止它们，野象们得不到食物，非常愤怒，它们就成群地围住惠州太守，大半天都不散去。从惠州来迎接太守的随从兵士有一两百人，也无计可施。太守的家人又惊又怕，甚至有人惊吓而死。地方的保长、伍长们，他们知道大象的用意，便带人背着稻谷堆到大象的周围，大象们也不理睬，直到堆积的稻谷满足了它们，大象才散开去吃稻谷，太守于是得以解围。

大象用计谋来获得食物，所以攻击人们必须要救助的人，这么庞大的兽类，竟有如此智慧，但它对潮州一带的危害，实在不比鳄鱼轻。

（《夷坚丁志》卷第十《潮州象》）

大自然是一个有机的循环系统，每种动植物，都有自己的生存智慧，即便卑微如蚁，它也具有让人类都不及的生存智慧。

关于大象，笔记中多有记录，报恩的、复仇的都有，这里展现出的机智，却别有生趣。

如果按人类的计谋讲，这属于围魏救赵，围攻太守，得到食物。简单有效，立竿见影。大象们发起威来，人不敢靠近，庞大的身躯，就如坚固的城墙，那长鼻、那锐牙，都是让人害怕的武器，它们只需要静静站着、围着，偶尔仰头长嗷几声，外面的人就不敢动，太守的性命还在它们鼻子下呢。

我去潮州，韩愈的印迹到处都是，“韩山”，“韩水”，山清水秀，韩愈祭鳄驱鳄，造福于民。但我没有听到大象的故事，按洪迈的记载，至少在宋代，鳄鱼还对潮州的百姓造成危害，大象也是。

几百头大象将太守一家团团围住，转圈嗷嗷叫着，外面的兵士束手无策，看到人们不断地搬运粮食，大象才散开，欢天喜地地吃着人们送来的谷物，这些场景，一定不可多得，且有趣之至。

和人斗智，人还输了，其乐无穷。

二百味草花膏

福州有个人患了眼病，双目红肿，又痛又痒，还不停地流泪，白天不能看东西，晚上不能看灯光，只能整天呆坐着。

这人的朋友赵之春告诉他：你这是患了烂缘血风，我有一味药，正好可以治你的病，这药叫二百味草花膏。那人吃惊地说：要二百味啊，你说的这些药，要到哪里才能找齐呢？你这不是开我玩笑吗？！赵之春笑着说：我正好有这种药，明天给你带来治眼病。第二天，赵之春带了约莫一汤匙药，只见那药凝结成脂膏，赵之春挑出一点让病人服下。一天后，那人就不再流泪，两天后，肿消，三天后，眼也不痛了，一切都正常如初。

病人双眼痊愈后，便去拜访赵之春，表示感谢，并问了那药的底细。赵之春又笑笑：这药其实简单，找一个公羊胆，将上面的油脂去掉，灌些上等蜂蜜进去，搅拌均匀后，蒸干，然后放进小钵中捣烂成膏脂就成了。因为蜜蜂采集百花，羊吃百草，所以隐去其真名而以二百草花膏冠名，其实是搞个噱头而已。

（《夷坚丁志》卷十二《王寓判玉堂》）

这则笔记，开头一句这样说：九江人王寓，徽宗政和年间担任过洪州进贤县（今南昌市进贤县）主簿。但“将受代”后严重缺页，我推测，王寓后来去福州某县代理官职，听到了这个故事。或者，那个赵之春，就是王寓的朋友，是赵之春将这个病例说给王寓听的。

这些都不重要，这味治眼药，倒是别具一格。

这两种药，现在都不难得到。羊胆本来就是一道美食，清火，明目，解毒；蜂蜜的好处太多了，补中，润燥，止痛，解毒。这两种药都有解毒作用，眼睛的病，药到病除。

有意思的是药名。二百味草花膏，草和花皆为大自然的结晶，想想都觉得美好。

大自然中好听的名字，常常让人遐想无限。孟郊的《婵娟篇》写道："花婵娟，泛春泉。竹婵娟，笼晓烟。妓婵娟，不长研。月婵娟，真可怜。"杨升庵尝令画工绘此为《四时婵娟图》，以花当春，以竹当夏，以月当秋，以雪当冬。

不知道有没有医生试过赵之春这个方子，我希望有医生能试试它，不难，也没有副作用，说不定就是一治眼良方呀！

让俺娘也尝尝

武昌的一些百姓集资修建了一个昭惠斋，某天，一放牛娃看到里面案台上有两个馒头供着，就用树叶包了一个，放到腰间的鱼兜里。放牛娃走在回家的路上，天色忽然阴沉了下来，转眼间就电闪雷鸣，狂风大作，放牛娃被雷震倒在地，但一会儿就爬起来了。

有人问他怎么回事，放牛娃答：我根本就没有听到打雷声，只看见几百个神仙跑过来要对我动手。有位老人过来拉着我的手问，你竟敢将斋里的供品放到鱼兜中去？我说我想带回去让俺老娘尝尝。老人一听很高兴，就摆手让神仙们都退走了。

（《夷坚丁志》卷第十三《昭惠斋》）

这里面的两个告诫，极其明显，一是斋里的供品，不能随便拿，二是孝敬老人是天则。

其实，对于供品的处理，因为习俗和文化不同，各地并不一样。周密的《武林旧事》清明节“祭扫”一段中，有“野祭”，就是不在坟前而在野外祭祀，祭祀完毕，众人分吃剩余的食物，这种观念还是挺先进的。清明时节，春气动，草萌芽，人们在纪念先辈的同时，也很好地享受了春天的风景。

陆佃在出使契丹期间，在住的宾馆中，有一胡人服务生，做事非常有条理，也能讲汉话。某天在吃煎饼时，因有剩余，陆佃就给了胡人几个，胡人道谢却不吃，问他原因，他说：我要拿回家给父母亲吃。陆佃听了很高兴，再问他：你知道这叫什么食物吗？胡人答：我们那里叫石榴。他的意思是说“食馏”，可以将凉了的熟食再蒸熟吃。

孝行孝德，人人都赞赏。

放牛娃看见斋里供奉着的馒头，立即想到了他的老娘，这种举动是自觉的潜意识，或者是下意识，他的眼中只有娘，忘记了神的存在。幸而，神也是宽宏大量的，起先虽然生气，但在了解情况后，立即宽恕了他。

无肠人

寿昌（今浙江建德）有个叫叶克己的人，十岁时，跟着做官的父亲住在扬州，起先得了红眼病，随即大小便中都出现了血，时间一长，大小便都不通了。

一个和尚诊断说：这是吃药中了毒，内脏已经损坏，必须将烂肠子打下来。和尚弄来一些草药，让小叶浸酒喝，并嘱咐叶家，先准备好浴盆等着。小叶喝了药酒不一会，腹痛难忍，立即坐到盆上，拉出了一大截烂肠子，随后又拉了几次，此时的小叶，已经奄奄一息，家里人认为他活不久了。到了晚上，小叶不断呻吟起来，随后要了粥喝，第二天早上，他就能下床走路了。

不久，小叶的屁股上又长了个大毒疮，烂成了七个洞，大小便全从洞里流出，又臭又脏。那和尚对叶家说：他这病一时半会好不了，还是跟我去寺庙料理吧。后来，和尚也觉得难料理，只好又将小叶送回了家。

十年后，小叶已经长成青年，但那个病依然拖着，此时，他跟着哥哥叶行己客居兰溪。某天，有个道士上门说：这病很奇特，但我知道病因，你们只要请我喝一顿酒，明天我就给他治疗，一分钱也不要！叶家很高兴，拿出两升酒请道士喝，道士连说好酒好酒，你家还有多少呀？叶家说有五斗酒，道士又说都给我存着，我明天来。

第二天，道士如约而至。他先烧红一根铁筷子，从叶克己的肛门中捅进去六七寸，叶一点也没有痛的感觉；接着，道士又在一根冷筷子上涂上药，塞进叶克己的肛门中，如此来回好几次；然后，道士又用烧红的铁篦子去烫毒疮，皮被烫焦后纷纷往下掉，烫完后，道士将六个洞用药填满，并对他家人说：留下一个洞，如果这个洞也堵上，他会没命的。道士做的一切，叶家人看着都心慌，叶行己甚至都转过身去，用衣服遮眼。

令人惊异的是，两天以后，叶克己疮上结的痂全部掉落，烫过的地方，肌肉全部长平，那六个烂孔也愈合了，肚子里另外长出了小肠。

自此后，叶克己就与常人一样了，食量比以前加倍，只是拉的粪便像鸡粪一样细。恢复后的叶克己娶妻生子。五十岁后，叶的肚子上又长出个毒疮，烂穿了肚皮，结果病死了。

叶克己没有肠子生活了四十来年，我（作者洪迈）还没有听说过有这样的病，至于给他治病的人，大概也是世外高人。

（《夷坚丁志》卷第十三《叶克己》）

叶克己真是多灾多难，幸好，碰上了医术高明的和尚和道士。在中国古代，出家人还有另外一种含义，即救苦救难，且他们常常身怀绝技，无论武功还是医术都很厉害，这两人就是代表。

道士替叶克己动手术的过程，有点惊心动魄，这差不多就是现代外科手术中的切除法。只不过，他深懂医理，用高温防止感染，效果不错。

无肠人活了四十多年，洪迈自然很惊讶，不过，他肯定读过《山海经》,《海外北经第八》中就有“无肠之国”，无肠国在哪里呢？就在深目国的东边，那里的人个子很高，但肚子里没有肠子。

而根据描述，道士似乎替叶克己做了一根小肠子，只是肠子极细，以至于拉出的粪便如同鸡屎一样。

一般人无法想象无肠人是怎么生活的。

李汝珍的《镜花缘》第十四回《谈寿夭道经聂耳，论穷通路出无肠》中，无肠国的人是这样吃东西的：

那日到了无肠国，唐敖意欲上去。多九公道：“此地并无可观。兼之今日风顺，船行甚快，莫若赶到元股、深目等国，再去望望罢。”唐敖道：“如此，遵命。但小弟向闻无肠之人，食物皆直通过，此事可确？”多九公道：“老夫当日也因此说，费了许多工夫，方知其详。原来他们未曾吃物，先找大解之处；若吃过再去大解，就如饮酒太过一般，登时下面就要还席。问其所以，才知吃下物去，腹中并不停留，一面吃了，随即一直通过。所以他们但凡吃物，不肯大大方方，总是贼头贼脑，躲躲藏藏，背人而食。”唐敖道：“即不停留，自然不能充饥，吃他何用？”多九公道：“此话老夫也曾问过。谁知他们所吃之物，虽不停留，只要腹中略略一过，就如我们吃饭一般，也就饱了。你看他腹中虽是空的，在他自己光景却是充足的。这是苦于不自知，却也无足为怪。就只可笑那不曾吃物的，明明晓得腹中一无所有，他偏装作充足样子；此等人未免脸厚了。他们国中向来也无极贫之家，也无大富之家。虽有几个富家，都从饮食打算来的——那宗打算人所不能行的，因此富家也不甚多。”

《镜花缘》被称作是《山海经》的翻版。林之洋他们经过的那些怪异的国家，大多数都和《山海经》中的一样，奇奇怪怪。不过，这类小说，整个创作基调却是讽刺的，上面文字中，作者的讽刺意也极其明显，这些无肠人，明明腹中一无所有，偏偏装作充足的样子，脸皮实在有些厚。

如果从文学角度出发，葛洪对螃蟹称以“无肠公子”，实在也是有些贬义的，你如果不横行霸道的话，我反而会可怜你。

如何在瓶胆里面镀金

有一次，宋徽宗将十个紫琉璃胆瓶交给一太监，让他请工匠在瓶胆里面镀金。这太监拿着瓶子，专门去了趟皇家工坊，工匠们都表示干不了这活：在瓶子里加层金，要用铁算烙印才能黏合紧密，但这些瓶子颈口窄，铁算伸不进去，且里面的琉璃胆又脆又薄，不能用手碰一下，如果强行制作，一定会弄碎了瓶子，所以，我们宁愿违命也不敢动手！这太监知道不能强迫他们做，就暂时将瓶子锁起来放好。

有一天，太监去街上转悠，看见一个锡工卖的陶器甚为精美，就试着拿了个瓶子，让锡工在内胆加上金，他痛快答应，只让太监第二天早晨来取。次日早晨，太监来了后，发现东西已经制作好了，非常精美，太监很惊奇：我看你的手艺如此好，绝对超出皇宫里的宫廷匠师们，你却屈身于此，是因为贫困吗？太监于是告诉了锡工实情，皇帝想在琉璃胆内裹金，锡工说这活不难，就跟着太监进宫。

宋徽宗听说来了能做活的工匠，也很好奇，就到了皇家工坊，那些工匠们一一排列着，皇帝一一问他们为什么不能制作，他们的理由和太监说的一样。这时，锡工只身上前，开始工作。只见锡工将金子熔化锻造，直到金子薄得像一层纸了，然后就将金子裹在瓶子外。工匠们都笑了：这样的事，谁不会呀，我们知道你本来就是一个普通工匠，怎么可能干得了这种绝活。那锡工闻此，也不答话，只是笑笑，很快，他将裹着的金箔取下来，包在筷子上，再顶到瓶子中去，然后，稍微加进些水银，塞紧瓶子口，再左右均匀摇动。过了好一会，金箔就严密地附着在瓶子里面了，没有一丝缝隙。工匠们见此情景，都呆在那，说不出话来。

顺利完工，那锡工上前奏道：琉璃做的器皿，不能用坚硬的东西去碰，只有水银柔软，且比重大，慢慢灌进去，不会损伤它，虽然水银会腐蚀金子，但金箔在瓶子中人们看不到的地方，无碍观瞻。宋徽宗见此闻此，大喜，赏赐了锡工许多东西。

（《夷坚丁志》卷十七《琉璃瓶》）

宋代商品经济发达，海外贸易频繁，各种新事物不断出现，琉璃瓶开始进入富贵人家的生活。

琉璃瓶子可以装热水或冰水，但不能保温太久。如果，在里层内胆上镀金，说不定就可以延长温度降低或升高的时间。宋徽宗将这个设想，变成了现实，虽然不是他亲自处理，但想法很重要，而民间锡工的行为，恰好证明了皇帝设想的可行性。

这则笔记，最重要的作用，自然是从侧面反映出我国琉璃工艺的先进性。这个记载，对于琉璃在中国的产生、制造、研究都有重要的意义。另外，皇家工匠们对这项技艺的态度，也同样值得人深思，这几乎就是一堂极好的保守与创新的教育课。中国有许多民间工艺大师，他们凭着自己的真才实学，没有条条框框的限制与约束，重在积累和打通，往往能创造出惊人的成就。第一个环节，锡工的行为，是极其普通的，而正当皇家工匠摇头叹息之时，锡工随后的一系列动作，令工匠们集体震惊：我们怎么没有想到呢？如果想到，做工不复杂呀！

我以为，事物与事物之间存在着多种联系，但许多联系，都不显山露水。有的联系，甚至埋藏在极深处，需要多方联合发掘，才有可能寻得，但往往，这种联系被发现，就是重大科学发现的时刻。

造纸、活字印刷等皆出自民间智慧，能工巧匠绝对不可小觑，他们往往是古今科学进步的重要推动者。

私了的结果

严州淳安县（今杭州淳安）有个富翁，失手将某村民打死。死者有个弟弟，正好在一方姓大户人家做仆人，方家知道事情后，就刺激他说：你哥哥被人打死了都不去上告，你还怎么做人呢？死者的弟弟就写了状词，准备去县上告状。方家本来就与那富人很熟，就暗示富人来求自己：这想告状的是我家的仆人，他怎敢如此呢？我会告诉他罢手的，他不过是想讹点钱财而已。于是，方家将仆人找来，当着富翁的面，责备了一番，并用钱财诱惑他。那仆人表示，听从主人吩咐，不再上告。富翁回家，给了方家仆人十万钱，给了方家三十万钱。

几个月后，方家仆人又扬言要上告，富翁只得又去找方家求情。方家说：那仆人自从得了大笔钱后，就日夜饮酒赌博，现在钱已花光，所以才又说要上告，我要将他抓起来，送到县上去惩办。富翁担心打死人的事情暴露，就要求再用老法子，又按上次的数量给了仆人一笔钱。这时，方某慢悠悠地说：我刚刚接到外面一个朋友的来信，托我买两百斤漆，我一时买不着，请您帮我买一下，钱我会如数付给您的！那富人听后说：告状这事，还要您帮忙，您要漆，这是小事，我家就有货，还谈什么钱不钱的。随后，就让人给方家送了漆。

第二年，那仆人又要去上告。富翁听说后，连声长叹：我是失误打死了人，按律也不会死，之所以不去官府，就是怕官员、狱卒贪得无厌，我会倾家荡产，现在，私了已经花去了上百万钱，而对方还不满足。我老了，死了算了，只有死了才能了结此事！富翁于是关上门，上吊而死。

三年后，方某正担任鄂州薄圻县（今湖北东南）知县。有一日的大白天，他突然精神恍惚起来，在大堂上对手下人说：我知道那富翁肯定会找来的，我多次勒索他的钱财逼得他自杀，他应该来找我算账了。随后，方某赶快回房，还没来得及和妻子说上一句话，就倒地而亡。方某手下将他看到的情景说了出去，大家才知道方某是遭了报应。

（《夷坚丁志》卷第十七《淳安民》）

淳安富翁的顾虑在于，打了官司，自己虽然不会死，但会塌掉半个家，他知道，那些官员、狱卒的欲望，是个无底洞，会要这要那，还不如就此私了，大不了花点钱，省心。

富翁的错误，他在死前已经悟出，用一个错误，去掩盖另一个错误，谁知错误越掩越多，窟窿越捅越大，直至不可弥补。

如果方某不是十分的贪心，一次就私了，富翁根本就不会知道，即便知道了，富翁也不会去追究，毕竟是一条人命。

方家仆人，只不过是方某的挡箭牌而已。方某自以为做得神不知鬼不觉，即便是要漆，富翁也难以拒绝。

虽没有方某在异地为官的具体记载，但可以推测，方某在彼地知县的任上，一定会如出一辙，故伎重演，他会抓住一切漏洞和机会。

在法制不健全的古代社会，私了往往盛行，出了事情，人们首先想到的就是私了，所以才会有此则故事。

口吐莲花

三鸦镇，河北的一个偏僻之处，由一位官员镇守，俸禄少得不能养家糊口。此地有很多池塘、小湖，除了蒲柳、莲藕和鱼鳖之外，市场上再也没有其他东西可买，负责贸易税收的官员，从没来过此地。

有位转运使，在前往朝都的路途中，经过三鸦镇，他们到官衙一看，镇守官员已经弃职走了，转运使看了一圈，没有文书册页可以检查的，他发现了一扇纸屏，上面有题字，墨迹还未干，仔细一看，是首小诗："二年憔悴在三鸦，无米无钱怎养家？每日两餐唯是藕，看看口里吐莲花。"转运使看到此，不觉暗笑了一下，随后就离开了，但这首小诗却被传得很广。

蒙城人（今安徽蒙城）高师鲁，绍兴末年（1162前后），奉命管理平江府（今苏州）的集市税收。江浙一带，羊肉的价格很高，一斤要卖九百钱。平江太守离任，接他职位的是林居仁，林原是浙江转运使，为人正直，但有点吝啬，他认为，这么高价的羊肉，如果官员吃了，一定是贪官，他就准备让人按市场上买肉的清单去查。通判沈度将这事告诉了高师鲁，并出了个主意：您是北方人，免不了买羊肉吃的，何不将那购物单改一下，省得太守怀疑。高师鲁听后笑了笑，随后他将三鸦镇的诗告诉了沈度，并说："我也仿照写一首绝句，平江九百一斤羊，俸薄如何敢买尝？只把鱼虾充两膳，肚皮今作小池塘！"听到高师鲁诗的人都大笑。林太守听到后，也将查购物单的事作罢了。

（《夷坚丁志》卷第十七《三鸦镇》）

三鸦镇的官员为什么离职跑了？那首小诗足以说明问题，藕是好东西，可每天吃，满肚子都是，它们会生根发芽，重新生长，嘴里都能吐出莲花来了。幽默吗？幽默，这是一种小调侃，文学性极强的自嘲。读了让人顿生怜意，官员也不容易。

高师鲁的仿作，同样幽默，三鸦镇的藕，变成了平江府的鱼和虾，因为天天吃，肚皮都成了小小的池塘了。

两首诗中的藕和鱼虾，其实都是一种借代，指代官员极其普通的生活，这也可以看作是古代官员的另一个日常，大部分官员，过的也都是平常的日子。一般的官员，靠薪俸过日子，不会太坏，自然也不会太好，我是指正直的官员。

林太守是有些刻薄，但他想通过购羊肉的账单来查贪腐的官员，却是一种极好的治腐方法，可以此类推：你家的财产和你的薪酬，应该是基本匹配的，有一些小出入，可以理解，但相差悬殊，就是不正常，你可以说是通过各种生意赚的，但理由实在牵强无力，是制度和规定没有约束力吗？也许是，朱元璋规定，贪污六十两银子就要剥皮，依然有人不怕。这个问题，自古以来，就一直让统治者头疼。

官员也是人，口里最好别吐莲花，肚皮也最好别成小池塘。

东坡的雪堂

黄州（今湖北黄冈）人何琥，是东坡的门人何斯举的儿子。金军南下后，他寄居在鄂州（今武汉武昌）的江边，每年的寒食节，他都要回故乡扫墓。

宋高宗绍兴戊午年（1138），黄州太守韩之美重建了雪堂，修整了苏轼以前常走的路。当时正好是春天，何琥要到雪堂游玩，夜晚，他梦见苏轼对他说：现在建的雪堂地基比当年我建的，移动了一百二十步，小桥和细柳也不是在原有之处，你要让他改过来。苏轼在梦中一一指出应该如何修如何建，何琥醒来记得清清楚楚。第二天，何琥将这个梦告诉了韩之美，韩太守就按梦中所说，全部都改了过来。

后来，有个八十七岁的老人唐德明，从黄陂来观赏雪堂，一见之后，不觉惊叹说：这确实是苏轼的雪堂旧基啊。

（《夷坚丁志》卷第十八《东坡雪堂》）

“乌台诗案”差点让苏轼丢了性命。他有时坐在黄州建的这个雪堂，在堂中，想起来依然有些后怕，于是就用与人对话的方式，写下了长篇散文《雪堂记》，用以表明那个时候的心情，我们看开头一段：

苏子得废圃于东坡之胁，筑而垣之，作堂焉，号其正曰雪堂。堂以大雪中为之，因绘雪于四壁之间，无容隙也。起居偃仰，环顾睥睨，无非雪者。苏子居之，真得其所居者也。苏子隐几而昼瞑，栩栩然若有所适而方兴也。未觉，为物触而寤，其适未厌也，若有失焉。以掌抵目，以足就履，曳于堂下。

雪堂确实是个好地方，可以让人随意放松心情歇息，待在这样的地方，是极容易做白日梦的。在那样的梦中可以自由飞翔，但梦随时会醒，美好的梦与当下的现实一对比，失望的情绪一下子就会涌上心头。不过，这依然是个好地方，用手掌揉揉眼睛，将鞋子穿好，苏轼再一次来到雪堂。

苏轼逝于建中靖国元年（1101）七月二十八日。

苏轼的雪堂，差不多建于他到黄州后的第二年（1080 年）左右，也就是说，到韩太守重建雪堂之前，雪堂已经存在了五十多年。一幢竹制茅屋，怎么能够在风雨中伫立如此久呢？韩太守看到的场景，一定是一片废墟，杂草疯长，乱树丛生，所以，韩太守建的雪堂，位置有些偏差，极为正常。

那个八十七岁的老人，年轻时一定来雪堂玩过，他的年纪完全符合，他是雪堂原基的见证人，是权威。

我在追踪陆游入蜀的路线时，看到《入蜀记》中有一段游雪堂的记载：

十九日早，游东坡。自州门而东，冈垄高下，至东坡则地势平旷开豁。东起一垄颇高，有屋三间。一龟头曰“居士亭”，亭下面南一堂颇雄，四壁皆画雪。堂中有苏公像，乌帽紫裘，横按筇杖，是为雪堂。堂东大柳，传以为公手植。正南有桥，榜曰“小桥”，以“莫忘小桥流水”之句得名。其下初无渠涧，遇雨则有涓流耳。旧止片石布其上，近辄增广为木桥，覆以一屋，颇败人意。东一井曰“暗井”，取苏公诗中“走报暗井出”之句。泉寒熨齿，但不甚甘。又有“四望亭”，正与雪堂相直。在高阜上，览观江山，为一郡之最。

这个十九日，是指陆游入蜀行至此地的八月十九日，这一年，为孝宗乾道六年（1171），那么，我们可以断定，陆游此时游的雪堂，十有八九是韩太守重建的，只不过，将近一百年过去，堂东那棵大柳，已经长成大树了。

现在的东坡雪堂，处于黄州的中心地带，据黄州的专家考证，东坡雪堂的故址不在今日黄冈师范学院老校区、体育路一带，它的准确位置应在黄州城内的青云街与考棚街之间的大穆家巷侧。

我以为，如果能找准东坡雪堂原来的位置，自然是好事，如果偏离一些，也不是什么大事。重要的是，苏轼在这里成了东坡，重要的是，《雪堂记》中呈现的那段特别的历史。

磨镜师

衡州（今湖南衡阳）人陈道人，靠替人磨镜子为生。中年时，陈突然双眼都瞎了，只好每天扶着妻子的肩膀上街，仍然磨镜。某天，他感觉有人摸着他的背对他说：陈老头，明天早晨，你出城等我，不要失信了。第二天，陈正要妻子扶他去，妻子阻拦说：金贼到处窜扰，安抚使李尚书悬赏要敌人的人头，有人甚至杀良冒功，你如果碰上这样的事，怎么办呢？陈道人一听，只得作罢。第三日，陈道人再次遇到了那人，还像前天一样约他出城，并责怪他失信，陈道人说明了理由，那人说：你明天只管去，我不会害你。

次日，陈道人如约而去。到达地点后，就有一个和尚拉着陈的手，走过官道，到一堵墙后，向他耳语了一番，随后就分别了。此后，陈道人就足不出户，关门打坐，让妻子一人出去磨镜。一百天后，陈道人的双目重新明亮了起来，容光焕发，像年轻时一样，还能谈论别人未来的事情。至今，陈道人还在湖南一带往来。

（《夷坚丁志》卷第二十《陈磨镜》）

失明的陈道人又恢复视力的事，虽说有点神秘，但并不是没有可能，这里不去说，单说宋代磨镜这个职业。

磨镜这个职业，在唐代就已经出现了，有大量的诗文为证。唐仪的刘禹锡有《磨镜篇》：

磨镜师

流尘翳明镜，岁久看如漆。门前负局人，为我一磨拂。
萍开绿池满，晕尽金波溢。白日照空心，圆光走幽室。
山神妖气沮，野魅真形出。却思未磨时，瓦砾来唐突。

刘诗人将磨镜人的动作、过程，都作了形象的描绘，特别是磨完镜后的功效，能照出妖魔鬼怪。而未磨之前，那块镜坯，却如同瓦砾一样，什么也不是。

唐代传奇中，也有关于磨镜的神奇传说。而最让人记忆深刻的是，李世民以魏徵为镜的自警自省。因为太著名，不去展开。

宋代陈耆卿有首叫《磨镜》的诗，颇有意味：

蠹蚀宁堪久，挂揩长恨迟。
浮云手底尽，明月眼中移。
鉴垢浑能治，心尘不解医。
休云磨者贱，此是主人师。

磨镜师，能将一块长久生锈不用的铜镜，打磨得光映照月，手艺十分了得。但在宋代，磨镜却是个低贱的职业，在南宋临安城的大街小巷，补锅的，穿珠子的，修鞋冒的，磨剪刀的，磨镜的，各种匠人、艺人日夜走串其间，吆喝声此起彼伏。

不过，以铜为镜，远不如以人为镜。

第五卷

夷坚支甲

护国大将军

神秘老僧

考试梦

屠夫之死

护国大将军

绍兴二十六年（1156），两淮一带要秋收了，广阔的田地上，稻粟的果实长得如云一样澄黄结实，但突然蝗虫大起，漫天遍野压来，所到之处，颗粒无收。不久，飞来了一种叫鹙的水鸟，它们长得像野鸭，但要比野鸭高大许多，它们腹中生有大大的囊嗉，装得下几斗东西。鹙们一群成百上千，相互呼应，一起啄蝗虫，一直吃到囊嗉鼓鼓的，再将吃了的蝗虫吐出来，接着再去啄。

附近几十个州县的情况都这样，不到十来天，蝗虫就被消灭干净。两淮当年的粮食，仍然获得了大丰收。徐州（今江苏徐州）、泗州（今江苏泗洪）等地的官员，将情况上报给金国朝廷，金廷下诏，封鹙鸟为护国大将军。

（《夷坚支甲》卷第一《护国大将军》）

按宋金当时的分界，两淮一带属金国。金朝下诏封鹙鸟，也算新鲜事。

鹙，也叫秃鹙，长颈赤目，头上、颈部都无毛，个头大如鹤，喜欢吃鱼、蛇。人们都说它贪馋，但这里鹙鸟一起奋战吃蝗虫，似乎是天性的显现，为人类立下了大功。吃了吐，吐了吃，是因为蝗虫太多了，这突如其来的美餐，多得甚至来不及咀嚼。可以断定，它们并没有善良之心，也根本不懂得帮助人类，它们做的一切都是出于本能，或许，蝗虫越多，它们越战越勇。

而将有功于人类的动植物“分封”，在古代是常事，特别是当事人皇帝，他随时就可以做到。登封嵩阳书院，有三棵古柏，都是“将军”，在当地，这个故事已经流传了两千多年。西汉元封元年（前110）正月，刘彻登上嵩山加封中岳后，又到嵩阳道观游览，一进门，一棵柏树映入眼帘，此柏身材高大，枝叶茂密，刘彻赞叹不已：朕游遍天下，从未见过这么大的柏树呢！刘彻仰望再三，感叹之余，信口赐封它为“大将军”。封罢大将军，群臣呼拥，大家朝正院走去，呀，又是一棵大柏树，此柏要比刚刚封的“大将军”大得多。刘彻心里虽有点懊悔，但没法更改，他索性指着大柏树说：朕就封你为“二将军”吧。群臣向皇上暗示：此柏比前院那棵大得多呀！但刘彻金口已开，不肯改：什么大小，先入为主！谁也不敢再吭声了。刘彻一行继续往前走，又见到一棵更大的柏树，他的内心开始犹豫：怎么一棵比一棵大？但他依然我行我素，对着第三棵柏树说：再大，你也只能是“三将军”了。

因为大而老，就可以得到皇帝赐封的光荣称号，对树而言，它们无言，只是空名而已，对人而言，这是皇权的显现。

无论如何，人和动植物和谐共处，互惠互利，都是一件值得庆贺的事。

神秘老僧

钱塘（今浙江杭州）人沈全、施永，平时都靠卖青蛙为生。宋徽宗政和六年（1116），他们到本县的灵芝乡捉蛙，住在当地人李安家中。灵芝地处乡野，青蛙极多，又没有人来此捕捉，沈、施二人，整天竭力捕捉，捕来的青蛙，则让孩子们送到城里去卖，收入是平常的十倍。

有一天，施永先回到李安的家中，正好碰上一位老僧上门，老僧警告施永：我们这儿的青蛙被捕捉，是从你们开始的，现在那些积水的地方的青蛙都被你们捕完了，你们如此残害生物，会受到报应，赶紧停止，还可以赎罪，不然的话，你们所要遭受的惩罚，连我也猜测不出来。老和尚再三告诫，施永却一点也没有悔改之意。

和尚走后，沈全回来了，施永就将刚刚发生的一幕告诉了他，沈全大怒：哪里来的野和尚，胆敢干预我们的事？如果让我看见他，我一定痛打他一顿！然后，沈全又责怪施永：你为什么就让他这么走了呢？施永说来得及，还追得上。话没说完，沈全、施永立即跑出门去追。追出一里多地，什么人也没看见，沈全怒气未消，他转过头来责怪施永骗他，嘴里还不停地骂骂咧咧，施永受不了，就与沈全打了起来，沈全更加恼怒，顺手拿起平时剥青蛙皮的刀朝施永刺去，一刀刺入其肋骨，施永倒地而亡。

命案发生，保正带人将沈全捉起来送到县里，当时的钱塘知县是东平（今山东东平）人巩庭筠，他负责审理此案，证据确凿，根据口供，也派人去寻找老和尚，却连人影也没有找到。最终，沈全因犯杀人罪被处死刑。

（《夷坚支甲》卷第四《钱塘老僧》）

虽然老僧有点神秘，不过，此案仍然演绎得合情合理。本地青蛙都要绝种了，而青蛙是农作物病虫害的天敌，作为一位僧人，一向怜悯众生，自然见不得活泼的生物遭此惨遇，上门劝告，是他的使命。

沈全一时性起，杀了施永，虽是激情犯罪，但属本性所为。只顾赚钱，遇事冲动，毫无理性，这样的人迟早要出事。

中国人好食，将青蛙称作田里的鸡，吃蛙从汉朝就开始了。《汉书·霍光传》有记："丞相擅减宗庙羔兔蛙"。霍光自作主张，将宗庙祭祀用的羊羔、兔子、青蛙减少。唐宋以前，北人食蛙，后来不知怎么就变成了南人食蛙。北宋朱彧的《萍洲可谈》说"闽浙人食蛙"，南宋叶绍翁的《四朝闻见录》说：高宗的第二任皇后，心地善良，她觉得那青蛙酷似人形，而且吃庄稼害虫，就竭力让高宗禁止百姓吃蛙。不过，杭州百姓太喜欢吃青蛙了，以至于明禁暗为，他们甚至将冬瓜挖空，里面放上青蛙，谓之“送冬瓜”。

捕捉青蛙未必犯罪，更不会犯死罪，但因青蛙而发生的命案，凶手是要实实在在地偿命的。

或许，这一位神秘老僧就是来警告所有世人，食有度，也有节，要善待动物，特别是有益于人类的动物。

考试梦

绍兴二十六年（1156），宜春（今江西宜春）读书人钟世若去仰山庙拜神，请神托梦，想预测一下秋天科举考试的成败。当夜，他梦见自己从庙门外进到大殿下，看见廊檐下有个人被反绑在柱子上，那人转过脸来望着他，面露喜色，一边笑一边说着什么，钟世若惊醒。他将此梦告诉朋友们，但大家都不明白是什么意思。

考试时，钟世若拿起题目一看，是“反身而试乐莫大焉赋”，他这才想起那个旧梦：反绑着，就是反身呀；看着他笑，就是快乐。于是，他觉得，这是神人给自己预告题目，一定能考上，于是信心大增，精心构思。写到第五韵，要押“焉”字韵，他想用《孟子》中的“君子有三乐，而王天下不与存焉”以及“仰不愧于天，俯不怍于人”等句，但又想不出好的对仗句，苦苦思索中，趴在桌上迷糊睡着了。又做梦，一个黄衣人来呵斥他：考试时间有限，怎么可以大白天睡觉呢？钟世若就说，想不出好的对仗句，黄衣人答：为什么不用孔子的“不怨天，不尤人”与“饭疏食，饮水，曲肱而枕之，乐亦在其中”呢？钟世若一下子醒来，豁然开朗，立即将孔、孟句连成一联：孔不怨尤，饭疏食在其中矣；孟无愧怍，王天下不与存焉。钟世若写完后，自我感觉良好，觉得真有神人帮助，开心地交了卷。

考官批阅钟的卷子时，拍案叫绝，高度评价：“隔对浑成，可以冠场。”哈，佳句妙成，文气贯通，应该是所有试卷中最好的。于是将钟卷推为第一。发榜时，钟世若的综合成绩为第二名。

（《夷坚支甲》卷第七《钟世若》）

宜春的仰山古庙很有名，很多学子考试前都要去拜。洪迈在《夷坚支乙》卷第二写有《王茂升》：

江西崇仁进士王茂升，考前也去仰山庙拜神求梦，虽然没求成，但他在考前捡到了一枚唐朝开元铜钱，王茂升就想，难道省试时的策问和钱有关吗？于是他就仔细考证了钱币的来历，做了充分的准备，考试时，策问的首篇，果然是与钱有关的问题。

考生求梦，完全有可能，日有所思，人的精神高度集中于此，做梦是自然的事。

但世界上真有那么巧合的事吗？其实，仔细探究，巧合也存在着一定的合理性，因为所有命题，都有一定的范围，就如今天的考试大纲，考生的阅读和练习，也都在这个范围内进行。考得好和考得不好的一个大区别，就是有没有找到题目内在的自然联系，并巧妙运用，钟世若苦苦思索对仗，也有前提，事先他的思维已经发散，故而梦中的提示，一下子就点醒了他。

历代笔记中，关于学子考试的段子不少，各种传奇中都有，有的本身就是笔记作者的亲身经历，有的虽然是道听途说，有一定的附会，但情节大体合理，能让人接受。那些神助，我们完全可以看作是灵感的大爆发。

许多成功者的附会，也极似帝王们制造的神话，他们都不是普通人，都有不凡的出身，意图告诉人们，他们是天子，君命乃神授。

屠夫之死

成都有个屠夫叫满义，刚烈暴躁，力能扛鼎，不怕鬼神，如果醉后经过寺庙，他一定会进庙，将神像辱骂一番才罢休。

成都有个巫士叫袁彦隆，奸诈，诡计多，他见满义如此对待神像，就和几个亲密朋友相谋：清元真君庙已经荒废很久了，我想去主持香火，将它修缮一新，但老百姓一定不肯配合。百姓们都知道满义不信神，如果通过满义来让百姓相信神灵，那我的愿望就一定能达到。

袁彦隆于是就邀满义到家喝酒，趁满义酒喝到兴头上，袁就说：满义兄呀，我想某天去清元真君庙祭祀，那时肯定有不少人围观。我想请满义兄，趁着酒力，大叫大嚷走进庙去，挤开众人，登上殿堂，在正中央坐下，以神自居，饮完献给神的酒，吃完献给神的肉，并且大声辱骂神，让大家惊骇，你答应吗？满义擦擦嘴说：这有什么难的，这正是我想干的事！

到了袁彦隆祭祀那一天，几百个年轻人，一路打着旗幡，到庙里摆上丰厚的祭品，奏起震天响的音乐，而满义，则直接走到祭祀的地方，盘腿而坐，坦然高声对大家说：我就是神！然后，取来祭祀用的酒和肉，边吃边骂神，众人都惊异不敢出声。突然，正大嚼着肉的满义，喉咙哽塞住了。过了一会，他便发起狂来，随后，嘴巴、鼻子、耳朵、眼睛，都流出血来，一会儿工夫，满义倒地而死。众人目睹此景，皆认为是满义触犯了清元真君的神灵，是报应，便开始争先恐后地捐钱，此庙的香火从此就旺了起来。

几年以后，袁彦隆的同伙，因为分赃不均，便去官府告发他，原来，这都是袁设的一个计谋而已。袁和同伙自然全都被拘捕判刑。

（《夷坚支甲》卷第九《益都满屠》）

案情并不复杂，一个奸诈之人，利用一个头脑简单的人，显现庙神的灵验，从而肆意敛财。我在《太平里的广记》中，写过一则《少年之死》，它出自宋代费衮的笔记《梁溪漫志》卷十《江东丛祠》，故事情节也大致类似，某个不信神的恶少年被巫祝们利用，亵渎神，遭报应，该庙从此香火大旺，巫祝们敛财无数。

中国古代大部分百姓并不清楚为什么要拜神，只是一种单纯的信仰，从众随流，见庙就拜，以求心安、身安。

袁彦隆和朋友因利而聚，或因利尽人散，或利不均而起纷争，此乃事之必然。骗局总有被揭穿的一天。

满义和那恶少年，都是极少数没有信仰、不知道恐惧的人，酒精糊了他们的脑子。一个没有畏惧感的人，注定让人害怕。

第六卷

夷坚支乙

奇祸连连

台上台下

三朵花

“好处”

汤显祖

奇祸连连

绍兴年间，各路大军驻扎在淮浙一带，每年的五六月，都要将刚出兵库的盔甲重新磨亮。有一次，镇江某个将官，正用铁锥穿洞，有同伴想和他开个玩笑，就爬到他腋下，该将官不得不抬手躲避，不料，铁锥却刺入同伴的左眼中，尖锐的铁锥一下子将同伴的眼睛穿透，同伴当场昏死过去。过了好长时间，同伴才醒过来，不久，此人因左眼失明而退伍。前不久，我在建康（今南京）见到过这个人，他亲自和我说了这个事。

饶城（今江西上饶）有个叫严四的人，在淡津湖的南边，开垦了一片菜园。有一天，他正蹲着种韭菜，裤裆忽然破了，这时，一只狗嗖地从后面扑来，咬住他的阴囊，一口就咬下了一只睾丸，严四痛得晕倒在血泊中。邻居见状，赶紧跑来抢救，两天后，严四才感觉不到疼痛。

福州闽清县有个八九岁的小男孩，某次在田间蹲着解手，有只猪跑过来吃粪便，吃着吃着，小孩的两只睾丸就被猪咬掉了，小孩虽然保住了性命，但伤愈后，伤口处有个如筷子般长的洞，大小便也从此洞流出。黄雍父收养此男孩做了仆从，曾经带他来过鄱阳县。

（《夷坚支乙》卷第四《人遇奇祸》）

三则灾难，都不是人通过防范能避免的，也就是说，奇祸常常来得突然、毫无防备，而且防不胜防。

任何灾难，都不是无缘无故的，虽没有规律可防，但都有深刻的教训，这些教训，就可成为日后人们防范的重要案例。

那将官，正使用尖锐的器具在穿洞，这虽不是什么高难度动作，但也要专心致志才行。而同伴的玩笑，则显得突然，将官抬头规避极其自然。如果那同伴事先有预见性，如果将官此时将手举得高高的，都可以避免，不过，他们谁也没有过这样的经历。

二、三两则惨案，都是严重缺少防范导致的。无所事事、到处晃荡的野狗，吃粪顺嘴的猪，它们都有好奇心，它们并不是食肉动物，但一有机会，极有可能要试试它们的尖牙利齿，对于这些动物，绝对不能给它们机会。

有婴幼儿的家庭，一切都要防范。孩子会走、会摸、会开门，对什么都好奇但毫不知道危险。住高楼的，窗户要锁上，肯定不能让孩子把头伸出窗外，虽然他们对蓝天和小鸟极感兴趣；家里的电插头，要用胶布封住；暖水瓶，要防止倾倒；空调、电风扇，要防止孩子将手指伸进去；尖锐而锋利的器具，都要一一藏好。一句话，孩子得时刻不离人，要看紧。

厂家设计许多儿童用具、家具，都要有这种预见性，一句话，防不胜防。

纵然如此，依然灾祸连出，随手枚举两个新闻案例：女童小美，兴致勃勃地玩着“回弹软轴乒乓球”，突然，玩具上的不锈钢软轴插入小美左眼上方，软轴刺入，造成小美开放性颅脑损伤，颅内少量血肿、左眼眶上壁骨折伴左眼眶周围软组织挫裂伤。女童小文，同样玩此玩具，支撑杆的接口突然断开，小文不慎跌倒，杆子从她左眼刺进，导致颅内出血。医生说，孩子的后期视力可能受影响，不过仍然是大幸。

对于单一的玩具，你根本不可能预见它会伤害儿童，但就是存在可能性。以此类推，这种“突然”实在防不过来。

菜刀用来切菜，恶人却用它来伤人，凡事都有多面性。

因噎废食吗？古今都是难题。

台上台下

俳优侏儒这类人，处于以杂艺为生的人中的最下等，但他们能通过玩笑讽喻时政，和古时候那些瞎子劝谏君王类似，人们通常称他们为杂剧者。

这里举几个例子。

崇宁初年（1102），元祐党人正遭受各方打击，连言论也被禁止，凡有人涉及被禁止的言论行为，不论情节轻重，都要被罢官，并受到监视。当时的伶人上演了这么一出戏，皇帝也坐在下面看：

一宰相坐在公案后，颂扬朝政之美好。一僧人上场。僧人请求宰相颁发印信，他要云游四方，宰相接过僧人的度牒仔细看，发现度牒是元祐三年（1088）的，当即撕毁，并让僧人穿上常人衣服。一道人上场，他丢失了度牒，宰相问他什么时候做的道士，道人说元祐年间，宰相便脱了道士的道服，让他当百姓。一士人上场，他是在元祐五年（1090）被推荐参加省试的，按规定可以免去乡试，但礼部不予推荐，这士人便来宰相处投诉，宰相当场将士人押往原籍，并废去资格。此时，主管国库的官员上场请示工作，他附着宰相的耳朵说：我今天去左藏库为你要了一千贯料钱，这些钱都是元祐年间制造的，是不是应该按圣旨办？宰相低着头想了很久说：把钱从后门搬走！随后，配角用手中的梃拍着宰相的背调侃道：你做到宰相，原来也只是为了钱！此时，在台下看戏的皇帝也笑了。

蔡京任宰相，他弟弟蔡卞是王安石的女婿，任枢密使，蔡女婿为了推崇岳父大人，在孔庙祭祀时，让王安石也配享，并封为舒王。当时的伶人便上演了这么一出戏讽刺：孔子、颜回、孟子、王安石，同时上场，孔子在正中坐定，王安石请孟子坐上座，孟子推辞说：天下最尊贵的，应该根据爵位来安排，我只是公爵，而你却贵为真王，你为什么要这么谦让呢？见孟子不肯上座，王安石又转头请颜回上座，颜回也推辞：我只是里巷中一匹夫而已，一生都没有什么功业，你是盛世大儒，我和你相比，无论官位和名气都相差太大，你没必要推辞了！于是，王安石就坐在上座。孔子见此情景，在正中的座位上如坐针毡，他也想将位子让给王安石，王很惶恐，拱手表示不敢，两人正谦让之间，子路拉着公冶长的手愤愤不平地上场，公冶长很不情愿：我有什么罪，你要这样对我？子路便责问他：你一点也不维护自己的丈人（公冶长虽然坐过牢，孔子却将女儿嫁给了他），你看看人家王安石的女婿！自然，这出戏上演后，蔡卞的打算便落空了。

下面这出戏，宋徽宗也坐在下面看。

儒生、道士、僧人，三人连续上场。三人都在称颂自己的学派。儒生说：我所学的，仁、义、礼、智、信，叫五常，儒生开始阐述自己的理论，引用的都是经典上的话，没有一句脏话。道士说：我所学的，金、木、水、火、土，叫五行，道士也演讲了一番。僧人拍着手掌说：刚刚两人都很迂腐，说得都很普通，不值得听，现在我来说。我所学的，生、老、病、死、苦，叫五化，佛经深奥，你们听不懂，我现在就给你们讲讲现世菩萨法理的精妙之处，你们可以轮流问我问题。

有人问“生”，僧人答：从国家豪华的太学，到州县偏僻的乡学，凡是秀才读书，都可以当三舍生，住着豪华的住房，吃着鲜美的食物，每月读书，每季考试，到了每三年举行的科举考试，士人们都有挤入仕途的可能，优秀、突出的还可以担任卿相，国家应该这样对待生。

有人问“老”，僧人答：年纪大了，可能孤独贫困，死后暴尸荒野，现在，应该在各地建设孤老院，赡养老人，直至他们去世，国家应该这样对待老。

有人问“病”，僧人答：人不幸患病，如果家中贫困，就会无法治疗，因此，应该设立安济坊，收治病人，安排他们入院，给他们药，悉心治疗，保证治愈他们的病，国家应该这样对待病。

有人问“死”，僧人答：人都免不了一死，但贫民死后无钱、无地安葬，应该出钱置棺木装敛，并设立义冢统一安葬，每年春秋统一祭祀，如此，他们在九泉之下也能得到恩泽，国家应该这样对待死。

有人问“苦”，此时，僧人闭口不答，好像很痛苦的样子，台下人再次催问，僧人才皱着眉答了一句：百姓们一般都受无量苦。

这一切，台下的宋徽宗都看在眼里，听在心里，他心中有点痛，沉思良久，终于也没有对那大胆的僧人演员问罪。

绍兴十二年（1142）省试，秦桧的儿子秦熺，侄儿秦昌时、秦昌龄都榜上有名，人们虽然私下议论纷纷，但没人敢抻头说话。三年后的初春，新一场的省试就要开始，这时，有一出戏上演了：

众士子去尚书省赶考，他们互相猜测今年的主考官，有人说是某侍从，有人说是某尚书，有人说是某侍郎，主要演员答：都不是，今年的主考官是彭越！有人问：朝官之中，没听说过有这个人呀。主要演员答：他是汉朝的梁王。有人疑惑：他是古人，已经死了一千多年了，怎么会来主考呢？主要演员答：上次的主考官是楚王韩信，韩信、彭越是一个级别的，所以我知道这次是彭越。众人便嘲笑：你胡说八道，我们怎么都听不懂呢？主要演员笑着说：如果上一次的主考官不是韩信，怎么会取三秦呢？四周的人闻此，一哄而散。秦桧也知道了，但他不敢公开惩罚那些演员。

（《夷坚支乙》卷第四《优伶箴戏》）

中国古代的讽喻表达，应该可以追溯到《诗经》，三百零五篇中，有大量的讽喻，比如《硕鼠》之类的，而《庄子》简直就将讽喻推到了高潮。

俳优，以乐舞戏谑为业的从艺者，在春秋战国时就有了，自汉朝东方朔开始，便以各种形式演着戏，其主要功能，自然是针砭时弊，讽喻人们不能说、不敢说的事情，通过这样的插科打诨，就可以表现得很委婉、很轻松。五胡十六国时的赵石勒，发现一个参军官员贪污，赵石勒就令优人穿上官服，扮作参军，让别的优伶从旁讽刺戏弄，参军戏由此得名。起先的时候，参军戏基本只有两个角色，晚唐时，已经为多人演出，而宋金的杂剧，就在很大程度上受参军戏的影响。

第一、二则剧的大背景是，王安石变法以来，新旧两党就纷争不断。后来，渐渐演化成了个人的恩怨。而蔡京的上位，使得元祐时期的一批名人均遭殃，司马光、文彦博、苏轼、黄庭坚、陆佃、秦观等，一共309位文武臣，均受到不同程度的迫害。蔡京还亲书“元祐党人碑”，并命令全国各地都刻碑，欲将元祐党人全部踩死打烂。第一则剧，通过打击范围的无限扩大化，表达出这种斩草除根式的规定的残酷，对人不对己的自私；第二则剧，通过孟子、颜回等先哲的推辞，来表达王安石配享的荒诞，孔圣人惶恐的细节，更凸显了弄臣们的狂妄和无知。

第三则剧，僧人对“生老病死苦”的解释，一反原有的佛教常理，别出心裁，指东话西，敲山震虎，虎就坐在台下呢，他不傻，应该听进去了，国家最高领导人的职责，就是为百姓谋平安和福利。现在，除了那些“生”，表面上还有些体面，但他们都是为统治阶级培养的人才，说白了，这些“生”，日后都要做你皇帝的爪牙呢？！而广大的普通百姓，老不起，病不起，更死不起，真是众生皆苦呀！像赵佶那样的皇帝，只沉浸在自己的书画世界中，只知享受，重用弄臣，大兴生辰纲、花石纲，这个“纲”那个“纲”的，他只是在现场有些触动而已，百姓想指望他，没戏。

第四则剧，那些演员也算大胆了，秦桧权势熏天，招惹他的后果真的很严重，看那陆游，名家名人，也遭殃，不就是和秦埙同场考试，考得比秦埙好嘛，难道你秦家的孩子都要得第一？嗯，我家孙子得第二，你也别想得第一！

戏如人生，人生如戏。

台上演他，台下说他，惊醒梦中人。

三朵花

《东坡集》中记载了这样一件事：房州（今湖北房县）通判许安世写信给我说，我这个地方有个异人，头上经常戴着三朵花，没有人知道他的姓名。此人能写诗，意境神妙，并且，他还能绘画写真，许安世希望能得到一本诗集。房州人至今都称那人为三朵花先生。

有人说三朵花姓李，隐居在州里的福溪岩。他每回上街，都戴着三朵花，市人都围着叫他三朵花，他只是笑笑说：休打里。休打里，是房州的方言，意思是“不要这样”。有两三个老头，经常和他一起玩，有次到山里去，老头说请他去城里喝酒，三朵花说你们先走，我随后就来。老头们回城时，三朵花已经先行到达。到酒店喝酒时，酒钱已经用完，但酒还没有喝高兴，三朵花就伸手到腰间的小竹篓里掏钱买，直到喝醉。老头们偷偷看那小竹篓，里面什么东西也没有，而三朵花伸手到小竹篓，就有钱取出。

很久以后，三朵花忽然向众人告别，不知道去了哪里，他原先隐居的地方，石壁上保存着他的画像，房州人还为他写了首诗：戴花三朵镇长春，谁识玄中不二门。醉里自传神似活，终当不老看乾坤。尾句或者是：不知不觉到黄昏。

绍兴初年（1131），江淮一带有个大盗叫张琦，自称三朵花，他想冒充三朵花来诱惑百姓。

（《夷坚支乙》卷第四《三朵花》）

三朵花

不知姓名的三朵花先生，神龙不见首尾，极其神秘，不过，他身上依然散发出浓郁的人间烟火气。

男人戴花，在古代并不稀奇，唐代新科进士，他们赶赴琼林宴时，都要隆重戴花。但这里的三朵花，还是有点怪，不是一朵，不是两朵，而是三朵，什么意思？一朵单调，两朵成双，也单调，三朵正好，三生万物。三朵花先生，一定是道士，他隐居，他喝酒，他绘画写真，均有道士做派。

在两宋，男子戴花似乎是个时尚。宋徽宗每次出游，都是御裹小帽，簪花，乘马。翻翻《水浒传》，那些好汉很多都喜欢花：浪子燕青，鬓边长插四季花；病关索杨松，鬓边爱插芙蓉花；短命二郎阮小五，鬓边插朵石榴花；蔡庆，干脆诨号就是一枝花，因为他生来爱戴一枝花。

苏轼也戴花，不过是酒醉时。他有一首《吉祥寺赏牡丹》，别有一番情趣："人老簪花不自羞，花应羞上老人头。醉归扶路人应笑，十里珠帘半上钩。"赏花喝酒，酒喝多了，顺手摘朵花戴在头上回家去，一路上跌跌撞撞，路人围观，沿街人家的女子都卷起窗帘看他。

陈洪绶（号老莲）画有一幅名作《阮修沽酒图》，阮隐士头戴黑色簪巾，右侧居然有一朵小白花，长长的胡须，有一根胡须竟然拖到了胸膛上，左手提大黑壶，右手策粗长杖，杖上挂着什么东西？你猜，几串铜钱，一串红果，阮修一定是从山野隐士朋友那里来，喝了一整天的酒，对影成三人，但还不忘野花、野果。

这是阮修吗？这反常的笔法，分明就是老莲自己的写照嘛！明亡后，老莲回到故乡诸暨，混迹浮屠，纵酒自放，醉后恸哭不已。他哭什么？为覆灭的朝代，为未竟的理想。

花只是装饰和象征，无论男女，不过，三朵花依然给人以美好的想象。

“好处”

吴中（今江苏苏州一带）士大夫的菜园子里，一般都种橙子、柑橘，他们喜欢苏东坡的诗“一年好处君须记，最是橙黄橘绿时”，并给柑橘取名为“好处”。唯有陈彦存别出心裁，他将自己在魏塘的住宅前的一处果园，取名“一年好处”，很吸人眼球。当时，陈彦存任中书检正官，他请求出任江东路转运副使，任期刚满时就死了，“一年好处”差不多成了谶语。

韩愈有诗：“天街小雨润如酥，草色遥看近却无。最是一年春好处，绝胜烟柳满皇都。”以此说来，“好处”两字，很难说是专指橙子、柑橘的。

（《夷坚支乙》卷第五《一年好处》）

中国的水果，常常入诗，最著名的要数“荔枝”了。自有了杜牧的“一骑红尘妃子笑，无人知是荔枝来”后，“妃子笑”荔枝应该就是“荔枝之王”了。

中国的水果，许多都有别称。比如，陕西岐山有著名的甘棠，其实是一种梨。岐山周公殿的左边是召公殿，殿前“甘棠重荫”的大碑高立，召公在殿中端坐着，“甘棠遗爱”的大匾熠熠生辉，殿前空地上有一棵茂密的甘棠树，上面结满了果子。甘棠又叫“棠棣”，当地人也称“土梨”，多野生，它们喜欢生长在阴坡处、低洼处，成熟后的甘棠果，只有沙果那么大，酥而甜，开胃止泻。召公先封于召，后封于燕，是燕国的祖先，一生辅助文、成、武、康四代，主管教化与司法，为官清正廉洁，惠政爱民，传说他曾多次在一棵甘棠树下处理民间事务，后人恩其德，故爱其树。《诗经·召南·甘棠》反复吟咏“蔽芾甘棠”（这一棵浓荫密布的甘棠树呀），告诫人们不要去剪它，砍它，扳弯它，攀折它，因为召公曾在树下的草棚里为人们分忧解难，召公也曾在树下休息过，反正，人们要保护好它，让它万古长青。

这样说来，吴中的士大夫们，将柑橘取名为“好处”，虽然别致，却无大创新，古人早就这么做了。按洪迈的说法，春天来了，“好处”太多，又岂止是柑橘？那陈彦存的取名倒是别具一格，也恰当，柑橘不就是一年成熟一次，是一年的好处吗？哪里想得到这却成了葬送自己的谶语，这也太巧了。

汤显祖

汤显祖是池州石埭（今安徽贵池一带）人，他是兵部侍郎汤允恭的孙子。绍熙五年（1194），汤显祖任泾县县令。他刚上任时，有属吏对他说：三日之内，你应该去庙中拜下神。汤知县当即拉下脸骂道：我行五雷法，神就在我的掌握之中，我难道会屈身给那些土偶下拜吗？他只是让人在祠庙中准备好两桌酒饭，命人备好车，坐车到祠庙后，他直接到大堂的神像前，和神像对坐着喝酒，汤显祖边喝还边对神像说：你们好好在这待着，我会保护你们的。吏民见此，很好奇，也很担心。

当天晚上，泾县狂风大作，山洪暴发，县衙进水七八尺深，水都涨到卧床了，文书、箱子，大部分物品都被水淹，但没淹死人。汤显祖因为县衙受损，便让人去树林里砍伐林木，重建房屋。他又让画工王生，画了七十二具神像，并供上香火，虔诚供奉。

次年春，汤显祖被提举官李唐卿弹劾罢免。

（《夷坚支乙》卷第八《汤显祖》）

汤显祖不敬神，县衙遭水淹，应该是巧合，但就是这巧合，也让他后怕了，事后对神恭敬有加，被弹劾罢免的原因没具体说，应该就是不敬神。古代官员，如果不敬神，那就是对天地的大不敬，没有畏惧，要遭天谴。

这里重点说汤显祖的名字。因为1550年9月24日，出生在江西临川的那位汤显祖太有名了。我不知道，临川汤知不知道这个南宋池州汤，如果他读过《夷坚志》，那就会知道。不过，知道不知道都无所谓，反正，临川汤显祖，肯定不是自己取的名，父亲想让儿子成名成家以彰显祖宗功业，所以给儿子取名显祖，许多读书人都这样想。有趣的场景可能会如此：临川汤读到池州汤的故事，发现池州汤运气真是不好，哈哈大笑几声，然后，朝《夷坚志》大击一掌。

古代人口少，但重名现象依然存在，不过，不会像如今这样，一个单位里有几个李建国、王国庆、张建军，一个城市里有几百个陈桂花，古代的重名现象还是比较少见。我在《山中》一文中写宋代的叶梦得时，发现了宋代还有另外两个叶梦得，贵溪那个叶梦得，字和号居然都和大名鼎鼎的叶梦得一样，让人惊讶。

某次，梁文道的朋友告诉他说，他给某本书做了推荐，被印在了腰封上。他说没推荐过这本书呀，就让助理打电话问那个出版社，对方的回答是：难道就你叫梁文道吗？

第七卷

夷坚支景

鹿集

杨玉环的《金刚经》

娃娃鱼

少年之死

气死的绿毛龟

淳安无头人

养得一枚葫芦

鸬鹚报仇

每天一个梨

玩笑引出的惨案

鹿集

江同祖经过郢州京山（今湖北京山）时，已近傍晚，他便去村里的驿站投宿，听人说，有大群的鹿在前面结寨居住，江同祖好奇，就跑去看了。

只见鹿寨方圆数里，有无数头大鹿，高昂着头，大鹿围成的大圈如厚重的城墙，鹿的角一律向外，如临阵向敌的尖枪，大圈子、小圈子，大概有几十重。小鹿在最里面游戏玩耍，附近的农田都被践踏，禾苗被吃光。猎户在圈子外走来走去，想找机会捕鹿，但无法靠近它们，一靠近，鹿们就会用“尖枪”来抵抗和碰撞，被触者往往伤得很重。

第二日，鹿群结队离开，猎人们拿着武器在后面追赶，瞅准那些大鹿往前面走远了，迅速朝那些幼小而体弱的鹿下手，各有所获。

（《夷坚支景》卷第一《京山鹿寨》）

这个场景让我立即想起非洲大草原上肯尼亚的野生动物大迁徙，上百万头角马、斑马，它们扬起的灰尘，遮天蔽日，过河速度慢的、长得弱小的，还会遭到鳄鱼的攻击。有一次，中央电视台还派出摄制小组去肯尼亚直播，场面实在让人震撼。

动物自有生存法则，临时聚集是生活需要，它们要共同决定下一季去往何方；或者，每年的此时，它们要聚集起来举行一种特别的仪式，推举自己的王。自然，这种仪式只有它们自己知道。它们用大兵团群体作战的方式对抗人类，人类也无可奈何。

江同祖在京山的某个村子看到的鹿群，如果用现代的影像保存下来，那一定壮观有趣。慢动作细细回放，说不定有惊人发现。

鹿象征吉祥聪明，往往有诸多传奇。

河南鹤壁的淇水旁，有鹿台遗址，相传是殷纣王所建，武王伐纣，纣王兵败，登台自焚而死。影视剧中的鹿台，楼台亭榭在云雾中时隐时现，商纣王常携妲己上鹿台最高处——摘星楼恣情欢宴，以天下奉一人，纣王无限快乐。

于是，鹿也成了政权和爵位的代名词："秦失其鹿，天下共逐之。"鹿死谁手？刘邦最后得之！

杨玉环的《金刚经》

章涛随外祖父郑亨仲到四川去资政，他们路过京西路（今河南、安徽、湖北部分地区）时，去一个寺庙参观。

该寺的房屋极其简陋，旁边有一庙堂，供奉着观音的龛像，观音像左右，有几盒散乱的《华严经》，龛下有个抽屉，他们拉开一看，发现了一个小卷轴，是用红笔写的《金刚经》。卷轴基本完好，字的笔画也能看清，只是卷面灰暗，细看卷尾小字，居然写着“玉环刺血为皇帝书”。原来是杨玉环的遗迹，那暗红色是血迹，不是红笔。郑亨仲的儿子将此视为珍宝收藏。

（《夷坚支景》卷第一《玉环书经》）

古代僧人常常刺血写经书，法国国家图书馆就收藏有一份伯希和从敦煌带走的刺血敦煌遗书。这是唐朝八旬老翁刺血和墨手写的《金刚经》纸本，册尾这样题着：“天祐三年岁次丙寅（906）四月五日，八十三老翁刺血和墨，手写此经，流布沙州，一切信士，国土安宁，法轮常转。以死写之，乞早过世，余无所愿。”

因此，我相信，上面这则所记为真，这相当于一则考古发现，唐朝距离宋朝，两三百年的时间，在宋朝发现唐朝的遗迹极有可能。

杨玉环和李隆基的爱情，动静挺大，大得千古流传，且长盛不衰。杨玉环为李隆基写一卷刺血《金刚经》祈福，太正常不过了，皇帝健康她就有福，皇帝长久她才长久。马嵬坡兵变，她完全没有料到，李隆基也不会想到。杨玉环死后，各种传说都有，唐代李肇的《唐国史补》卷上有一则《杨贵妃的袜子》，说是马嵬坡驿站里有个老妇，收得有杨贵妃的一只锦袜，住店的客人想看，必须出一百钱才行，那老妇人因此而发家致富。

刺血，刺哪里的血呢？对不是佛教徒的人来说，这也算一种信念吧，看印光大师为弘一法师开示如何刺血。

刺血主要有四种：纯血、血合金、血合硃、血合墨。比如憨山大师在五台山妙德庵刺血写《华严经》，当时是刺舌头上的血合金来写的；妙峰大师每天刺舌血，分成两份，一份合硃来写《华严经》，一份放在蒙山施食当中布施给鬼神；高丽（今朝鲜）的南湖奇禅师，见到蕅益大师的《阿弥陀经要解》这本书，想要其广为流通，于是刺舌血和墨来抄写《阿弥陀经要解》，作为刻板的底样来刻印，希望这本书遍法界、尽未来际都能流通。当时他写一个字，就拜三次，绕三圈，称念佛号十二声。这三位大师刺的是舌血，不需要另外处理，刺出来立即研金硃墨就可以写经。

印光大师告诫弘一法师：古人刺血写经，有的刺舌血，有的刺指血，有的刺臂血，有的刺胸前血。如果是在身上刺血，那么千万不能用心脏以下的部分的血来写经，如果用了就获罪不浅。印光大师还提醒弘一法师：如果将要刺血写经，提前几天就要减少盐分以及大料等调料的摄入，如果你不先戒吃这些，那么血就会腥臊，如果你预先戒吃这些，那么血就没有浊气。

不知道杨玉环刺的是什么血，谁指导她刺的，但一定是唐朝鼎鼎有名的高德大僧，手把手亲自指导的。

杨贵妃突然死亡，她的那些遗物就成了宝贝。比如马嵬坡下驿站老太收藏的那只袜子。再比如磬，杨最擅长击磬，即便是太常寺梨园的专业演员也不如她，皇帝就下令，让人用蓝田绿玉专门雕琢一个磬。皇帝从四川回皇宫后，乐器大多流失，只有玉磬偶存。皇帝每每看到这个磬，就忍不住想起贵妃，唉，让人送到太常寺去吧，藏起来，放好！

娃娃鱼

应山县（今湖北应山）外的大龟山，方圆二十里，险峻高耸。山上有一寺，寺外有一池，池里的泉水从来没有枯竭过，池里还生活着一种鱼，形状和模样与别的鱼不一样，人们叫它牙儿鱼。

该鱼有四只脚，能从水里爬到岸上，还会上树，发出如婴儿般的咿呀声。大鱼重约一斤，当地人都说，这种鱼不能抓，也不能吃。寺里有个头陀，有次捉了一条牙儿鱼，想煮了吃，别人都劝他别吃，他不听，没多久，头陀得病而亡。从此，再没有人捕捉这种鱼了。

张师颜的《南迁录》中说：我经过武昌，见到苏东坡，苏说近来得到一条鱼，像鲇鱼，却有四足，能在地上爬行，他不敢杀，只好将它放入江中。有人说，这是鲵鱼。苏东坡得到的那条鱼，估计也是牙儿鱼。王立过雅州（今四川雅安）时，有人送了一条鱼给他，就是上面所说的这种鱼。

（《夷坚支景》卷第二《牙儿鱼》）

这应该是娃娃鱼，学名大鲵，也叫人鱼、孩儿鱼、脚鱼、啼鱼、腊狗，常年生活在海拔千米以下的溪流深潭内的岩洞、石穴之中，在中国许多地方都可以见得到这种鱼，但不是野生，只是养殖，野生的极少，已被列为国家二级重点保护野生动物。

《山海经》中有大鲵，那是上古神兽。

我去浙江临安采风，参观娃娃鱼养殖大户的专业庭院，在钢筋水泥结构的房子下，特地辟出一个架空层，里面如养猪槽间隔，引进冰凉的泉水，黑暗、幽深、阴凉，娃娃鱼就喜欢生长在这样的环境中，它们喜欢黑暗，见不得强光。时而，它们发出叫声，如婴儿般，也如春天发情时的野猫，有点瘆人。

娃娃鱼没有毒，且美味，经济价值颇高。那头陀吃了鱼后病死，十有八九是心理作用，或者因为别的病并发，他不知道是巧合而已。

少年之死

临安城里某官员的妻子，国色天香，被一少年仰慕，此少年日日坐在该官员家对面的茶室里偷看，如痴如狂，不能自已。某天，有一尼姑从该官员家里走出，他便一直跟着此尼姑，尼姑到了西湖边，进了某寺庵，该少年便进去求见。少年家极有钱，此后，少年多次到寺庵，以修建殿宇为名，捐献钱财，捐献的总额达到一千缗。尼姑有点惊奇，她就问少年捐献的原因，少年便将自己喜欢那妇人的事告诉了尼姑，该尼姑听后，欣然答应帮忙，让他三天后来寺庵见妇人。

尼姑写了份斋目，上面列了二十几个官员妻子的名字，并亲自到该官员家里来请他妻子参加活动，尼姑说了原因：因为新修了殿宇，我设了一个缘会，其他客人都已经到达，现在请您夫人坐轿前去。官员夫人连忙盛装打扮一番后，带了两个婢女就前往寺庵。到达寺庵，却没见到一个人，那尼姑呢，用钱将轿夫打发走，然后设酒款待官妇一行。几人畅怀大饮，妇人和两名婢女都喝醉了，尼姑遂将官妇带到内室休息。

过了不久，官妇醒来，发现身边睡着一男子，妇人大惊，急问男子是谁，不料，男子并不答话，细看，他已经死去。原来，死去的就是那名少年，他先藏在内室，官妇进屋，他觉得愿望就要实现，便惊喜至极而死。官妇和婢女，匆匆跑回家中，尼姑害怕事情泄露，便将少年埋在床下。

十多天后，少年家人辗转查访到此事，便去向钱塘县（今杭州）告状。尼姑与那官妇都被戴上枷锁拷问，另外还牵连了十几个婢女、奴仆。一年后，实情全部弄清，尼姑被判徒刑，官妇则被释放回家。

（《夷坚支景》卷第三《西湖庵尼》）

这起案件，属于因情生色，罪源在少年，但悲剧的制造者，却是那尼姑。

少年迷恋官妇，他做出的一系列举动，也属痴情。日日坐候，就是为了多看官妇一眼，多次慷慨捐钱，实则为了妇人。

彼尼不是好尼。如果彼尼，修行高深有道，她一定会想出另一种化解的办法，把思想工作做深、做透：缘有多种，你这却属于孽缘，女人如花，世上好花多的是，如果持续，必将发生一二三件事，即便偶成，也断不会长久，你要想想，再想想，三想想。如此这般，彼尼若用向菩萨祈祷之韧劲、坚劲，持续劝说，多角度辨析，全方位施治，我相信，那少年自然会断了此念头。而彼尼没有这么做，她觉得，少年痴情，又捐了这么多钱，应该成全他，少年没说要娶官妇回家呀，只不过了却一次念想，那有什么难的，也算做了“善事”。

少年之死，死在痴情，也死在未知的疾病上。据我判断，此种急火攻心式、突如其来的不省人事，一定是少年的小心脏受不了，脑血管爆裂，没得救。历史上的风流鬼颇多，汉成帝就死在了赵合德的怀里，那是自作自受，长期以来累积造成的。而此少年，尚未沐浴爱河而亡，也算自找。

官妇被人偷偷爱着，终究无罪，不过，受了一场虚惊，日后肯定长了大大的记性。

气死的绿毛龟

吕德卿家的池中，养了一只绿毛龟，时间长了，绿毛龟被驯得很听话。每天中午，吕德卿用小竹杖击打一下水面，绿毛龟就应声而出，吕就在杖头插上几小块生猪肉喂它，吃完后，龟又潜入池底。两年来，天天如此。

吕的小儿子也想玩这只绿毛龟，他学着他爹的样子，击打一下水面，龟就浮上水面，小孩就将龟捉了，放到盆子里玩，次日早晨，再将龟放入池中。到了中午，吕德卿再去击打水面，龟就不再出现了。此后六七日，龟也不再露头。吕德卿就让一个童子伸手到水里去找，才发觉绿毛龟已经死了。

这只小小的绿毛龟，竟对人的失信之举产生愤怒，宁肯不吃食而死去，真是怪事！

（《夷坚支景》卷第四《吕氏绿毛龟》）

动物会生气，犹如人会生气一样，应该是极平常的，但被气死的，却极少见。

生气为什么会死？原理很复杂，但一定是因为生气而导致身体机能的突然不平衡，从而引出并发症，严重的则会死亡。

清代刘廷玑的笔记《在园杂志》卷四中就有被气死的马儿子：某乡人有马，生了小驹。几年后，马儿子长大，而母马又到了受孕的季节。这乡人为了省钱，就想将马儿子与马母亲交配，用了很多方法，马儿子都不肯。乡人的邻居教了他办法，用布将马儿子的眼罩上，再引导马儿子与母马交配，马儿子不知是它母亲，于是交配。交配完毕，乡人将马儿子的罩布拿掉，马儿子见是母亲，立即咆哮跳跃，撞树而死。马儿子虽不是直接被气死，主要原因却是因为生气。

或许，吕德卿的儿子打破了绿毛龟多年养成的生活习惯，使得龟极不舒服，从而拒绝进食，导致死亡。

不过，从诚信角度说，对于绿毛龟之死，人类应该从中得到一些教训。

淳安无头人

绍兴二十五年（1155），忠翊郎刁端礼跟着朋友去江西，路过严州淳安县，晚上投宿在一个旅店中。这天，太阳还没下山，刁端礼就出去散步，走到距旅店两三里外的一个村子，一户村民家的主人正在舂谷，便问主人的姓氏，主人回答姓潘。主妇向刁敬茶时，他听见边上的屋子里有窣窣窸窸的声音传出，就偷偷地看了一眼，一看吓了一跳，只见一个无头人正在织草鞋，而且速度很快。

刁端礼惊愕之余，就问潘家主人怎么回事，潘生答道：那是我父亲，宣和庚子年（1120），他遇上了婺源强盗，被斩首而死。我逃回家后，将父亲抬回来，发现父亲的手脚还能动，身体有余温，我不忍心将他下葬，只是造了一个小盒子，将他的头装了，埋在屋后，然后，用药敷在父亲头被砍断的地方。再后来，父亲的伤口渐渐愈合，上面长出了一个孔，如果他想吃东西，就啾啾地叫，我就慢慢地将粥汤灌下，他这才活了下来，到现在，已经三十六年了，我父亲今年已经七十岁了。

刁端礼听后，还是吃惊不已，赶紧返回旅店，接连几日都神思不定，每每想到此事，毛发就会竖起来。我（作者洪迈）在《夷坚己志》中写到的广东百姓中，也有这样的无头人。

（《夷坚支景》卷第五《淳安潘翁》）

洪迈记的大多是自身的见闻，这一则，从人物和场景来看，不见得是虚构出来的。

在作者的脑中，无头人的形象应该是存在的。他首先想到的可能是刑天。刑天本来是黄帝身边的得力武将，他有野心，想要夺位，虽然被黄帝砍掉了头，却奇迹般地活了下来，他以乳为目，以脐为口，还自名为刑天。刑牛，刑马，刑，就是被杀头的意思；天，是指人的额部。“刑天舞干戚，猛志固常在”，没有头的刑天，依然是一个钢筋铁骨的勇士。

洪迈自然知道还有夏耕尸那样的无头巨人，但那都是神奇的传说。

眼前这位潘姓老人，依靠粥汤生存了三十六年，手脚利索，但没有大脑，靠什么指挥他行动？这个问题，洪迈解答不了，刁端礼解释不了，今人依然无法解释，唯一的解释是，这是洪迈虚构的小说。

古代不可能的事，现代很多都可能了，现代不可能的许多事，将来也有好多都会有可能，人们形容无目的忙乱的歇后语“无头苍蝇——乱撞”，难道只是想象吗？苍蝇确实在断头后会乱飞一阵子，是神经未断？还是它根本不用头？反正，这个无头的问题，不会那么简单。

养得一枚葫芦

赵公衡是皇家宗室，他住在秀州（今浙江嘉兴），性情温和，平易近人，也善于与人交往。但他天性滑稽，如果碰上一些可笑之事，他立即会嘲笑对方，亲朋好友，以及各类演杂人员，他都要讥笑，因此，好多人见了都怕他。

赵公衡头发不多，别人就戏称他为赵葫芦，好事者还写了一首小词讽刺他："家门希差，养得一枚依样画。百事无能，只去篱边缠倒藤。几回水上，轧捺不翻真个强。无处容他，只好炎天晒作巴。"读到这首小词的人，无不叫绝。

（《夷坚支景》卷第四《赵葫芦》）

赵公衡因为喜欢嘲笑人而得到了报应，他也遭到了别人的无情嘲谑。

日常生活中，就有这么一类人，喜欢嘲笑别人。一有机会就从各种角度嘲笑，时间越长，他嘲笑别人的经验就越多，嘲笑起来就越得心应手，有时甚至机智迭出。

施肩吾就如此。唐朝元和十五年（820），施肩吾与赵嘏同年考上进士，但他们关系不好。赵嘏以前不知什么原因，一只眼睛瞎了，就用珠子代替。施就嘲笑他说：二十九人同及第，五十七只眼看花。施状元是不应该如此嘲笑同学的，对残疾人不尊重、不宽容，说明修养还不深。如果只是为了诗句的押韵，那更不妥当，诗才用错了地方。

不饶人，其实是一种不宽容，容不下别人的缺点，见不得别人的缺点。而这些缺点乃是无关紧要的，普通人都有的，但他就是不宽容，只要别人犯了错，他若在场一定会发出嘲笑的声音，这种声音，让人尴尬万分。

人都有缺点，即便表面上没有，只要想找，肯定有一大堆。

故而讽刺赵公衡的那首小词，赵自己估计都没想到，但在别人眼里，一个如此不宽容的人，我们为什么要宽容他呢？你个赵葫芦，我们也不容你，你就给我在篱笆墙边蹲着吧！你就在河上、湖上翻着吧！你就在大热天里干晒着吧！

鸬鹚报仇

在洪府奉新县（今江西境内）东三十里处，有寺院叫竹林院。院内有处松冈，巨松参天，禽鸟群居其上，以鸬鹚最多。这些鸬鹚每年都在此繁育，到秋天才离开。

在邻城建昌（今江西南城）控鹤乡，有个叫王六的百姓，他很会爬树，常来此地捉小鸬鹚吃。十多年来，被他捉走的小鸬鹚数以千计。绍熙甲寅（1194）夏天，他又带了一帮人到此。王六腰间系着个小鸟笼，攀着树枝，矫健轻松而上，快要爬到树顶时，有老鸬鹚在鸟巢边悲切地叫着，不一会儿，就飞来一大群鸬鹚，它们绕在王六身边，啄他的大腿，抓他的眼睛。此时的王六，双手正抱着松树，腾不出手抵挡，只有被动挨啄。王六的同伴见此情景，朝树上大喊：不要捉鸬鹚了，赶快下来，下来！王六还没下到一半，那些啄他的鸬鹚依然穷追不舍，王六就从树上掉下来摔死了，他全身上下好像被刀斧砍了一样。

（《夷坚支景》卷第七《竹林院鸬鹚》）

夏天，王六为了上树方便，一般会穿着短衣、短裤，这就为鸬鹚的攻击提供了极好的条件，这就如同对付一个赤手空拳的人可以用武器肆意打击一样方便。

鸬鹚，体型比较大，喙长，颈长，腿长，它们不攻击，要么攻击起来要人命。

那守卫在树顶巢旁的老鸬鹚的悲鸣，迅速激起鸬鹚们的斗志，敌人侵犯家园，而且是宿敌。这王六，不知道抓走了多少只小鸬鹚，新仇旧恨，齐上心头，嘴上的力量，脚上的力量，瞬间得到大爆发。王六在毫无防备之下，遭到群体进攻，毫无还手之力，从树上跌下摔死，也在情理之中。

善待动物，尤其是那些没多少自卫能力的动物，鸬鹚就是人类的捕鱼好帮手，它们几乎没什么高要求，只求吃饱就行，如此温顺的鸟，王六都能下得了手。

有时弱者的反击，会令人意想不到。

由鸬鹚，我还想到了一种发声和它很接近但体形要比鸬鹚大一些的鹭鸶，就是我常见到的白鹭。

一般晴天的下午四五点钟，我会带瑞瑞（孙女）去运河边看鸟，白鹭就是我们观察的主要鸟类。梅雨季，运河水涨，有时杂草会堆成块垛漂浮。一只白鹭盘旋而下，落在草垛上，蹲着，目不转睛，对边上大船开过激起的波浪，它也不管不顾，又一只白鹭飞来落下，也蹲着，再一只白鹭飞来落下，一起蹲着，瑞瑞还不会说话，但她已经明显察觉到了，噢噢噢地指给我看，我和她说：那是白鹭，一只好鸟呀！说完，我还会叨叨一句：“独立亭亭意愈闲”。那是欧阳修的《鹭鸶》诗中的一句。“激石滩声如战鼓，翻天浪色似银山。滩惊浪打风兼雨，独立亭亭意愈闲。”众鸟中，鹤最不凡，仙家仙味，鹭也闲野不俗。欧阳修就是以鹭咏志。

瑞瑞显然不知道我在说什么，她总是瞪大眼，疑惑地朝我看着。

不过，空闲的时候，我会带她去看一场鸬鹚捕鱼表演。

每天一个梨

扬州有个名医，叫杨吉老，医术精湛，名震天下。某郡有位读书人，平时精神不振，百无聊赖的样子，看上去好像有病，但没有医生能看出他得了什么毛病，读书人就去找杨医生。杨名医对他说：你这是热症，已经很严重了，气血消耗将尽，三年后，你会因背上长疽而死，我是治不了了。读书人听后，心中郁闷至极而离开。

读书人又听亲戚说，茅山观有位道士，医术也很神，只是他不肯靠此扬名，一般不会给人看病。读书人就动了心思。某天，他穿着朴素的衣服，到茅山观拜访道士，读书人说，希望能跟随道士做弟子，给他砍柴、担水，做些服务的杂事。道士看着读书人顺眼，于是收下他，教他读经书，读书人的各项服务也很周到，道士很高兴。

两个月后，道士觉察出读书人与一般的奴仆不太一样，便将他叫来问情况，读书人见瞒不过，就将实情都说了。道士笑着说：世间哪有治不好的病，让我把把你的脉。道士诊完脉，又笑着对读书人说：如果是治病，你现在就可以下山了，我也没有什么药给你，你只需每天买一个好梨吃，如果新鲜的梨没有了，你就将干梨泡热水喝下，梨渣也吃掉，你的病自然就会好。读书人回家，一切都按道士交代的做，每天吃一个梨。

一年后，读书人又前往扬州，杨吉老见了读书人，很惊讶，因为他面前的读书人，面色红润，脉息平和，杨问读书人：你一定碰到异人了，不然，你的病怎么会好呢？！读书人于是就说了每天一个梨的事。杨吉老听完，立即整冠焚香，前往茅山观拜访那道士，大概他对自己的医术不如道士感到惭愧。

《北梦琐言》里也有一则赵鄂医生说的病：某朝官病危，只有一种医治方法，请他吃梨，不论吃多少，如果吃不动，就将梨榨汁喝，这样也许可以救他。这个朝官就按他的话去做了，后来果然病愈。那道士和赵医生的做法都一样。

（《夷坚支景》卷第八《茅山道士》）

梨为百果之宗，清热镇静，化痰止咳，润肠通便。

《本草纲目》关于“梨”的记载有两条，第一条，梨：释名快果、果宗、玉乳、蜜父。梨者，利也。其性下行流利。

实：

【气味】：甘、微酸、寒、无毒。多食令人寒中萎困。金疮、乳妇、血虚者，尤不可食。

【主治】：热嗽，止渴。切片贴烫伤，止痛不烂。治客热，中风不语，治伤寒热发，解丹石热气，惊邪，利大小便。除贼风，止心烦气喘热狂。作浆，吐风痰。卒暗风不语者，生捣汁频服。胸中痞寒热结者，宜多食之。润肺凉心，消痰降火，解疮毒、酒毒。

【附方】：卒得咳嗽。崔元亮海上方：用好梨云核，捣汁一碗，入椒四十粒，煎一沸去滓，纳黑饧一大两，消讫，细细含咽立定。

痰喘气急：梨剜空，纳小黑豆令满，留盖合住系定，糠火煨熟，捣作饼。每日食之，至效。

花：【主治】去面黑粉滓。

叶：【主治】霍乱吐痢不止，煮汁服。作煎，治风。治小儿寒疝。捣汁服，解中菌毒。

木皮：【主治】解伤寒时气。

另一条是“棠梨”。李时珍说，棠梨，也叫甘棠，赤者杜，白者棠。果实酸、甘，涩，寒，无毒。主治烧食，止滑痢。甘棠的叶子也是好东西，能治霍乱、吐泻不止、转筋、腹痛。

《诗经》里早就有甘棠，其他梨我不知道是什么时候开始培养种植的，但梨的品种繁多，每天一个梨，也是特指。即便是同样的病症，对于不同体质的人，同样的药方可能并不适合，总之，适度，适量，才是最好。

玩笑引出的惨案

武陵县（今湖南常德市辖）张二嫁女儿时，请了邻里乡亲一起来喝酒，郑二夫妻共同参加。郑二的妻子，一直以来都与一王姓和尚私通，村里许多人知道此事。酒喝到高兴时，郑妻不慎将筷子掉落于地，张妻就戏弄她说：一定有好事了。郑妻笑问为什么，张妻说：也没别的好事，只是一个光头罢了。满座闻此哗然。郑妻也羞愧万分。不久，外面来人在郑妻耳旁耳语了几句后，叫郑妻出去一下，众人问郑妻说的人是谁，张妻说：王和尚将袈裟典当在我这里，现想来赎回去。众人又大笑不已。郑二夫妻怒而离席。

郑二和张二，都是武陵县的乡勇。郑二回到家后，取出所带的佩刀，又到了张二家门口叫骂，张二不禁勃然大怒：你老婆做了这样的事情，我请你喝酒吃饭，你却拿着刀上门来骂我！张二也拔出刀来对战。郑二理亏，他赶回家，将躺在凳子上的儿子杀死，砍下儿子的头，折断儿子的臂膀，儿子只有八九岁。然后，郑二大叫着去找里正，说张二杀死了他的儿子，里正立即带人将张二抓获，并迅速报告县里。

武陵县主簿李大东主管此案，他命令巡检仔细检查孩子的尸体，验明实情。案子开始审理，张二说，他不知道郑二的儿子是怎么死的。而郑妻则一直守在儿子的尸体旁，捶胸顿足，大声哭诉：我只有一个儿子，现在却被丈夫所杀，而丈夫一心想以此事诬告张二。于是两家人都被关进监狱，郑二因为杀死儿子又诬陷别人被流放边地，张二夫妇也受到杖责，郑妻、王和尚因为通奸而皆被杖脊。

因为酒席上的几句玩笑，竟闹出了如此的祸端。

（《夷坚支景》卷第十《郑二杀子》）

是非只为多开口，烦恼皆因强出头。

我将此案称为惨案，是因为郑二的儿子死得太惨了。郑子见怒气冲冲的父亲，提着刀，并不知道是怎么回事，他可能就在凳子上闲睡，就这么稀里糊涂被斩了头。郑二只是为了出一口恶气，其残暴的举动，简直毫无人性可言。

这场言语玩笑，分三个回合：第一回合，张妻有意羞辱，而郑妻却基本没有反应，或者只是装傻而已；第二回合，张妻直言讽语，郑妻已经无地自容，因为大前提人所共知；第三回合，张妻再次明确直讽，而且肆无忌惮，郑二夫妇愤而离席。

张二妻子，缺少基本教养，不尊重人，捏了别人把柄，肆意嘲讽，得寸进尺，步步紧逼。

类似张二妻子之类的人，在古今社会都不少，到处都有活生生的例子，更有品性恶劣者，借此敲诈勒索，构成重大犯罪。

郑二夫妻咎由自取，有果就有因，冲动是魔鬼，找的就是郑二。

得饶人处且饶人，你不饶人人也不饶你。

洪迈在另一部大笔记《容斋随笔》第一笔中，记录了《大集经》中的六十四种恶口，虽是佛家禁语，对一般人而言却也有借鉴意义：

粗语，软语，非时语，妄语，漏语，大语，高语，轻语，破语，不了语，散语，低语，仰语，错语，恶语，畏语，吃语，诤语，谄语，诳语，恼语，怯语，邪语，罪语，哑语，入语，烧语，地语，狱语，虚语，慢语，不爱语，说罪咎语，失语，别离语，利害语，两舌语，无义语，无护语，喜语，狂语，杀语，害语，系语，闲语，缚语，打语，歌语，非法语，自赞叹语，说他过语，说三宝语。

祸从口出，难怪佛家子弟修行最好的办法就是念经沉思，否则，一开口，就容易犯戒律。

第八卷

吏坚支丁

活吃驴肠

害人者蜈蚣

一场轻度传染病

吃药的壮牛

虱小强

活吃驴肠

丞相韩庄敏喜欢吃驴肠，每次招待客人，这道菜一定要上。

可是，要让驴肠鲜美好吃，却有许多讲究。如果煮久了就会过烂，不脆，如果煮短了就会坚韧，不好吃。厨师们害怕因驴肠做得不好吃而遭到责罚，他们就想出办法，先将活驴绑在厨房的柱子上，等有人来报说，客人已经酌酒了，就立即刺破驴的肚子，将肠子抽出来洗净，切成小块，再放进烧开的沸水中，片刻即可捞出，加上调好的佐料，迅速送上桌去。接着，厨师就手捏纸钱躲在门后，从门缝里偷偷观察，看到韩丞相吃完驴肠没有怨言，厨师才松一口气，随即将纸钱焚烧，并扬向空中，祭献驴的亡魂。

在秦州（今甘肃天水）时的某次宴请，一客人席间起身如厕，正好路过厨房旁。他往内一看，几头毛驴俯卧在柱子下喘着粗气，被抽出肠子后还没有死去，此客大惊，他生长于关中，平时常吃驴肉，自此后，他再也不碰驴肉。

（《夷坚支丁》卷第一《韩庄敏食驴》）

吃和经济、地位、身份等均有关，也关乎道德。虽然鲜活的美味不断满足着人们的味蕾，人们却很少去追问美味是如何被做出来的。

韩丞相喜欢吃驴肠，但他并不管好吃的驴肠是怎么做出来的。如果不是如此残酷的活取，那也无可厚非，肠子之类的内脏，不是什么名贵珍品。

韩庄敏后来被贬了官，洪迈倒没写他因此而有什么报应，或许贬官就是报应。是不是厨师已经用钱纸祭奠打发过那些驴子的亡灵，冤死的驴子们就此认命了？

我要是那客，我也不会再吃驴肠了。

害人者蜈蚣

在道州营道县（今湖南道县），有一村妇，公公早就去世，婆婆守寡二十年。村妇十分孝敬婆婆，但有一天却出了意外，婆婆在吃了儿媳妇做的肉后猝然死去。

有邻居对老太太的死产生了怀疑，就上告到县里，说儿媳妇毒死了婆婆。

县尉薛大圭亲自前往审查验证，村妇一句话也说不出，情绪异常悲痛，她表示愿意立即就死。薛大圭看着情况有点反常，眼前的妇人，悲悲切切，不像那种刻毒小人，就反复盘问个中缘由。最后，村妇哭哭啼啼告诉了薛大圭这样一个细节：她平时买来鱼肉后，就放在厨房内一根柱子上的洞内，因为高而且干燥，离炉子又近，做菜方便，这样做已经多年，没想到今天出了事！

薛大圭听后，立即赶到厨房，发现柱子中间已经有虫蛀蚀，就命令手下将柱子劈开，发现柱子中间竟然有许多蜈蚣！薛大圭神情严肃地说：害死人的就是这东西！他如实上报情况，将村妇释放。

薛大圭字禹圭，河中（今山西永济市）人，我（作者洪迈）曾经写过他的墓志。

（《夷坚支丁》卷第一《营道孝妇》）

潮湿的墙角，砖块下，烂树叶中，常常会有一条或数条蜈蚣藏在那里，人见人怕。惊蛰以后，各地均有人被蜈蚣咬了的消息传来。

蜈蚣、毒蛇、蝎子、壁虎、蟾蜍是民间所称的“五毒”，蜈蚣居首位，它的毒性，可见一斑。

平时的食物，被苍蝇叮过一下，人们都会丢弃，那是因为苍蝇会很快在食物上留下痕迹，有时候它甚至借此繁殖。被有毒动物咬过的东西，彼物存在不同程度的毒性，毫无疑问。

薛大圭应该是个明智之人，这样的案子，如果不认真仔细审查，将一个好媳妇冤枉成一个十恶不赦的坏媳妇，也不是没有可能。

本则笔记和《断肠草的根》有相似之处，均为意外造成。然而，无论古今，在实际生活中，要想避开这种不小心，实在太难！

一场轻度传染病

淳熙十四年（1187）春，在长江、淮河、浙江一带，瘟疫流行，但不甚厉害。一般患者，都觉得头痛身热，不过三天就好了，这种病叫蛇蟆瘟，人们都说是从淮北传过来的。赵明叔说，他祖父赵彦泽镇守扬州时，一天，正坐着办公务，一个府吏因为得了急病告假回家，不一会儿，府吏们便纷纷来请病假，当天就有一半多的人得了病。次日，衙门里的工作人员只剩下三分之一。白天请客，刚刚酒过一巡，就有人得病回家，等到席散，全席人员全部都染上了病。

翁潾说，他在做溧水县主簿的时候，也染上了这种病，不久，全县多数人都患上了瘟疫。我（作者洪迈）在翰林院时，大儿子从乡下带着儿媳和孙子到省城，来时，先走陆路，到了衢州开始坐船。离开船后，船上就有人染病，疾病迅速传播，船上所有乘客，无一幸免。但这种瘟疫，不用吃药便能自愈。老百姓都说，这种病好多年都没有这样发生过。

（《夷坚支丁》卷第五《蛇蟆瘟》）

从病人的症状看，极像现今的流感，头痛发热。此次疫病，虽然不严重，患者也能自愈，但传播极其迅速，让人不免恐惧。

单个看，此病不会死人。不过，病也因人而生，大部分人没事，不代表小部分人没事，那些年老体弱、免疫力低下的，极有可能因为此病而牵连、引出身体上暗藏的其他固有疾病，从而一病不起。

中国古代历史上，瘟疫是人的非正常死亡的重要杀手。甲骨文中的虫、蛊、疟疾、疾，都是瘟疫一类，曹植在《说疫气》中，描述当时疫病流行的惨状时说："建安二十二年（217），疠气流行，家家有僵尸之痛，室室有号泣之哀。或阖门而殪，或覆族而丧。"这样的描写，在曹植以后的朝代中，多到数不清，看得让人心惊肉跳。

说瘟疫是大自然对人类的惩罚，一点也不过分，许多时候，环境，气候，灾难，以及与动植物相处不和谐，均由人类自身制造而来。

吃药的壮牛

庆元元年（1195）夏天，在浮梁县（今江西景德镇浮梁县）北乡的桃树村，村民们买牛敬神。他们买下了淮西商人手中的一头肥牛，祭祀完毕，村民们分肉享用，有七八十人都吃了牛肉。肉刚吃下，大家都觉得全身发热，肚子鼓胀，十分痛苦，像中毒一样，三天后，村民们的身体状况才略有好转。

大家追查原因，原来，那淮西商人将青竹蛇杀了入药，把药和草料拌在一起喂牛，牛吃起来味美，十几天后，牛就变得膘肥体壮，这样便可以卖个好价钱。商人不敢在本地卖，就将牛运到浙东一带出售。众村民正商量着去追赶那个奸商，揭露他的罪行，却听说那人已经在前面的渡口淹死了。这是鬼杀了他吧。

（《夷坚支丁》卷第五《淮西牛商》）

不法奸商，哪个朝代都有，他们利用一些特别的手段，多赚钱，赚快钱，而那些特别的方法，基本上都是非正常的害人手段。

如上例，牛喜欢吃拌了蛇药的草，牛的外表看起来光鲜亮丽，惹人喜爱，不想，牛肉里已经带毒。

一般说来，人们最痛恨的造假，主要发生在食品和药品领域，日用品也有不少，但不至于害死人。

《唐律疏议》规定："脯肉有毒，曾经病人，有余者速焚之，违者杖九十；若故与人食并出卖，令人病者，徒一年，以故致死者绞，即人自食致死者，从过失杀人法。盗而食者，不坐。”唐朝就明确规定，死猪肉、死牛肉、死马肉等各种动物肉不能卖，不仅不能卖，还要迅速焚毁（防止疫病发生），不这样做，九十杖的责罚会让人皮开肉绽；要是故意出售，使人生病了，判一年徒刑，致人死者，按过失杀人罪处理。

两宋时代，无论是汴梁还是临安，城市繁荣，商肆林立，商品经济高度发达，一定会有不法商人掺杂其中，当时的市场上，常见的作假手段有：往鸡肚子里塞沙，将鹅、羊吹气注肥，往鱼和肉里注水。

洪迈在《夷坚三志壬》卷第九的《古步王屠》中，就写到了江西余干姓王的屠夫，每杀一头猪前，都要先给猪灌好多水，使其看起来很肥壮，因此也多赚了不少昧心钱，而吃了这种猪肉的人，往往触发旧病。洪迈照例写了王屠的报应，但又说，现在（他那个时代）的屠夫们，家家都用这种灌水的办法，连卖鸡、鹅、鱼、鸭的都如法炮制了。

我以前看过类似的新闻，有不法商人十二个小时往牛身上注水六十千克，图片上那牛的眼角都流着泪。

虱小强

处州松阳县（今浙江丽水松阳）有个百姓叫王六八，他平时以修造盘甑为业。有一次，他去缙云县（今浙江丽水缙云），替周家修理甑器，正干着活，突然觉得腰间很痒，用手一抓，捉出一只虱子，王六八童心大发，他在甑器上钻了一个小洞，将虱子放进洞中，又用小木片塞上。活干完，王六八就离开了周家。

一年后，王六八又到缙云，周氏又来叫他帮助修理原来的甑器。王六八看着眼前的甑器，突然想起了一年前的事，就打开小洞看，哎，那虱子居然还活着，正慢慢移动呢。王六八非常奇怪，他就将虱子放到掌心，向它祝贺说：你已经挨饿很久了吧，现在，我要让你好好地饱吃一顿。王六八于是咬破掌心，血慢慢地流了出来，而此后，他觉得掌心奇痒，就用手抓，结果抓成了一个毒疮。很久以后，王六八的毒疮化脓，手背都烂得穿孔了，无药能治，遂死去。

（《夷坚支丁》卷第八《王甑工虱异》）

这则笔记的关键点是虱子的寿命。现代科学认为，这种寄生在人畜身上的小虫，吸食血液，传染疾病，种类繁多，但存活时间一般不会超过两个月。王六八从身上捉下来的虱子，属于体虱，这种虱离开人体后，只能存活一周左右。

然而，也有意外，这种意外是反科学的，它大大超过了普通虱的存活周期。另外，甑器潮湿，利于虱子的生长，但这种像木桶一样的甑器，平时蒸饭时的温度至少在一百摄氏度以上，且每次都要持续数个小时。打个比方，这虱子就如同孙猴子在太上老君的炼丹炉里一直炼，如果一下死不了，反而成就了它。

这个王六八，死在了他的好奇心上。多数人身上有虱，也不奇怪，有的甚至顺手捉了放进嘴里去吃，而他却偏偏要将虱放进甑器的木壁上。后来的巧合，合情合理，手艺人就是经常在附近的地方走街串巷。一只靠自己的耐力和毅力生存下来的虱小强，真是顽强，它的身上已经具有某种不一般的毒性，而当它悠悠地在王六八的掌心再次吃饱喝足时，毒性也随之传染。

王六八的遭遇属个案、特例，但虱子带来的话题，却无限无穷。

在明朝谢肇淛的《五杂俎·物部一》中，他摘录了一则《夷坚志》上的怪事情：

福建中部某监狱，有一群智商极高且生命力又极其顽强的虱子，趣味横生。小小虱子，能越过街道，跑出去躲避，晚上再回来咬人。

那座监狱里有很多壁虱，犯人苦不堪言。天气晴朗时，众狱犯齐心协力捉虱子，可是，翻箱倒柜，床里床外，仔细搜寻，效果往往不佳，就是捉不到虱子。一天清晨，一看守到街上买东西，看见道路上有一条黑线，仔细一看，都是虱子组成的队伍，它们在急行军。黑线的尾部连接着监狱，虱子似乎还没走完。看守一直往前寻，嘿，这狡猾的小东西，居然到城西卖饼家的土台子下藏起来了。

看守马上跑回，告诉监狱长。居然还有这等事？监狱长赶紧带了一帮人到城西卖饼家，捣毁土台子。啊！众人都吓了一大跳，居然挖出好几斗虱子，立即用火烧！虱子的气味，还真不好闻，臭气熏天，数十里外都能闻到！

虱的种类繁多，有一种虱叫巨型木虱，学名大王具足虫，最重的有 2 千克，在地球上的生活时间超过 1.6 亿年，生活在 1800 米以下的海洋中。日本的鸟羽市水族馆里有只巨型木虱，根据水族馆管理员的记录，它可以五年多不吃东西。

鲁迅《阿 Q 正传》中的这个情景，也一直出现在 20 世纪的中国广大农村：有一天，阿 Q 看到王胡在太阳底下捉虱子，阿 Q 也捉起了虱子，但看到自己捉的虱子竟然比他看不起的王胡还少，阿 Q 觉得自尊心受到了严重的伤害，便找碴打架，却输给了以为不是自己对手的王胡。

张贤亮在《我的菩提树》里写到牢改队里的虱，某领导用这样的理论教育大家：谁身上没有几颗虱？连皇帝都有御虱呢。要是没有，表明你的身体已经不行了，连虱都不要你的血！

笑和痛，都在一只小小的虱子里。

清朝赵士吉的笔记《寄园寄所寄》里引《存余堂诗话》的一则除虱诀，甚有意思：吸北方之气呵笔端，书“敛深渊默漆”五字置床帐间，即除。

“敛深渊默漆”五字，有剑、有水、有墨、有漆，虱子也怕！

第九卷

夷坚支戊

猴保姆变脸

捉鲍鱼

大鱼之死

猴保姆变脸

广州海山楼下有一个船商，他养了一只猴，十分的乖巧，时间长了，猴子和船商家人相处得极熟、极亲。船商的妻子生下一个男孩，已长到三四岁了。那猴子经常抱着小孩玩，家里人都习以为常，看到了也不管它，随猴子和孩子玩。

有一天，船商上岸去办事，船商的妻子正在睡觉，那猴子突然挟着男孩一直登上几丈高的船桅顶端，一船的人看了又惊又怕，但都束手无策，大家只得在桅杆下的四周铺上帆布，以防孩子坠落水中。过了一会，一撑篙师傅，沿着桅杆攀缘而上，快要爬到顶部的时候，那猴子突然放手，孩子不巧跌落到船板上，头都摔碎了。

船商将猴子杀死，丢进大海中，还不解恨。相州人张正叔正好经过那个地方，亲眼看见了惨案的发生，我（作者洪迈）在其他故事中，也记载了猴子效仿人为小孩洗浴，却将小孩放入滚烫的开水中的事。猴子既然不与人同类，当然不会像人类一样亲近懂事。

（《夷坚支戊》卷第二《海船猴》）

动物和人亲近，大部分情况下都正常，但也会有意外发生。在这种意外中，即便是最温驯的动物，也会发生反常，或因情绪，或因天气。总之，有各种各样的人们完全无法预料的原因导致了这种反常，而即便反常出现的概率是万分之一、十万分之一，总会有人要碰上的。现代那些养宠物的人，经常被抓伤，就是极好的证明。

很难说这只猴子是坏猴子，它平时扮演的就是保姆的角色，而爱玩是它的天性，当它抱着孩子上了桅杆的最高处，它并不知道危险（将孩子丢进沸水中自然也是不知道危险）。如果撑篙师傅不上去，那猴子玩够了，说不定能抱着孩子安全返回。而当撑篙师傅接近时，它意识到闯祸带来的危险，突然本能地变脸，于是惨案不可避免地发生了，猴子本能想到的应该也是自己的安全。

不过，我宁愿相信那是动物的无意识害人，或者说是自卫引起的反击，与它们和平相处，并保持一定的距离，或许就是最好的方法。

捉鲍鱼

惠州海边，居住着几百户渔民。元善与曾经做过管理惠州渔业的长官。渔民们捕捉海货极其艰辛，尤其是捉鳆鱼，甚至充满危险。鳆鱼往往藏在深水处，只用一边壳来隐蔽，渔民们用麻绳绑住腰身，一头系在船尾，然后潜下水去。如果鳆鱼没有发觉，一下子就可捉得，如果它发觉有人来了，就会将没有壳的一边身子，牢牢地黏附在石头上，即便你用锥子将其击碎，也拔不出来。

《后汉书·伏隆传》中说："张步献鳆鱼"。郭璞的《三苍》中也说：鳆鱼体型像蛤蟆，喜欢依附在石头之上。《广志》说：鳆鱼身上一边有壳，常将没有壳的一边附在石头上，壳上有多种多样的细孔，有的有九个孔，有的有七个孔。以上说的与我描述的都基本一样。

如果是江瑶（一种海蚌）、淡菜之类的海产品，渔民抓起来就容易一些，捡满一篓，在水下顺着绳子就可以爬上船。也有渔民下水长时间不出来的，而到下水时间的临界点时，恰好有水泡从水中咕咕冒了出来，船上的妻子看到此景，就会大哭起来，她们以为丈夫被大鱼吃掉了。

（《夷坚支戊》卷第二《淡水渔人》）

正值炎夏，秦始皇死在了考察的路途之中，赵高用鲍鱼掩盖尸体发出的臭味，但那一车鲍鱼，其实不是鲍鱼，而是一种腌渍咸鱼，在沙漠里，哪里去弄这么多的鲍鱼？即便秦始皇喜欢吃，也不能随带一车呀。卖腌渍咸鱼的地方，就叫鲍鱼之肆，我们常用来比喻小人聚集之地。

鳆鱼才是真正的鲍鱼。鲍鱼现在是山珍海味，以前也一直是，但它叫腹鱼。

王莽的军队打了败仗，手下一个个将领还背叛了他，气得吃不下饭，“亶饮酒，吃鳆鱼”，只靠喝酒和吃鲍鱼打发日子。因为他喜欢吃鲍鱼。

北宋元丰八年（1085）秋，刚刚结束五年黄州贬官生涯的苏轼出任登州太守，虽然上任时间只有短短的五天（十月十五日到任，五日后就收到调任礼部郎中的命令），他在品尝登州鳆鱼美味之后，挥笔写下一首长诗《鳆鱼行》，算是为登州鳆鱼做了大广告。

捉鲍鱼是有生命危险的，弄不好，人下去就上不来了，船上渔民妻子见水泡而大哭的场景，有时也是真的，运气不好，送掉性命，为的就是捉鲍鱼卖个好价钱。

大鱼之死

绍兴二十年（1150）四月，住在秀州海盐县（今浙江嘉兴）海边的百姓，在天尚未亮的时候，要到县城去，突然听见海中有歌唱的声音，声音大得特别刺耳。他们惊异地向东望去，一只大船随波逐浪而来。百姓就等在海边看大船靠近。等到大船快靠近时，百姓看见船的两旁有数十只大虾，每只都有一丈多长。大船靠岸时，人们才发现，原来它不是一只船，船两边的大虾也被冲散了，这是一头巨大的鱼，它和县城的鼓楼差不多高，一百多丈长，被困在了沙滩上，它的巨翅一会儿放下，一会儿高扬，极其尖锐有力。大鱼的额头上，有一尺多宽的空穴，里面空空的，什么也没有。

县城的人得知大鱼搁浅，都跑来看稀奇，但都认为这是个怪物，不敢惹它。一天后，才有人将梯子架在了它的背上，爬上去看看，发现是一般的大鱼，就用刀割它的肉。又过了两天，大鱼还能摆动它的尾，那尾打起人来如铁帚横扫，有十来个靠近的人都被它拍死。有人怀疑它是被贬的龙，即便割了它的肉，也不敢吃。有个大胆无赖，煮着鱼肉吃了，说鲜美无比，于是，鱼肉的价格一下子变得很高，好多渔民将鱼肉拿到县城去卖，每斤要二百钱，供不应求。

我（洪迈）的一个老乡，叫祝次骞，他当时是海盐县的领导，他派人去买了大鱼的眼睛，一对眼睛有桃子那么大，明亮得能照出人影，像夜明珠。几天后，水滴光了眼睛就枯了。大鱼的头骨有 2.5 丈长，而县城后面的小河只有两丈宽，祝领导就派人将大鱼头骨架在小河上作桥梁。大鱼的每一根脊椎，都可以用来作石臼捣米用，祝的家人当时正在海盐居住，就拿了好几根回家，今天还保存完好。

认识大鱼的人都说，这大鱼叫鳅，生活在海域里，它一定是将人伤害了，神明才将它杀了。祝次骞的儿子当时十一岁，他也跑到海边看过。我（作者洪迈）在《夷坚甲志》里所记载的漳浦崇照渔场的大鱼，正是这种鳅。

（《夷坚支戊》卷第九《海盐巨鳅》）

这叫鳅的大鱼，应该就是鲸。体型、头骨、脊椎、肉味、眼睛都像。

《庄子》里“北冥有鱼”叫鲲，那几千里之大的鲲，是想象和传说，并不存在。或许，庄子的想象是来自于对“鲸”的观察，因为中国古人对“鲸”已经有所认识。《尔雅·翼》中就有这么一段描述:“鲸，海中大鱼也。其大横海吞舟，穴处海底。出穴则水溢，谓之鲸潮，或曰出则潮上，入则潮下;其出入有节，故鲸潮有时”。“鲸潮”，即鲸从水下上浮掀起的巨浪，这个词，现在基本不用，但有“鲸吼”，比喻声音洪亮，“鲸吞”，表示食量异常，这些带鲸的词，都表示有力量、力量的巨大，形象生动。

用鲸鱼头骨作桥，用鲸鱼脊椎作捣米臼，都意味头鲸的巨大。

鲸鱼在海边搁浅的现象，自古以来就有，科学家研究认为，造成该现象的原因多种多样，或者因为地形，或者因为向导，或者因为身体失常，或者因为生病，或者因为摄食，一句话，总有一种力量推动着它们向海边来，等到了浅滩时，它们已经身不由己，动弹不了，只能任人宰割。

《夷坚甲志》卷第七中的《海大鱼》，写到了另外两条这样的大鱼。

福建漳浦县的敦照盐场海边，有个叫陈敏的将官到了那个地方，他向渔民买了沙鱼作诱饵，捕得一条大鱼。鱼长二丈多，重几千斤，陈敏剖开鱼，发现一个人仰面躺在里面，皮肤就跟活人一样，估计是不久前刚被大鱼吃了。

还是漳浦这个地方。绍兴十八年（1148），有条大鱼乘着潮水游到港里来了，潮水退后，大鱼搁浅出不去，就卧在港中。当时正闹饥荒，人们用长梯架在大船上登上鱼背，争着割鱼肉，割下的鱼肉有几百担之多。第二天，有人来挖大鱼的眼睛，大鱼觉得疼痛，就在水里转身，掀起的大浪，将旁边的船都弄翻。人们花了十几天时间，才割完了大鱼的肉，救济了很多人。有人还将大鱼的脊骨拿来当米臼。

大有大的好处，大也有大的难处，尾大不掉，甚至直接害了自己的性命。

大海的深处就是大鱼自由驰骋的广阔天地。《夷坚乙志》卷第十六的《海中红旗》，描写了大鱼在大海中行进的壮丽情景：洪涛间红旗靡靡，相逐而下，极目不断，远望不可审，疑为海寇或外国兵甲。舟人吓得说不出话来，两个时辰后，舟人说，方才经过的是这辈子也没有见过的大鱼群，那像红旗的，是它耸起的鳞。

第十卷

夷坚支庚

痴情女

孝义狗

酒去黥字

鱼子能存活多久

缝衣针钻到皮肤里去了

金子的祸害

抗金游击战

射箭比赛

痴情女

鄂州（今湖北武昌）城南集市，有家街边茶店，店里有个男员工叫彭先，虽只是个普通百姓，却长得很帅，身材修长，皮肤白皙，貌若潘安。茶店对门，就是富人吴家的住宅，吴家有女初长成，她常常在自家窗帘后偷偷看彭先，渐生爱慕之心，但又找不到表达的借口，相思过度，忧郁成病了。

吴母心疼女儿，私下里问姑娘：我女儿心中有什么不痛快的事就和为娘说了吧，娘帮你！女儿答：女儿我确实有心事，但我怕说出来，爹娘会骂我，不敢说。母亲再三安慰，女儿终于说了实情。母亲就将女儿的病因告诉了姑娘她爹。爹爹认为，双方门第明显不对，乡里人会笑话的，不同意这门亲事。姑娘听说爹不同意，病情一下子又加重了。亲朋好友也都听说了此事，纷纷劝姑娘她爹，勉为从之，成其好事吧。

吴老爹只有妥协。吴家做出决定后，就派人去对门茶店，将彭先喊来说明意思，原想小伙一定会大喜过望，谁料彭先已经订婚，而且，彭先听说吴姑娘的事情后，反而笑话吴姑娘的轻薄，冷言拒绝。吴姑娘闻此，立刻心碎，真的碎了，不治而死。吴家人也受不了，随即将姑娘埋到百里之外的祖茔。吴姑娘的送行队伍，豪华悲壮，路边的人看了，纷纷惋惜，感叹不已。

吴家祖茔附近的山脚，住着一个年轻樵夫，他料定棺材中有不少陪葬品，就偷偷去盗墓。当他打开棺材，将女尸扶起来剥衣服时，吴姑娘忽地睁开眼睛看着他，吴姑娘的肌体温软，樵夫幸亏是山野之人，野兽怪事见得多了，没有立即跑开，吴姑娘对惊魂不定的樵夫说：我全仗你的力量，侥幸得活，你千万不要害我，等天黑了背我到你家休息，如果我身体能好起来，我就给你做老婆。那樵夫一听，人活过来了，甚好，就依姑娘之言，将掘开的墓整理好，背着姑娘回了家。吴姑娘病愈，两人结为夫妻。

吴姑娘平日里粗衣布鞋，全无做大家闺秀的风韵，但她思念彭先的心思，一刻也不曾停止过。乾道五年（1169）春，吴姑娘对樵夫说：我离开城南街市好久了，你去弄条船，带我进城逛逛，即便我家里人看见了，也肯定会为我死里逃生而高兴，不会追究你的。

樵夫就与吴姑娘一起进城，俩人一到城南集市，吴姑娘就直奔茶店，刚上楼，吴姑娘见彭先也拿着瓶子正要上楼来，吴姑娘就打发樵夫下楼买酒，急不可耐地邀请彭先过来聊天，吴姑娘向彭先诉说再生的经过，表示还要嫁给彭先。彭先见此情景，并不相信，本来他就不喜欢吴姑娘，他知道她已经死了，于是一个耳光打过去：死鬼竟敢在大白天现原形！吴姑娘哭着站起来便跑，彭先追着她，姑娘一个踉跄摔下楼去，大家跑下去一看，已经断气了，这一回，吴姑娘是真死了。

茶店发生人命事件，且死者又是对门吴姑娘！整个南城都轰动了。吴家闻讯，全家都赶过来。他们守着尸体痛哭，不知道吴姑娘怎么活过来了，又怎么突然死在此，就抓了樵夫、彭先送官。武昌知县带人去坟地审验，棺材里空无一物，看来吴姑娘是死去又活过来的。案子并不复杂，樵夫一一说明，彭先一一说明，知县如此判决：樵夫盗墓掘棺看女尸，按律判死刑；彭先从轻发落。

云居寺的和尚了清当时正在武昌一带募化，耳闻目睹了此事的经过。

（《夷坚支庚》卷第一《鄂州南市女》）

吴姑娘因为思念过度，极有可能遭遇一口气上不来的假死。吴家即刻下葬，为的是少些悲伤，紧接着樵夫盗墓开棺，又使得姑娘及时复活。复活是由于新鲜空气的突然刺激，一切都合情合理。

吴姑娘是聪明的，也是理智的，她及时对樵夫说的那些话，是她存活的重要前提，如果错过时机，或者大喊大叫，极有可能遭遇樵夫的猛烈还击。一个刚苏醒的人，且又是病人，不可能经得起樵夫的重击。

吴姑娘要是和樵夫平安地过下去，生儿育女，也是个美好的故事，且教育人，好人有好报，这世上的好男人和好女人一样多，是成正比例的。别对帅小伙痴心不改了，人家只是长得帅而已，所看到的只是美丽的外表。

可是，悲剧依然再次发生。彭先没有责任，他有不喜欢吴姑娘的理由，不过，他的语言可以委婉一些，毕竟人家是女孩子嘛，他也可以耐心一些。人家喜欢你，不是你的错，自然也不是她的错，她有理由喜欢你呀，所以，彭帅小伙，如果好好说，态度再好一点，吴姑娘或许就不会有第一次的死，更不会有第二次的死。

世间溜溜的男子，任我溜溜的爱哟。

都说女追男，隔张纸，可也有如彭先那样坚硬的牛皮纸呀。亲爱的吴姑娘，你这是何苦呢？！

孝义狗

德兴县（今江西上饶德兴）詹村有个农民，养了一条母狗，母狗又生下一只小狗。此户人家实在太穷，人吃饭都没有保障，两只狗也就终日没什么吃的，长得十分瘦弱。

距詹村半里远的鹿坡村，有个王氏，她向詹村农户讨了那只小狗饲养，小狗从此吃上了米糠。但是，每天早上，小狗吃完食后，就摇着尾巴返回到原来的主人家中，然后吐出所吃的给母亲吃，到了晚上也是如此，即便刮风下雨也不停止。

乡里有个读书人，为此写了一篇《孝狗歌》，后来，又有不少人以此为题材，写了很多歌颂小狗的文章，其中有一篇这样写道：

慈乌反哺古所称，不闻乳狗能效颦。鹿坡王氏世吉人，乞得乳狗于良邻。良邻家贫并日食，狗母长饥骨柴立。乳狗食竟掉尾归，呕食喂母使母肥。朝餐归呕暮复续，兽类之中颍考叔。纷纷养志多缺如，惭愧四足之韩卢。

诗的文字虽然不太工整，但足以训导世人，引导良好的风俗，所以我（作者洪迈）就将它抄了下来。

（《夷坚支庚》卷第一《詹村狗》）

几乎所有的人都会为这样的场景而动情，小狗喂母的细节让人难忘，它的柔软之处，也正是它的坚硬之处。

那小狗反哺母亲的行为，被读书人赞为动物中的颍考叔。对于《左传》中颍考叔的故事，许多人耳熟能详。某天，颍考叔正向郑庄公汇报工作，恰好，厨师送上了大盘的烤羊肉，郑庄公于是就递了一只烤羊腿给颍考叔吃，但颍考叔却没有吃：臣家有老母，因为家贫，每天只能吃野味，从来没吃过这么好的东西。现在，您赐给臣这么好的食物，臣在这享受，老母亲却尝不上一口，一想到这就心酸，所以臣要带一些回去给老母亲吃。

莫言的小说《粮食》中有一段吐豌豆粒的描写，特殊时期的场景毕现："伊回到家，找来一只瓦盆，盆里倒了几瓢清水，又找来一根筷子，低下头，弯下腰，将筷子伸到咽喉深处，用力拨了几拨，一群豌豆粒儿，伴随着伊的胃液，抖簌簌落在瓦盆里——伊吐完豌豆，死蛇一样躺在草上，幸福地看着孩子和婆母，围着盆抢食。”

由孝义狗联想到人，又发散到现代，跨度实在是太大了，只是，无论是柔软还是泪水，这些细节都让人难忘。

酒去黥字

金陵有个黥卒，脱了军籍后，就在闹市区开了间占卜的铺子，因为他卜得灵验，生意颇好。有一天，来了一个道人，高帽宽衣，仪表不凡，他也来问卜。黥卒伏在案桌上，仔细卜算，过了会，黥卒突然站起来拉着道人的衣袖说：我从卦算中算出您是神仙，希望能得到您的救助。道人很尴尬，想走又走不了，于是就相约一起去集市买酒喝。

两人一起在街上走，黥卒依然拉着道士的衣袖不放。到了酒馆，两人挨着坐下，黥卒杯子刚刚拿起，道人突然含了一口酒喷向黥卒的脸，黥卒惊异得立即放了手，黥卒定睛一看，道人已经不知去向。黥卒用手摸摸自己的脸，觉得皮肤光滑异常，酒馆老板再仔细看黥卒的脸，刻在其脸上的字已经消失。

（《夷坚支庚》卷第四《金陵黥卒》）

酒去點字

武松、林冲、宋江犯了事，都要在脸上刺上字，再涂上墨。一针一针地刺，一下一下痛在心里，但相比棍杖，相比他们心中的怨恨，针刺这点痛又算得了什么呢？关键是额头上那黑黑的一角，是终身的耻辱，走到哪里，都会有人指指点点。

古代为防止士兵逃跑，会在他们的脸上刺上字，涂上墨，如果没有正式文件证明你退伍，随便你跑到哪，人们看到黥首，就知道你是逃兵。

墨、劓、剕、宫、大辟是上古五刑。墨就是黥刑，这种刑法在中国古代社会存在和延续了数千年，一直到清末才被彻底废除。宋代以前还不是针刺，而是用刀刻，弄不好就感染死掉了。周代初期，“墨罪五百”就是说有五百种罪都要施以黥刑，那些下等人、奴仆之类，一不小心脸上就被刻上字了。那大名鼎鼎的汉初名将英布，因为以前在秦朝有小过失而被刻黥字，所以，英布也称“黥布”，够他受的。

这就有一个大大的疑问，犯人被刺了字，以后再犯怎么办？照样刺。辽朝规定，犯盗窃罪的，第一次刺右臂，第二次刺左臂，第三次刺脖颈的右侧，第四次刺脖颈的左侧，第五次再犯，就要被处死。明朝这样对待盗窃、抢劫犯：初犯盗窃者在右小臂上刺“盗窃”二字，再犯者刺左小臂；在白昼抢劫他人财物的，在右小臂上刺“抢夺”二字，如果再犯抢夺罪者，在右小臂上重刺。第三次犯者，处以绞刑。

还有一个大大的疑问，犯人被刺了字，如何消除呢？北宋枢密使狄青，当士兵时曾黥面，成为统兵大将后，宋仁宗甚为器重他，要他敷药以褪脸上的字，被狄青谢绝，他就愿以面涅与士兵共勉。虽然狄青不愿意褪字，但肯定有褪字的方法，上面那道士用酒喷，就是一种。不过很神奇，那酒里一定还有另外的配方。《水浒传》第七十二回，宋江一行要去东京观灯，但他脸上有字，怎么办呢？没事，有办法。看官听说，宋江是个纹面的人，如何去得京师？原来神医安道全上山之后，用毒药帮他点去了，后用好药调治，起了红疤；再用良金美玉，碾为细末，每日涂搽，自然消磨去了。那医书中说“美玉灭斑”（唐《拾遗记》上有方：獭髓杂玉及琥珀屑，当灭痕），正此意也。

洪迈在后面的《夷坚三志己》卷第八中写有一则《浴肆角筒》，就讲到了一个去黥刑的药方：京城浴室里的小工，母亲眼瞎，他收拾器具时捡到了一个黑角筒，里面有药如膏，就将药拿回家给母亲的双眼涂上，母亲一整夜都在喊痛。次日，母亲瞎了十余年的双眼，竟然和以前一样明亮了。后来，他妻子患红眼病，他也用此药给她涂上，妻子也整夜喊痛，次日，他妻子的双眼竟然都干枯了。第二年，那遗失角筒的客人又来到浴室，小工就将这事情和他说了，那客人说：这药能灭去黥墨，毒性剧烈，怎么可以点眼睛呢？！

也有人主动刺字，显示顽强、英勇的决心。南宋著名的八字军，他们为表示抗金决心，相率刺面，赤心报国，誓杀金贼，队伍一时间迅速发展到十多万人。

我刺字，我自豪！八字军将士们，系紧头上束巾，手握尖枪，大声喊叫着冲向金军阵地。

鱼子能存活多久

泰州如皋县（今江苏如皋）有个明僖禅寺，寺里的钟楼因年久而倾斜。住持怕它倒掉，就请来工匠整修。钟楼边上有一条深沟，工匠就用它来搅拌泥沙。后因降雨，沟中积了不少水，水深达一尺以上。秋冬季节，沟水渐渐干涸，只见沟中有六七寸长的鲤鱼几百条，鲤鱼们挤在一起，活泼生动，但大家都不知道这些鲤鱼来自何处。

老僧宝初说：记得十多年前，建造此楼时，有一位过客买了一条大鲤鱼，并让仆人拿到厨房去烧，仆人将鱼破腹后，大把鱼子就被丢在这条沟中，没想到过了十来年，这些鱼子仍然得以活了下来。

佛书上有鱼子十年不坏之说，看来是可信的。更何况已经不止十年，至今沟中的鲤鱼繁殖得更多，比以前多了好几倍。

（《夷坚支庚》卷第五《明僖寺鲤鱼》）

我小时候常去村后面的两个山坞——大坞和小坞。两条坞里均有小溪，不少溪潭中都有鱼虾，甚至在极高的山上，只要有小溪流，水潭中也有鱼虾。我常这样想，但想不出结果：这些鱼虾是从哪里来的呢？天上掉下来的吗？也有可能，飞鸟叼着鱼吃，飞过群山时，鱼子可能落在溪沟里。大人告诉我们说：千年的鱼子，万年的草籽。这自然是夸张的说法，但至少说明，鱼子、草籽生命力的顽强和长久。草籽可以如此，鱼子真的可以吗？有人说，好多鱼卵在水里真的可以活几百、上千年，甚至万年！

遇水即活，明僖禅寺边上深沟里的鲤鱼子，说得让人不由得不信。

我去陕西吴堡，那里有一个著名的千年石头城。石头城在一座高山上，我们在古城转了一圈，来到了城门外的一处古井边，说是井，已经没有水了，只是一个深坑，陪同的文管所人员说：这古井很神奇，只要天下雨，井里有水，半个月后，就会出现小鱼、蝌蚪。我想，这就是现实版的鱼子复活。

佛教为了教人放生，往往会编出许多故事来说服人去挽救生灵。

我看过一则佛教故事，记不清哪里记载的，故事的大致情节是这样的：宋朝有个生意人，年轻时曾做了一个梦，一位神仙对他说：你的寿命再过十五天就到了，除非去救一万条生命，才能化解此劫。生意人闻此，急得快哭了：十五天时间，如何才能救出一万条生命呢？请您指教我！神仙答：佛教大藏经里面说，鱼卵如果没有用盐腌过，三年之内都能孵出小鱼，你何不多救鱼卵呢？生意人醒来后，马上将神仙的话写下来贴在大街上，请大家不要腌鱼卵；另外，看到有人杀鱼时，也赶紧将鱼卵买来放回到河中。一个多月后，生意人又梦见神仙告诉他：你救助的生命已经超过一万条以上了，寿命继续延长。后来，那个生意人一直活到了九十多岁。

但是，直觉又告诉我，鱼子没受过精，应该是单性的，无生命的，可能存活，但绝对不可能存活这么久。

于是我致电鱼类专家张高立先生进行询问，他这样回答我：有可能，看是哪种鱼。正常的鱼卵不可以，鱼卵在鱼体内是个活的生命体，靠卵黄中的营养物质发育生长，一旦离开体内环境条件（如温度、水分、微生物）就会衰竭死亡。但如果鱼卵在鱼体内的孵化即将成熟（与十月怀胎类似），具备可以从泄殖腔溢出（类似分娩）的条件时，将其取出，放在条件适合的环境中，可以部分成活，生长，诸如鲤鱼籽等。但保存千年必须是上面所说待分娩籽、没被杂菌感染、突然降（升）温休眠（卵细胞停止发育），将来条件合适时，可部分复活。利用现在的科学技术完全可以实现。

真好，我真心希望，鱼子能遇水即活。

缝衣针钻到皮肤里去了

鄂州（今武汉武昌）的富商武邦宁，开有一家大商场，专卖绢纱布帛，生意兴隆，为一方首富。武邦宁的次子叫武康民，读书后做了官，长子则继承了家里的产业。长子有个女儿（我们权称其为武小妹吧），勤于纺织，常常工作到深夜才休息。

南宋乾道七年（1171），武小妹忽然得了一种奇怪的病。那天，她正与母亲同桌吃饭，忽然就丢下筷子喊痛，痛得受不了，过了会又叫痒，太痒了。母亲问武小妹：痛在何处？痒在何处？武小妹一会说这儿，一会又说那儿，指不出具体方位。一连几个月，医生、巫师来了几十个，没人能将小妹的病治好。

第二年春天，一道士打扮的客人来店里喝茶，听到武小妹痛苦的叫唤声，就问武家老大：什么人在呻吟叫唤？武老大答：是我家女儿。道人又问：平时她一般发出什么样的叫声？武老大答：有点像叮当叮当之类的声音。道人笑着说：原来如此，我在谈笑间就能将她的病治好，但需要进房内去看一下。武老大仔细看看道人，有点不相信，怀疑道人有什么企图，就婉言谢道：现在天快黑了，你明天再来吧。道人不理解为什么此时不让他去看，武老大就找了个理由拒绝。第二天一早，道人又来了，武老大说：小女昨晚的病情有所好转，等到病复发时，我再来请您治疗。不知道您住在哪里？道人答：我就住在亨头，你可以让一个仆人跟我去看看。道人此时已经看出武老大的顾虑，亨头就是集市南边的一家旅店。道人拱手作揖刚走出大门，武小妹又传出杀猪似的叫喊声，武老大立即请道人进房看病。

道人进房，看了武小妹一眼，随即说道：她面色正青，我知道情况了。道人俯下身子，从地上拾起一样小东西，像泥土又像石头，叫人拿去磨成粉末，调和药水，让武小妹饮下。道人又从腰间口袋里拿出一些药物，让人擦在武小妹左脚痛的地方。武小妹药还没吃完，有一枚小铁针从皮肤里跳出来，小铁针头秃末尖，一看就是一枚缝衣针。

针出来后，武小妹马上神志清醒了，她说出了痛的原因：以前我在灯下缝补衣裳时，针不知道跑哪里去了，找来找去找不到，但觉得左腿里有什么东西在攻钻，然后又向身上四处流散。每当吃了滋味稍浓的食物，立即会感到大痛，那东西在体内上下搅刺，到了左腿这儿才停止。想来左腿便是衣针的去处。现在针被取出，我感觉好多了。

武小妹的病，当天就好了。

武老大重重酬谢道人，道人只接受了十分之一二的酬金。

武家次子武康民与张寿朋向来交好，当年秋，张寿朋做竟陵的长官，路过鄂州时，听武康民说了这个故事。

（《夷坚支庚》卷第五《武女异疾》）

武小妹工作勤奋，常常在深夜里还继续缝衣，所以小衣针就有了钻进皮肤里的可能性。而她不是医生，对自己的怪病，根本没往那方面想，只是看到针，才想起了曾经失踪的针。

为了验证洪迈记叙的真实性，我找到了相关的新闻以佐证。这则新闻的标题是“缝衣针钻进身体‘跑来跑去’”。

海峡导报记者 2009 年 6 月 16 日报道：年近四十的谢先生，近几个月来老觉得双侧腹股沟酸痛，右侧尤为明显。一个偶然的机会，他发现拿尖物在腹股沟的皮肤上扎一扎，酸痛的感觉会明显缓解。尝试几次之后，他干脆找来缝衣针，把长约3厘米的针斜插入皮下2厘米左右，并让针停留在肌肉里几分钟。6月7日晚上，谢先生如往常一样坐着扎针，临时有事突然站了起来，这一站，整根缝衣针嗖地“钻”进了肉里，就连针头也找不到了。但因为身体没有出现不适，谢先生并没有在意。第二天晚上，谢先生明显感到针扎处疼痛剧烈，急忙到家附近医院就医。两次诊治都是徒劳。9日凌晨2点左右，谢先生转诊至厦门市第一医院泌尿外科。拍片显示，缝衣针较上次拍片时，又往里“走动”了3～4厘米。8点左右，医生给他做了急诊探查术，探查的深度达到皮下6厘米，还是一无所获。医生做了X光定位，发现缝衣针已经进入谢先生的盆腔。第一医院泌尿外科医生郑嘉欣说，盆腔的范围很广、脏器很多，要精确定位针的位置有一定难度，如果继续深入探查，创伤会很大。于是，手术中止。为预防缝衣针到处移动，给谢先生带来更大的伤害，医生找来一块直径10厘米的磁铁，绑在他的切口上。郑医生说，因为缝衣针锋利的一头是朝下的，想用磁铁把它吸出来不大现实，但这个方法至少能把它稳定在目前的位置上。昨日，谢先生带着切口上的磁铁回家观察了。郑医生还说，从谢先生的症状判断，他的腹股沟酸痛很可能是前列腺炎在作怪，拿针扎止痛，其实只是把神经痛转移到了皮肤上。

缝衣针钻进人体的新闻，比比皆是。

缝衣针为什么会在人的体内乱跑呢？它的动力来源应该是血液循环和肌肉收缩。有从胸腔跑到腹腔，再跑到颈部的，有的甚至还会跑到肺里，跑到心脏。下面这则新闻似乎更神奇：江苏有一产妇生产时，发现宫壁上藏着一枚缝衣针，原来，她五岁的时候误吞缝衣针，针从口腔进入胃，再进入肠道，穿透肠壁进入腹腔，在腹腔游走，停在了盆腔子宫旁的间隙处，贴在子宫壁上长达二十年。

道人治疗武小妹的药有点神奇，要是写出来那就太好了。

我估计，除了吸铁石，也没有什么特效药，必须动手术才行。可是针会动呀，在割开皮肤的时间里，它说不定又游走了。

金子的祸害

成忠郎王佐带着全家，从竟陵县（今湖北潜江市西北部）到沅州（今湖南省西部）去做官。他们坐客船游湖后，到了道午这个地方停泊休息。王佐的妻子拿出一只黄铜做的酒杯，对船老板的妻子晃了晃说：你给我一杯酒吧。你平时有好酒，没想到今天用金杯来装吧？船老板娘说：是呀，我只认得一些瓦器瓷盘，哪曾见过金器呢？！

船老板的妻子回舱后，就告诉丈夫这件事，并说客人所用的盆罐之类的东西皆是黄金制作。船老板听后就起了歹心，与他妻子商量：我们终年劳苦，受尽贫困和饥饿，何曾吃饱过一顿！不如做此一趟大买卖！妻子完全同意，两人又找篙工商量，篙工认为不可以，他们于是暂停行动。

两天后，船到了金沙滩。王佐的妻子取出那些器物，叫仆人拿到岸边去洗涮，几十种器物排列在岸边，金光灿灿。见此情景，船老板诱惑篙工：此时不让宝物落到我们手中，更待何时？篙工动心了，答应一起动手。到了夜里，他们将王佐一家全部杀死，沉尸江中，然后直接赶到武陵，将盗来的器物拿到集市上去卖。买主看着这些东西，认为他们极有可能是偷来的，他就一边追问东西的来历，一边暗地派人向官府报告。船老板、船老板的妻子、篙工都被官府捉住。行刑时，官府特地将三个罪犯押往金沙滩边，斩首后，将他们的头挂在水边的竹竿上示众。

缙云县的朱藻，因事去了荆州，路过金沙滩，看到了水边的那三颗人头，巡检为他说了案情的来龙去脉。

人们出远门旅行时，身上如果带有贵重的黄白之物，而且刻意炫耀的话，大多会招来意外之祸，在大江大河中行船，尤其要注意。

建炎年间，荆州一带多灾多难，郴阳县（今湖南郴州市）一县令，某次坐船从湘江去郴州。县令的一个弟弟，让篙工用一个小金盂帮着舀水，篙工告诉船主说：这是金盂。船主羡慕的样子让县令起了疑心，他就有了防备。到下一个滩头，篙工又来借金盂舀水，他却假装失手将金盂坠落水中。篙工想下水去打捞，县令对篙工说：江水迅猛，若将船暂时停住，船就很难上行了，那金盂其是用黄铜做的，不过三四百钱罢了，你别以为那是真金做的。

第二日到了郴州，县令命令将船上的人全部抓住并送往监狱，一审问，都是强盗，为非作歹多年，害人不少。县令将案情上报都府，都府下令，将凶犯全部处决。

县令身上带着真金而免于一死，王佐家因为夸耀假东西而全家覆亡，真是不可思议呀。

（《夷坚支庚》卷第五《金沙滩舟人》）

古代的歹徒、盗贼利用行船作案，相当普遍。情节有轻有重，轻的只是船到江心，突然涨价，要东西；重的，杀人越货，沉尸江中。而凶犯之所以成为凶犯，乃其本性所致，但事主的不小心露富，甚至故意炫耀，则是案犯临时起意的重要前提。

王佐的妻子，几次挑衅坏人的底线，可以说是咎由自取。明明是铜，却一定要夸耀成金。成忠郎，不过是一个低品级的小武官，按正常俸禄制度，官小钱就不会太多，越是这样虚荣的人，越容易炫耀。难怪船老板的妻子要如此说，或许，她就是故意这么说的，杀人越货的高手，怎么会没见过金子呢？篙工第一次拒绝，是因为依然受道义的约束，而王佐妻子让仆人在金沙滩边晒器物，则真是有点莫名其妙，她这么做，是想得到船老板一行大大的尊重和多多的照顾吗？

聪明的人，往往能化险为夷。郴阳县令，眼光敏锐，他从一只小小的金盂里觉察出了巨大的危险。显然，那篙工和王佐船上的篙工相比，完全是两种性格，他借金盂的目的，或许是试探，或许就是存心这么干，下次风平浪静时，他可以来此打捞。然而，当他知道此金盂不是真金盂的“真相”时，还有主人那种毫不在乎的态度，他们也就放弃了渐渐萌生的恶念。对他们来说，杀人夺货，驾轻就熟。

标题为“金子的祸害”，并不准确，金子无罪，它只是一种客观价值存在。或许，改为“坏船工”，更为贴切，他们是事件发生的主要内因，外因只是诱饵，一切的事件发生，都取决于内因。

做坏事，是有报应的。洪迈在后面的《支癸》卷第六中，写有一则《尹大将仕》，就和船夫有关。尹将仕的前生就是个船夫，因贪图某县尉的钱财，将县尉推入江中淹死，县尉来生变成尹卑劣无赖的儿子，将尹的钱财挥霍一空，然后病死，再变成鬼来结果尹的性命。

抗金游击战

建炎庚戌年（1130），金兵南犯江西，郡县村落的百姓，大多望而生畏，束手待毙。但也有不少奋不顾身而保全自己的，即使是妇女，也勇敢抵抗。

金兵过丰城剑池时，铁骑走在大道上，通宵不断，百姓只听马蹄嘚嘚声不断，并不知道他们到底有多少人。一个骑兵挟着两女子，独自穿过林间，一女子说“可杀”了，躲在旁边的人立即举起棍子朝那个骑兵打去，骑兵倒地，脑袋也被打破了。金兵的马乱叫个不停，众人又将马赶到一口井中。有一个金兵抢了一位富家女，金兵叫她打水，富家女说不会，金兵大骂，从女人手中夺下瓶子低头打水，富家女趁机用力一推，金兵跌落井中。

余干（今隶属江西上饶市）人艾公子全家都被金兵抢抓，两个金兵还点起火要烧他们的住宅。艾公子想：房子烧了，我们回来就没地方住了，不如抗争一下。就迅速招呼儿子们，拿起棍子，奋力和金兵搏斗，金兵被打倒在地，艾公子和儿子们又夺下金兵腰刀，结果了他们的性命，一家人于是得以保全。

（《夷坚支庚》卷第七《村民杀胡骑》）

金兵势如破竹，宋朝军队节节败退，赵构一退再退，东躲西避，甚至藏身海上，而金兵烧杀抢掠，使得老百姓家破人亡，苦头吃尽。

任何侵略者，在异国的土地上，并不总能耀武扬威，自发组织起来的抵抗力量，有来自官方的，更多的来自民间。侵略者虽强大，但也有弱点，人生地不熟。侵略者在明处，孤立无援，冷箭难防，弱者不可能屈服，弱者从心底里发出的力量，足够支持他们战斗下去，弱者有一万零一种方法对付侵入者。

东杀一个，西灭一个，这还不算真正的游击战，只是民间力量的小股反击，真正的游击战，爆发起来，也是势如破竹，历朝历代，古今中外，皆是这样。

射箭比赛

临川人（今江西抚州）王椿，是王平甫的孙子，待制王游的儿子。绍兴初年（1131），他在临安做幕僚，擅长射箭。有一个将官叫韩世旺，是蕲王的兄长，家住西州（今青海西宁），射箭技艺高强，但他从不以此抬高自己的声望。王椿看不起韩，常常在别人面前侮辱他，韩从不计较。

吕丞相坐镇江淮，召王椿为幕僚，王收拾行李，装满了箱子，恰好在教场碰见韩。当时，正值将领们大摆宴席之际，于是就挽留了他，席间，韩突然对王椿说：现在我们即将分别，我们用射箭来赌你箱子里的东西好吗？王椿依恃他的技艺，正求之不得：好。并且指着席间的将领们，要他们作证。两人各领了一把箭，王椿先射，四箭射中靶心，八箭射在草靶上。王椿得意扬扬，众将领们皆拍手称赞。韩世旺犹豫了一下，慢吞吞地说：我是军人，如果用十二支箭来决胜负，那就愧对军人这个称号了，我愿意用两支箭来决胜负。众人都不理解，为什么要用两支。韩世旺让虞侯拿桌上的一文钱放在靶上，第一箭射在了钱的小孔中，第二箭射到了钱上，箭尾也折坏了。在座的人，一片惊叫，盛赞不已。韩世旺打开箱子，得到六百两银子，王椿惭愧不已，宴席没结束就回去了。王输光了钱，路费也不知道去哪里筹了。

第二天，王椿拜访了韩世旺要好的朋友，托他帮自己说情，想要回那些输掉的银子。韩世旺笑着说：我并不是要赢他的银子，

射箭比赛

他只不过是个文官，嘴巴硬，经常侮辱我，我这才给他一个难堪，挫挫他的锐气。他必须写一篇文章，陈述这件事情，并向我表示歉意，我便将银子还给他，但他的文章，必须直截了当，不能用文章逞强，以免被他骂了。王椿按照韩的要求，立即写了一篇文章，大意是：有幸识得两三个难字，又怎么值得去射箭？我不识好歹，向人挑战，最终还是输了，实在难为情，难为情啊！韩世旺看了，哈哈大笑，当天就将银子还给了王椿。

（《夷坚支庚》卷第十《韩世旺弓矢》）

这基本上是一个喜剧，箭艺高强的韩将官，深藏不露，忍辱负重，却也报了被辱之仇。

王椿作为读书人，一个幕僚、文官，能有这样的射箭技术，本来是好事。可是，人往往一有些本事，就不知道自己几斤几两了。就如王椿，他看着身边那些官员，都不会射箭，或者技艺不如他，他良好的感觉就一天好过一天，一直膨胀到连武将也不放在眼里。他的基本逻辑是，如果武将技艺好，一定升大官了，而你这种小官，技艺肯定不怎么样，也就不值得我尊重了。

要说这个韩世旺，还真是君子，王椿远远不及，本来他就是蕲王的兄长，凭此一点，他就可以挺胸做人，至少在被王椿侮辱时，应该起来反击，可他并没有，不能忍事的人，胸怀就不算宽阔。

韩要求比箭的提议，乃是一个小计谋，这是教训王的好机会呀，料那小王一定入彀，正好可以挫他锐气。

我相信，在王椿以后长长的人生道路上，他一定会吸取比箭的教训，低调做事做人，并宽容为怀，尊重一切应该尊重的人。

射箭高手韩世旺是位好老师，他用实际行动为世人树立起了高手低调而谦虚的榜样。

第十一卷

夷坚支癸

何押录的竹筒

讨债

第一等可以多录取几人

道士杀鬼

何押录的竹筒

余杭（今浙江杭州）县吏何某，从壮年时就做了小吏，逐渐晋升到押录一职。何押录心性宽容，很少有过失，每任县令都很信任他。他还兼着拆诉状的任务，每逢投诉的日子，他大清早就坐在衙门口，将送来的状纸一一拆阅。要是碰上那些欺诈奸猾之人，就反复忠告对方：官府衙门不容易进，若你陈述的事情失实，只能给你带来后悔。听了何的话，那些人往往就撤回诉讼离去。老百姓犯了罪，被判了刑，必须押送到州府，但按情理，罪行并不重，何押录就会向县令汇报说，这个案子不用报到州里去，县里就可以结案。对那些应当受杖刑的，他又劝告县令，请求县令放人。

何押录曾经在公堂里设置了两个竹筒，挑了几千个小铜钱，把它们分为粗、细两种，时常丢一两个小铜钱到竹筒中去，大家都不知道其中的缘故。他解释说：我承蒙县令的委任，每干完一事了，就往竹筒里丢一个铜钱，之所以把钱分为粗、细两种，这是在丢钱时看办事的大小。然而，大家终究不知道其中的真正缘由。

何押录退休回家，快要去世时，他才告诉别人原因：你们知道我丢钱的用意吗？我免去一人徒刑，就往左边的竹筒中丢一个细铜钱，免去一个人的杖刑，就往右边的竹筒中中丢一个粗铜钱，现在应该把它们剖开来看看了。两个竹筒被剖开，里面放满了小铜钱。他笑着说：我没什么遗憾了。如果有阴德可以依凭的话，我这是给了后人很多好处。

何押录死后十年，他的儿子伯寿中了进士。绍兴年间，伯寿位极人臣，皇帝赠其父为太子师。

（《夷坚支癸》卷第一《余杭何押录》）

何押录，没有具体姓名，押录这个职务和水浒里的宋押司差不多，都是协助县令处理民事、刑事方面杂事的人。

何押录有一颗宽厚善良的心，待人厚道，做事很少有失误，所以，经过数十年的努力，从小吏做到了押录这个岗位。开拆诉状的工作简单而烦琐，但何押录认为很重要，许多官司都可以解决在萌芽中。于是，每逢接待投诉日，他就早早地坐在公堂门口，一一细读送来的状纸。现实生活中，确实有不少这样的刁民，喜欢打人小报告，喜欢报复人，而所谓的诉状，也就是一点点皮毛的事，甚至只是捕风捉影的事情而已。何押录深知，对于邻里间的许多事，几句话解释明白就过去了，但一般人的话没用，而他代表政府，代表司法，他的话有人听，他必须做好这样的工作，别人眼中这份工作看似简单，他却深得其中要义。

而对那些真正犯人的处理，他也是尽量将大事化小，小事化了，这并不是枉法，而是对法律精神的正确解读。国家以民为重，许多事百姓都只是轻微犯规，如果从轻处理，他们会感恩，只要不是不可救药的狂徒，相信他们会自我改正。

十年后，何押录的儿子登第做官，何押录受封，这些，你可以相信，也可以不信。不过，一个低级小官的家庭，父亲有仁心，有良好的家教，儿子努力奋进，考取功名，这应该不是什么天方夜谭。

讨债

信州（今江西上饶）人张显祖，是监狱的推官。他曾经审讯一个重刑案件，某富人被囚禁后，向张贿赂了一千缗钱，张便设法救他。但当时的监狱主官很清廉，不好欺骗，而张贪图贿赂，既不想将钱还掉，又担心那富人日后向他索还，于是，暗地里叫狱卒将那富人杀死，同时又转告富人的家人：我替他将案子翻过来了，本来已经没什么事，没想到他突然死在牢狱中。富人家里也没多说什么。此事就这么了了。

张用所得的钱，委托侄子做经营，生意一直以来都不错，张就辞去了狱吏的工作，专心赚钱，渐渐成了富翁。但张有一件憾事，就是膝下无子。突然有一天，张妻怀孕，生下一男孩。男孩聪明可爱，才十岁，就会做举子的三场文，人们都称他为神童，父母视他为掌上明珠。张子长到十八岁，就考取了甲科进士，两年后，被调任福州教授。但张子想做什么事，就一定要做到，父母也什么都依他，而不管花费多少钱。在京城时，他沉溺于声色酒宴，用钱毫无打算，大手大脚，没多少时间，就将家里的财产花去了十之七八。等要去泉州当官了，他又染上了重病，在床上一躺就是半年，家财被他花费一空，人抬回家时就死掉了。

张显祖夫妇痛不欲生，求死不能。三天后，张显祖揭开盖在儿子脸上的帛布做最后告别，儿子的面容一下子就变成了以前被他杀死的富人囚犯。他立即联想到了以前的罪过，也就不再为儿子伤心，但他的愁苦一直郁结于心，觉得活下去没什么意思，没几个月，他和妻子都相继死去。

（《夷坚支癸》卷第三《张显祖治狱》）

这是古代笔记中典型的报应，一切的缘由，皆因张显祖之贪心，贪心也就罢了，贪心往往连着害命，这就过分了。

张显祖靠富人的那一千缗钱作为原始资本，生意顺风顺水，以至于他也成了富人。而富人在狱中被他杀死的场景，数十年来，没有一日不浮现在他脑海里，生意越好，越会想起富人，没有富人，就没有他的财富。许多时候，他都想努力忘却，可富人那微笑的脸如刀刻般雕刻在脑子里。

优秀而聪明的儿子，本来可以帮助他实现光宗耀祖的宏大目标，然而儿子竟如此的随性和放荡。老来得子，宠爱和溺爱是自然而然的事，且儿子的功课如此优秀，一秀遮百丑，钱就随他花吧，迟早总要留给他的。

有了这一切的铺垫，当张显祖和儿子做最后诀别时，儿子的脸就有极可能幻化成富人的脸，瞬间的心理作用导致视觉模糊，脑子一片空白。

君子爱财，取之有道，倘若无道，就有各种被讨债的可能。

第一等可以多录取几人

武当山道士郑若拙，擅长道术。淳化二年（991）冬天，郑道士做了一个梦，他进到一个洞府，见两道士相对座谈，一个说：来年春天进士榜上有三个宰相，三人中，有一个名第很低，该怎么办？另一个说：名第高下已经定好，不能改变，唯独在取名时还可想想办法，不如把第二等作为第一等。郑若拙醒来，和他的徒弟们说了这个奇怪的梦，大家听了只是笑笑。

第二年，朝廷在科举唱名时，宫中正好有件大喜事，皇帝非常高兴，他就对侍臣说：第一等可以多取几个，我叫你停就停。侍臣于是依次唱名，而皇帝一下子就将此事忘记了，直到侍臣唱到第三百名时，皇帝才醒悟过来，急忙叫停。这一年，孙何做了头名状元，总共录取三百一十三人，而第一等就有三百零二人，其余的都为第二等。丁晋公是第四名，王冀公是第十一名，张郑公是第二百六十名，他就是三位宰相中的最后一名。

本朝以来，皇帝在殿前赐科第，第一等从来没有这么多人。郑公三次做宰相，他当官后，有次回家乡光化，去游历武当山，郑若拙的弟子曾将此事的前前后后告诉了他。永卿做淅川县令时，也听郧乡士人刘可说过这事。

（《夷坚支癸》卷第十《淳化殿榜》）

据《唐代进士科举年表》统计，自唐高祖武德五年（622）至唐哀帝天祐四年（907）近300年间，进士科共开考262次，录取6656人，平均每榜不到26人。宋太祖科考15次，平均每榜13人。但宋太宗大拢士人心，科举名额增加不少，太宗科考8次，每榜平均186人。如他即位次年即太平兴国二年（977），第一次开考，录取进士109人，诸科207人，共计316人。

宋朝科举考试除按照常例录取正奏名之外，还增设特奏名。所谓“特奏名”，即特赐连续多次应省试而不第的年老举子以本科出身，又称“特奏名及第”或“恩科及第”。开宝三年（970），宋太祖特赐连续15次参加进士科诸科考试而没被录取的106人以本科出身，此为宋朝特奏名之始，以后逐渐成为定制。特奏名的设立促使科举名额进一步增多。如宋真宗景德二年（1005），录取正奏名 1661 人，其中进士 393 人，诸科 1268 人；特奏名 1388 人，其中进士 316 人，诸科 1072 人，合计 3049 人，创中国科举一千多年来之最，空前绝后。

有了这样的前提，宋朝科举出现什么稀奇事，一点也不奇怪。

淳化三年（992）的宫中，不知道发生了什么样的喜事，让皇帝激动，我查了一下，也没什么大事，只有《淳化阁帖》的编辑出版，勉强可以一算，因为，对于在书法上有造诣的宋太宗来说，这也算得上是一件高兴的事，他急于与人分享，就有可能心不在焉。

洪迈写一百多年前的事，叙述得也不太准确，那些人的名次是对的，但一甲并没有这么多，《淳化殿榜》的总人数也不止这些。

用道士来附会，除了说明许多事是天定以外，还带有中国人的固有观念：上榜者皆为天上的文曲星，神应该预先知道。

道士杀鬼

福州紫极宫道士刘自虚，常用道法替人治鬼怪，他喜欢吹牛，炫耀法术，也很爱财。他经常这样吹牛：前一个月，我在西门某家治鬼，亲手杀死三个鬼，法剑上沾满了鬼血；几天前我在城东某家也杀死了两个鬼，那鬼流了许多的血。一个月之内，我一般总要杀死几十个鬼。梁仲夙也会道法，他十分不满刘自虚如此吹牛，就想挫挫他的锐气。

梁于是想了一个计谋。

他让人请刘自虚来捉鬼。刘到达现场后，梁对刘说：我与这家人是好朋友，他家的鬼不是一个人可以对付的，我想和你共同捉鬼。我先上，不行，你再上。刘自虚不知是圈套，连忙答应：好的好的。梁又对刘说：我原本是来玩的，剑也没带，借你的用用。刘就将剑给了梁。梁又说：法印我带来了，但在小仆人那里，我去外面拿一下。过了一会，梁从外面进来，手中拿着法印，嘴里念着咒语，走了几圈禹步，将剑放进衣袖中。不一会儿，梁大声叫道：神将快快把鬼放到地上。只见剑刃上血流不止。梁回过头来，对刘笑着说：侥幸将鬼斩了，没有辜负这次使命。刘自虚见此，低着头，十分惭愧，也不敢答话，灰溜溜地走了。

梁于是现身说法：这些都是骗人的把戏，采一把草药擦一下剑，然后将剑放进鞘内，剑遇到风就像血一样红。那红水点滴，很像刀砍伤人以后留下的血迹。刘自虚就是用这种方法来骗人的。现在我将他的鬼把戏戳穿，让他自己反省，知道羞耻。这是什么草药呢？它名叫紫背天渠，与虎的耳朵差不多，上青下紫，和其他药配合使用，还可以制造出砒霜、硫黄一类的东西，它的功用，不只是使剑上沾满血。

（《夷坚支癸》卷第十《刘自虚斩鬼》）

刘自虚如果不这么使劲吹牛，他还可以混下去，就如那梁道士一样。梁道士以为，吹牛过头实在有损道士形象。

北斗七星的排列，很像斜着的“N”形。刘自虚的“禹步”开始了，他从北斗七星的起点开始，扎起马步，踩着大地，一步一步，坚定有力，他双眼紧视前方，挥舞着未出鞘的剑身，嘴里念念有词：吾是九老仙都君，敕汝五方雷部神，五方雷神速到坛，敢有后至先灭形，急急如律令！然后，双目紧闭，猛地抽出剑，朝着空气一阵乱砍，那剑上的血，就会滴答滴答渗下来，血淋淋的，让人害怕。

道士一般都懂点医术，会经常和草药打交道，他们幻想着长生，会从矿物质和动植物中去寻找延年益寿的成分。影视中常见，他们遇到一个昏迷者，或者急性休克者，往往会从怀里摸出一粒丹，塞进昏迷者的嘴里，那人立马醒了过来。

破除神秘，其实容易，让他看到活生生的现实就可以了，但要从思想上根除，非一事一物一早一夕之简单了。

第十二卷

夷坚三志己

韩世忠荐人

坏人解忠

摩耶夫人

姜片妙用

名贵猫

桐庐两只猫

桐庐两头牛

韩世忠荐人

绍兴年间，韩郡王被解除枢密大权后，在家闲居。他经常头戴一字巾，身跨骏马，在湖山之间闲游，每次出门，总有四五个童仆跟着。

当时，李如晦想从楚北的幕官到京城改任，但缺少一位将领的举荐，李心中烦恼，却想不出什么办法。正值春天，同住旅舍的客人都结伴前往天竺观，李以心神不定为由推辞不去，大家都劝他：正因为有烦恼事，才要出去散散心呀。于是，李如晦被大家强行拉着去玩。每人租了一匹马，才经过九里松，正好天下起大雨，众人都进屋去躲，李却跑到冷泉亭，即便衣服被打湿，他也没有心思，只坐在亭上长吁短叹。

此时，韩王也来躲雨，两人相见，招呼作揖，这是宋人常有的礼节。韩王见李身形憔悴，很同情地用陕西话问他：官人有什么事在心头呢，忧郁成这个样子？李虽不认识韩，但看到韩身材魁梧，长相不同一般，自然起了肃敬之心，于是将实情相告。韩听后说：你只是缺少一份文书，对吧？李如晦说：是的。韩对李说：在下韩世忠正好有一份，明天给你送来。韩转身让跟随的童仆，详细询问了李的姓名、官阶，并问了他的住处，李如晦这才知道，眼前这位居然是大名鼎鼎的韩世忠，不禁感激涕零。

次日，一位小吏找到李如晦的住处，给他送推荐文书：韩郡王叫我送来的，并资助你三十万钱。李如晦于是得以升任京官。后来，李写了一封信，派人送到韩府，想向韩行门生礼节，韩便不再与他相见了。

（《夷坚三志己》卷第一《韩郡王荐士》）

南宋名将韩世忠是民族英雄，也写得一手好词，岳飞的《满江红》无人不知，韩世忠的《满江红》同样流传千古。抗击西夏，黄天荡大破金兀术，苗刘兵变解救赵构，这些都是宋史上鼎鼎有名的大事。唐朝的杜如晦很有名，可这个南宋的李如晦，我查不到资料，估计也就是个一般的官员，因为韩世忠的帮助，而在历史上留下了名字。

各朝都有荐官制度，有的严格一些，有的宽松一点，既要人推荐，那就是一种连坐，类似现今的担保，是要负责任的。李白年轻时，一直在找举荐人，可是，那些和他接触过的官员，大多不愿意推荐他，主要原因是李白的性格随意，他们怕万一出点事，自己也逃脱不了。给李如晦推荐文书，出于韩世忠爱国、爱才的本能，国家需要人才，为官艰难，能帮就一定要帮，还给李送钱，他深知李这类小官的经济不宽裕。

然而，这则笔记的亮点却在李如晦升京官后。李认韩门，是礼节，得人恩惠，当报之，而韩不这样想，朝廷最忌拉帮结派。我帮你是职责，李如晦我帮，张如晦我也帮，你来答谢，却有拜码头之嫌，我痛恨这个，千万别来，好好做官就行了！

人与人境界的高下，通过一件平常事就能显现。

坏人解忠

沂州（今山东临沂市西二十里）人解忠，原名叫解沂。解家世代务农，唯独解沂喜欢武术。绍兴辛巳年（1161），解沂跟随山东的赵归化，获得一个官职，随后又升任殿前司副将。

解沂天性贪婪狠毒，暴戾不仁。因为偷皇家船上的东西，依例要判斩，朝廷念其效忠，只将他编置到湖湘了事。后来，他又窜到淮上，和坏人陈二合伙抢劫临泽的布商，案发后，被关到高邮的监狱中。

在高邮监狱，解沂哄骗狱吏说：我平生存有五百金，埋在州城西的土山中，你如果能放我出狱，我就分一半给你。彼狱吏相信了，就带着他跑出了监狱。两人躲躲闪闪，翻越城墙，来到一处土山，解沂就开始在一块地上挖，他对狱吏说是挖金子，等坑挖到三尺深时，解沂一个转身，一锄就打死了狱吏，顺手将人推进坑中埋了。

与此同时，成闵恰好镇守在京口（今江苏镇江），解沂前去拜见，成闵就让他做了自己的部下，担任一个察逻的小职务，解沂于是改名为解忠。有一天，解忠劝说另外八个健壮的士卒，和他一起去抢劫八角楼居民家的货物，但他却推举其中的一个做领头，分完赃物后，他又暗中去告官，那八人因此而被杀。

解忠又相约王展世、宋国宝、司泽、曲端等一些蜀将的兵卒，组成忠义军起事。他用书信与各人往来，然后收集其中谋反的语句，向都帅李川告发，李都帅于是将那些蜀将以酷刑处死，其他一些情节稍轻的则流放岭外，而解忠，因为立有大功，历任婺州、苏州等州指挥使。

庆元元年（1195），每天太阳快要落山时，解忠的眼前就会出现一大群冤死的鬼魂绕着他，转来转去，转个不停。第二年的春天，解忠大白天睡觉时，被鬼魂鞭打，痛苦不堪。这一年的夏天，十个壮士鬼上门责问并暴打解忠，解忠七窍流血，倒地而死。家人将其下葬时，解忠的灵柩又突然破裂，暴尸野外，猪狗将其肉吃尽后，衔着他的骨头丢弃得到处都是。

（《夷坚三志己》卷第三《解忠报应》）

解忠的坏，通过三个害人的细节，足以展现。

狱吏也贪婪，不仅枉法，还害死了自己；不知道解忠为什么要去害那八个士卒，也许，他生性不安分，不弄出点动静出来不舒服。至于组建义军的事，根本就是他设计的一场大阴谋，收集到的证据就变成了铁证，他得以立大功、升大官。

我在想，是什么样的环境，让如此坏的人还有生存空间？

整个南宋，特别是后期，政治生态已经相当严酷。对南宋朝廷来说，苟且下去才是第一要务，大部分时间，都是主和派在掌权。即便主战派上来，面对强大的敌人，软弱的南宋实在无力进行真正的反抗。与此同时，各级官场中，大部分的官吏认为保命、顾自己眼前的生存，是第一要务，出现解忠这样的坏人，也就不足为奇了。

作者借助鬼神的力量，给解忠安排的结局，虽是老套的报应，却也让人痛快，洪迈在本节的结尾还有一句：虽三子尚存，当不得永远承祭祀也。什么意思呢？虽然解忠有三个儿子，却再也无法去父亲的坟上祭祀了。言下之意极为明确：这样的坏人，不得原谅，不配留在世间！

摩耶夫人

王仲言有个女儿，很受父母疼爱，但女儿经常惹父亲生气，于是大家戏称她为“摩耶夫人”。淳熙年间（1174—1189），王仲言做了滁州来安县县令，有一天，一少年不听哥哥的话，和哥哥发生冲突，被哥哥打伤，官司打到了县里。王仲言调查完事情的来龙去脉后，忽然拍着案桌大笑，吏卒们都在公堂上，不知道县令笑什么。过了好一会，王仲言才说：我三十年来一直在寻一个对子，今天终于找到了。他将哥哥叫上前：你可以叫“岂弟君子”，与“摩耶夫人”成对。哥哥打弟弟，在法律上算轻罪，只是，你今后不要再这样了。

“岂”字音“恺”，北方的习俗称殴打为恺。

（《夷坚三志已》卷第六《摩耶夫人》）

折磨父亲的女士和打弟弟的先生，正好成一对，绝对。

中国的对子，似乎是天生的，云对雨，雪对风，晚照对晴空。声律启蒙，稚童都唱得朗朗上口，听起来也极有趣。但充满智慧、最有趣的一类，则应该是来自具体生活中的活对子，令人拍案的那种。

和对联同性质、来自生活的诗词，总是那么的别出心裁。洪迈在同卷第七写有《善谑诗词》，不喜欢吃泡饭的人，作打油诗：“水饭恶冤家，些小姜瓜，尊前正欲饮流霞。却被伊来刚打住，好闷人哪。不免着匙爬，一似吞沙。主要若也要人夸，莫惜更搀三五盏，锦上添花。”有一个叫董参政的，考试不利，写了《柳梢青》词自谑：“满腹文章，满头霜雪，满面尘埃，直至如今，别无收拾，只有清贫。功名已是因循，最懊恨，张巡、李巡。几个明年，几番好运，只是瞒人。”词中满是辛酸泪和不平意。

来自生活实践的对子，有时很难得到，却常在不经意中出现，贯休有觅诗这样写:“尽日觅不得，有时还自来”。本则《摩耶夫人》正好给贯休的诗作了形象生动的注脚。

姜片妙用

杨立之从广州府通判任上调回楚州（今江苏淮安市）时，喉咙里有痈。痈破了后，脓血从早流到晚，吃不下，睡不着，医生也束手无策。正好名医杨吉老应郡守邀请到郡里来，杨立之的两个儿子，立即去请杨吉老。杨仔细看了看说：我已经知道病症了，不需要看脉，这种病很奇怪，必须先吃生姜片一斤，然后才可以下药，否则没有办法。杨吉老说完就走了。

见杨名医开出了这样的方子，杨立之的儿子们面有难色：喉咙流脓疼痛，怎么能吃姜呢？杨立之则说：杨吉老医术高明，他的话一定不假，我先试着吃一两片，如果吃不下，不吃也无妨。随后，杨立之吃起姜来，开始时，味道香甜，就多吃了几片，吃了半斤时，痛处已经减轻了许多，吃完一斤，才开始觉得味道有些辣，脓血已经没有了，粥食也能吃下了。

次日，杨立之请杨吉老来，感谢他的医治，并问他为什么要吃姜。杨吉老说了原因：你在南方当官，一定吃多了鹧鸪，而这种鸟喜欢吃半夏，你吃多了鹧鸪肉就会发毒，所以要用姜来治毒。

现在既然病源没有了，也无须再服其他的药了。

我（作者洪迈）记得唐代小说记载，崔魏公突然死了，医生梁新诊断了一下说：是食物中毒。仆人告诉梁医生：崔喜欢吃竹鸡。梁新说：竹鸡大多吃半夏，这大概是鸡肉的毒。梁医生就让人捏了姜汁灌到崔的口中，崔于是活了过来。这两个故事十分相似。

（《夷坚三志己》卷第八《杨立之喉痈》）

俗谚：早上三片姜，胜过人参汤。姜又被称为“还魂草”，姜汤也叫“还魂汤”。苏东坡在杭州时，入净慈寺，见一老和尚，八十多岁，面色如童，问他保养秘方，其答：服生姜四十年，故不老。

“医圣”张仲景有个名方子叫“四逆汤”，主要成分就是附子和干姜。

《本草纲目》中对姜的描述大致如下：味辛，微温，无毒。生姜温，要热则去皮，要冷则留皮。（思邈曰）八九月多食姜，至春多患眼，损寿减筋力。古人云：秋不食姜，令人泄气。亦有秋姜减寿之语。此外，午后至夜间，若非治病，不宜食姜，因夜气收敛，姜酒之类辛散，不宜养生保寿。

生用发散，熟用和中。解食毒，去冷气。益脾胃，散风寒。凡早行山行，宜含一块，不犯雾湿山岚不正之邪。

上则笔记中，动物的食物，自古以来就极其重要。就如现今的各种食品在生长期、成熟期的养分和用药，关系到食品安全一样，姜只能治个体，不能治整体。

洪迈在《夷坚志再补》中写有一则《治痰喘方》，里面也写到了他自己服姜片的经历：

我一向有痰症，孝宗皇帝曾让人告诉我，取胡桃三颗、生姜三片，睡觉前吃下，再喝几口开水；接着吃三颗胡桃、生姜三片，再喝几口开水。然后，不再走动，马上睡觉。回到家中，按此法做。第二天，我就不再咳嗽，痰疾也再没有发作。

姜真是好东西。

自几年前开始，我早餐前就把几颗红枣、几片姜夹在一起吃。这是一位长寿老人告诉我的方法。枣加姜，越嚼越香。

名贵猫

临安城北门外西巷，有个卖熟肉的店铺，店老板叫孙三。

孙三每次外出，都要大声交代他婆娘：好好照看我的猫，临安城里没有这样的品种，不要让外人知道了，如果猫被偷了，那就是要了我的命！我们老来无子，这只猫就是我们的孩子！

这样的话，孙三每天都和妻子重复。

邻居们都听见了，很惊异，也很好奇，总想看一看那是只什么猫。

有一天，那只猫忽然挣脱绳子跑出家，刚跑出大门，就被匆匆赶出来的孙妻急着抱回了家。奇猫虽偶然出门，但还是有好几个人看见了，大家都非常惊奇，那猫全身深红，尾巴和脚也都一样泛着红光，邻居们都赞叹：世上还有这等漂亮的猫呀，真是开了眼界！

孙三回家，知道猫跑出过家门，大怒，将妻子一顿痛打，嘴里还骂得极难听，弄得邻里皆知。

孙三家里有只特别名贵的好猫，这消息像长了脚一样，临安城里好多人都知道了，自然，宫里的某太监也知道了。

太监于是上门，要求买孙三的猫，并开出了非常高的价格。孙三一口拒绝。这太监是真想买猫，他想用来拍大马屁。经过数次加价，一直加到三百千钱，孙三终于松口卖猫。交易过程中，孙三含着泪，不断数落他的婆娘：都是你，看管不严，让我们家的猫被全城都知道，说着说着，怒气又上来了，又将婆娘一顿痛打。这太监，一边假意劝孙三，一边暗自高兴，他的如意算盘是将猫驯养一段时间，然后进贡给皇上。

太监将猫抱回家，如获至宝，每天精心驯养。不想，此猫身上的深红颜色，一天天淡下去，完全没有当初买来时好看。半个月后，此猫就变成了一只白猫。

太监气坏了，这时，他才完全明白，他买到的所谓名贵猫，居然是用普通白猫染色而成。他立即去找孙氏。到买猫的地方一看，店铺早已换主。邻居说，孙氏在他买走猫的第二天就迁走了。

（《夷坚三志己》卷第九《乾红猫》）

这个骗局，在整个临安城会立即传遍。

大家都认为这是一场精心设计的骗局，孙三事先用染马缨绋的方法，将猫染成深红色。他每天交代婆娘的话，都是“故意制造”真的假事实，并一再渲染气氛，至于狠狠地打骂婆娘，也是一出将戏做真的苦肉计。

从前后整个骗局的过程看，猫突然跑出家门，也是重要的一环，如果没人亲眼看见，总是停留在传说阶段，还不能吸引顾客上门。等一切设计停当，自然会有人上门，到时候就能狠狠地赚一笔。

南宋临安城里街巷林林总总，商品经济极为发达，中外贸易空前繁荣，自然城里会有不少骗子，对形形色色的骗子来说，这里就是最好的市场。高智商的骗子，用一只猫行骗，小试牛刀，如果真让他去骗，他能骗来一座城，甚至一个国家。

桐庐两只猫

有个桐庐百姓，养了两只猫，对它们极喜爱，无论坐卧，都跟猫在一起。白天，他会看猫有没有饿着，晚上，他会带着两只猫一起睡觉，有时，甚至将猫抱在怀中，摸着它们睡，早晨起来外出，对婢女千交代万交代，一定要看好它们。

有天，一只老鼠偷吃瓮中的粟米，钻到里面出不来，婢女告诉主人，主人很高兴，捉来一只猫，就放进瓮中，那只老鼠吓得上下跳动，吱吱尖叫。猫看着老鼠，却不动声色，大概是想伺机而动，但过了很久，那猫却从瓮里跳了出来。主人笑了笑，又将另一只猫放进瓮里，刚放进去，那猫就一下子跳出来了。此时，庭下有小鸡在戏耍，猫跑过去，一下子就将小鸡咬死了。婢女生气地说：我对这两只猫也算尽心了，它们不抓老鼠，反来弄死我的小鸡，这猫养了又有什么用呢？主人听了很惭愧，也不出声，只是让人到邻居家借只猫来。猫借来了，那猫往瓮中一看，也不理睬，却抓住婢女的衣服不放，最后，居然将婢女的衣服抓破，将其手臂抓伤。那瓮中老鼠，依然悠然地吃着粟米。

次日，婢女不胜愤怒，拿根棍子就打老鼠，谁知，棍子刚伸进瓮，老鼠就沿着棍子爬上来，婢女吓得立即丢掉了棍子，老鼠也顺势逃走了。一个婢女和三只猫没有对付住一只老鼠，反而让老鼠吃饱肚子逃之夭夭，这老鼠真是太狡猾了。

（《夷坚三志己》卷第十《桐江二猫》）

猫的本能是捉老鼠，可是这两只猫养尊处优惯了，拿老鼠没有什么办法。它们不是不想捉，无奈老鼠太强大，像那小鸡，就很好对付，一口咬下去，它们基本没有还手之力。

至于邻居家的猫呢，主人不相信他家的猫这么无能，果然，邻居家的猫也一样，捉不了老鼠，这并不是猫不行嘛，是老鼠太强了。

我一直以为，古代的猫保持着它们的本性，应该不怕老鼠。这则笔记，让我眼界大开，原来，不是现代的猫不会捉老鼠，南宋时候的猫就不会捉老鼠了，特别是猫和主人朝夕相处，被抱在怀里睡、抱在怀里亲，每周要洗一次澡，甚至更多，每月要花几千块的猫，你能指望它们去捉老鼠吗？

洪迈只是在写猫吗？我看不是，他暗藏的用意其实明显，那些养尊处优的南宋各级官员，和这些猫是一样的，他们根本不敢去碰金人、辽人，还有西夏，但抓抓国内小鸡般的民众，还是绰绰有余的。

桐庐两头牛

桐庐百姓养了两头牛，一头母牛，一头小牛。某天，他将两头牛都卖了，母牛卖给屠夫，小牛卖给农夫。农夫和屠夫各牵着他们的牛出门。两人来到一条大河边，屠夫牵着母牛渡河回家，小牛站在河边，昂首长鸣，农夫用鞭子打，小牛也不走，一直打到后来，小牛才走几步一回头。

农夫赶着小牛翻过几个山岭，穿过小路，才到达田间，他将小牛关进一间小屋子中。夜已经很深了，屠夫在家烧好水，准备天亮后将母牛宰了。突然，屠夫听到门外有急促的牛叫声，那母牛也急促地应和着。屠夫暗自思忖：半夜三更的，四周又无人住，怎么会有牛到这儿呢？屠夫点起灯一看，原来是农夫买的那头小牛跑来了。小牛破门而入，跑到母牛身旁，母牛也用舌头不断舔小牛的脖子，屠夫虽然铁石心肠，见了此景也不免动心，他起身灭了灶火睡觉。

农夫丢了牛，找来找去，找了好几天，有一天，正好碰见了屠夫，屠夫就将小牛找母牛的事情说了一遍，两人相对叹息。屠夫索性就将母牛以原价卖给了农夫，让牛母子一起相处。

令人奇怪的是，农夫家到屠夫家有十五里远，道路曲折，小牛也未曾去过这些地方，却能顺利找到母牛，一定是有神物相助呀。

（《夷坚三志己》卷第十《桐庐犊求母》）

舐犊情深，小牛能找到母牛，估计凭的是气味。

小牛对母牛的深爱，激发了它的坚强意志，在大河边，它就下了决心，而农夫将其关进田间小屋，正好给了它撞门逃跑的机会。

屠夫宰杀牲畜百次千次，却没有碰到像这一次让他心灵震动的情况。心肠不硬的人不会做屠夫，但他也是人，白天小牛对母牛的依恋，他目睹过，当他看到小牛的那一刻，他就决定放过母牛。他不能想象，母牛死了，小牛怎么活下去。

动物母子情深的例子，不胜枚举。

历代笔记中，母亲和儿子有的时候有心灵感应，母亲生病了，儿子也突然心慌起来，立即跑回家，结果真出了事。

许多事情，似乎没有科学道理，却往往发生了，小牛深夜寻母牛，不算感天动地，但也让人唏嘘不已。

第十三卷

夷坚三志辛

家庭教师

出人意料

神仙药方

家庭教师

平江（今苏州）有林氏两兄弟，住在相邻的东西两栋房子里，各自请了家庭教师在家教孩子。林兄住东边，请了福建人陈希黯做教师，陈性格坦诚正直，林兄对陈老师虽然尊重，但只把他看作一般客人。林弟住西边，也请了福建人黄某做教师，黄某巧于逢迎，喜欢拍林弟的马屁，深得林弟的喜欢。林弟除了给黄某工资外，只要黄某提出要求，都满足他，陈老师知道了，心里充满羡慕。

后来，黄某生病了，且病情越来越重，林弟千方百计请医生来医治他，但就是不见好转。黄某头发蓬乱，无法自己梳理，林弟让仆人替他梳，他却屡次拒绝，一直到死去。林弟十分悲伤，亲自替他料理丧事，在替黄沐浴时，看见他发髻里有一卷小纸，就随意折开看，林弟看了大吃一惊，里面全都是他家大大小小的事，还有平时他说错的话，并且还一一注明了日期。林弟大怒，急忙叫人将黄某的尸体放到空屋中，然后用次等的棺材埋葬。

上面的事情，是汤居宝说给我听的。

因此想起，我在婺州（浙江金华）做太守时，义乌县某巡检官所请的家庭教师叫全璧，他以主人没有按时付他工资而上诉，并且还告发主人的其他过错。当时是淳熙十三年（1186）四月，我问他什么时候开始上课的，他说：去年五月二日到的，到了冬天，主人还不肯付工资给我，我十分气愤，所以我将知道的全都告诉太守。看着全璧状纸上清楚地列着主人的二十多项事，我再问他：你所说的都符合事实吗？他答：我不敢有一事相欺。说完，他再拿出一个小册子给我看，上面记载着，五月四日，主人叫人伐木做胡床，五月五日，主人擅用音乐等。我问：你五月二日才到主人家上课，只待上两天，你就暗暗记下了主人的行为，这是为什么？我让他到曹台对质。曹台打了他二十杖。郡里的人都笑话他，说全璧成了碎壁。

全璧的罪过在他生前就遭到了处罚，而黄某的罪过却是在死后才暴露的，两个人都不是品德高尚的读书人，不值得贤能的人一笑。

（《夷坚三志辛》卷第一《林氏馆客》）

黄某和全璧，都是家庭教师，理应教书育人，成为学生的楷模。不想，二人暗地里却收集主人的各种言行，以备在不受欢迎时作为证据状告主人。

典型的要挟，人人痛恨。谁能保证平时的言行，包括玩笑，都中规中矩呢?

沈括的《梦溪笔记》卷十一《官政一》中，有一个叫赵谏的小人：曹州人赵谏曾做过小官，因犯过罪被政府除名。他通过收集他人的丑事来控制乡里，没人敢违背他的心意。人们畏惧他比畏惧强盗还厉害，官府也被他控制，对他一味纵容，不敢得罪他。兵部员外郎谢涛任曹州知州时，完全掌握了他的劣迹，把他逮捕关押到有关官署，并将他前前后后所干的不法坏事详细罗列禀报给朝廷，朝廷下令将其交御史府查办。赵谏恶迹斑斑，于是在闹市中被处死示众，曹州人都为此互相庆贺。因为这个案子，朝廷于是把“告不干己事法”写到律令中。

“告不干己事法”，我的通俗理解就是：如果你状告别人的事，和自己没有利益冲突的话，那就是不被容许的。这样朝廷就省却了许多麻烦事，如果有人一天到晚，告这个，告那个，那大家还要不要过日子了?

别人的事，有时也要管，这得看什么事，比如见义勇为，比如路见不平一声吼，但绝对不会是人家的隐私。

上面两个家庭教师，还有喜欢捉人隐私的刁钻之徒，都是坏蛋。

出人意料

一般的疾病，都需要用药，但也有出人意料的，没医没药，病就奇迹般好了。

鄱阳（今属江西上饶市）人王大辩，患痢疾七天七夜，闻到食物就要吐，年纪也大，骨瘦如柴，只有困卧在窗下等死。突然，窗外传来小孩子卖子姜芽的声音，王大辩想吃，家人就买了一小碟，他拌上淡醋，一下子就吃完了。不一会，王大辩就想喝粥，痢疾也从此好了。

张刻工的儿子张和哥，年仅十二岁，患了噤口痢，病到后来，吃不下东西，只能喝一点点稀饭。过了一年半，父母估计儿子的病治不好了，只有让他等死。一天晚上，风雨大作，和哥扶墙起来，开门去撒尿，门只用一根棍子撑着，回屋时，不小心撞倒门板，和哥被门压在了地上，他大叫救命，母亲出来扶他回屋，并煮粥汤安慰受了惊吓的儿子。没想到的是，第二天早上起来，和哥数年的病竟然不治而愈。张和哥现在以占卜为生。

李皮匠的妻子腹胀如鼓，三年中，请来数十个医生，都说是虫胀血凝，治疗没有效果，李妻身体日渐虚弱，只能扶着拐杖走路，连丈夫都嫌弃她。李家居住在新桥湖边，平时都在架空的木板上解手。有天，李妻摸黑上厕所，忽然觉得身上掉下一块东西，她连忙叫来丈夫将那东西捞起来看，并用绳子串着，挂在水边。第二日，那东西滴成了水，每一滴都像油一样，李妻的腹胀就消失了，一个月后，李妻的肌肉也生长起来了，比平时没病时还好一些。

王仙坛人夏伯恭，为痔疮所苦。某天如厕，吓了一跳，痔疮又突了出来。在床上躺了十多天，黄裳医生来了，他在床边放一个小凳子，夏伯恭准备就座，黄裳故意一脚把凳子踢倒，夏伯恭来不及避就跌倒在地，又吓了一跳，正想爬起来时，那痔疮已经缩回去了。

（《夷坚三志辛》卷第三《危病不药愈》）

说完全没药也不对，王大辩吃的生姜就是药，只是歪打正着，姜的奇效，此前在《姜片妙用》中已经说到，这里不再展开。

噤口痢，也是痢疾，吃不进东西，而张和哥这一摔，一惊一吓，粥吃下了，第二日病就好了，也算神奇，或许就是脾、胃被重击了一下，类似于突然的刺激按摩，使肠胃回归正常。

李皮匠的妻子，久病，已经吃下大量的药，而当有一天，她突然拉出一个东西，此物如油状，这大约是她腹胀的病根。或许，这就是寄生虫，以前的某天，她在食物上吃下了某幼虫卵，这种情况在古人和今人身上都常见。

黄裳医生的这种治病方法，他常用。洪迈在《夷坚三志己》卷第七中写有《疡医手法》。第二个病例写的就是黄裳。赵从善屁股上生了毒疮，但他怕开刀，黄裳就事先让人将一把长约两寸的小刀藏在赵睡的席子下面，这天晚上，黄医生来了，他也不看病，只和赵从善侃侃而谈，谈着谈着，黄医生取出席子下的小刀，暗地里朝赵的毒疮刺了一下，赵毫无痛感，脓血流出，病就好了。

黄裳的这种方法，需要对病情了如指掌，如果判断不准，效果就会大打折扣。

明清的名医中，有不少出人意料的治病案例，有趣得很。

清朝梁章钜在《浪迹丛谈》里，写到了清朝雍正乾隆年间名医叶天士的一则趣事：他曾经坐着轿子去乡间出诊，正好田间有少妇在采桑，叶天士静静地观察了一会，就和轿夫们耳语了一番，那两个轿夫走到少妇身旁，突然抱起少妇不放，正采着桑叶的少妇，大怒，一边骂轿夫，一边叫喊，少妇的丈夫也赶过来打轿夫。这个时候，叶天士在一旁解释道：这位姐姐的痘疹已经在皮膜间，因内热而发不出，我设法激其一怒，她今天晚上就会发痘，否则生命不保。少妇和其丈夫知道叶天士是著名的医生，千恩万谢。

所谓出其不意，常常是有准备的歪打正着。

神仙药方

庆元三年（1197），里胥周恂中风了，别人都以为他必死无疑。周的家人邀请席天祐去治疗。席诊治一番后对周恂的家人说：左边瘫了，右边也变得无力，幸好病还处于早期，用药可以治好。席说完，就从袋中取出三剂药，他指着第一剂吩咐：服了这剂药十天后，就能讲话了。他又指着第二剂药交代：服了这剂药十天后，手就能挥动了。他再指着第三剂药明确要求：服了这剂药十天后，就能走路了，第三剂药服完，我再告诉你别的药。

周恂的妻子按照席天祐说的做了，果如其言，于是，三剂吃完，又去找席天祐开药。席说：我的医术到此为顶了，他的病势既然减轻，以后只要调和血气就可以了。周恂以为席还有什么隐瞒，再三请求他开药，席说：你真想知道常吃的药吗？你出入官府，当处事公允，切勿贪图财物，这就是神仙药方，常常服用，病就永远不会发了。周恂叩首称是。

某天，周恂在路上碰见了席天祐，他对席说：我十分感激您的再生之德，只是没什么可以报答您的，如果您府里有什么事，我愿效犬马之劳！席天祐责备周道：你难道忘记我的话，又故态复发了吗？周恂感到很惭愧，于是告辞而去。

（《夷坚三志辛》卷第五《席天祐病目》）

这则笔记的前半部分，洪迈写了这个席天祐曾患了非常严重的眼病，双眼都分辨不出东西了，晚上的一个梦惊醒了他：一秃头老人对他交代，如果席救了老人的徒弟们，他的眼病就会好起来。次日，席模糊见一个渔夫挑着一担虾蚌螺从他门前经过，他忽然记起了这个奇怪的梦，就全数买了下来，然后让仆人放生到江中，过了几个月，席的眼病就慢慢好了。从此后，席就尽心为善。

里胥虽然不是什么官，但直接和老百姓打交道，席的一席话，无疑是一副亲身经历得出的苦口良药，作为政府官员，公正不贪，你就会百病不生。

而病愈后的周恂，想报答席的那番话，其实也是肺腑之言，然而，却有悖于席交代的处事为人原则：你想让我徇私吗？

世上并无神仙药方，而席为周小吏开出的神仙药方，却很适用于古今广大的公务人员。

和洪迈卒于同一年，却比他小几岁的王明清，写有笔记《挥尘录》和《挥尘后录》。《挥尘后录》中有一则《学跑》，堪称因地制宜的“教育良方”，让世人警醒：蔡元长晚年对他的侄子耕道吩咐道：你们要去请一个水平高一点的老师来教你们的孩子。耕道答：有一个刚刚中榜的张进士，这个人听说很有水平。蔡元长家就请张进士来家教学。几天后，张老师突然这样要求蔡家的子孙：你们一定要去学跑步，其他不用学。这些孩子问为什么。张老师答：你们家祖父以后一定会因为奸诈骄奢而不得好死，到时候，你们只有学会奔跑，才可以逃得一命。孩子们将张老师的话告诉了蔡爷爷。蔡元长很不开心，他专门请张老师喝酒，并向他讨教补救的方法，张进士摇摇头答：眼下只有收拾人心，以补万一，但已经无济于事。蔡元长听了，眼泪哗啦一下流了出来。

蔡京是聪明人，张进士给他孙子们开的这个方子，其实代表着天下的民心，而他自己已经彻底没有补救的希望。早知现在，何必当初？

第十四卷

東坚三志壬

为什么怕萝卜

救酒

长生的蜗牛

月上落下桂花树籽来

为什么怕萝卜

南城（今山东枣庄）人邓椿年，是左丞邓温伯的孙子，他少年时，特别怕见萝卜，每次见到萝卜都大喊大叫。吃饭的时候，偶尔见到碗里有萝卜也惊恐而逃。他父母怀疑，孩子这个病，恐怕是别人吓他造成的。

邓椿年长大后，更怕萝卜。只要在房中见到萝卜，他便不敢在房中坐下，吃饭时见到菜里的萝卜也常常搁碗而逃。后来，邓年老归家居住，他家田地广阔，每次外出巡视田园，都选没有萝卜的地方走。佃农奴仆中有胆大想戏弄他一下的，故意遗留一两个萝卜在地里，假装是装运不走落下的，邓椿年见到，都会大骂而去。有时，他在庄园中巡视，即便天暗下来了，也不肯在庄园住下，说那里有很多萝卜，恐怕会碰上。

邓椿年去世后，家人祭祀他，也不敢用萝卜做祭品。

邓的孙子邓约，娶了黄日新的女儿，所以黄家对邓椿年怕萝卜的事知道得多而细。

（《夷坚三志壬》卷第一《邓生畏萝卜》）

一个大活人，如此怕萝卜，实在有趣。至于怕的原因，他父母怀疑，恐怕是别人吓唬而致，这个理由基本可以成立。小时候受了惊吓，一生都会留下阴影，所谓的“一朝被蛇咬，十年怕井绳”就是如此。

什么样的萝卜会让一个孩子害怕终生呢？我们这样想象一下：那白萝卜，连着绿叶，长得怪极了，长长的，弯曲的，如一条戴着绿帽子的白蛇，甚至会扭动，还吐着信子。小邓一下子吓蒙了。或者，萝卜白胖带须，像极了一张白胡子老人脸，而小邓从来没见过这笑眯眼中露出的深邃凶光，如噩梦般可怕，让人害怕。或者，可以设想数十种场景，总之，是让小邓彻心裂肺的那种怕。

顺着这个思路，我们可以将萝卜看成是一种比喻——让人害怕的东西。其实，害怕比不害怕要好，害怕就是敬畏，害怕了，就会远而避之。各行各业的条条法律法规，就是让你害怕的，如果你不怕它们，它们就要让你付出代价，有时是很大的代价。

如此说来，邓椿年怕萝卜，也没什么好奇怪的，人生有怕，也是一种福气。

救酒

信阳军罗山县（今河南省信阳市罗山县），荒凉偏僻，沈老太在街上开了间杂货店，生意清淡。

这年的三月三，沈老太店里来了个讨饭吃的道士，沈老太说：没有什么菜可以下饭，请稍等一会，我去磨点面粉好吗？道士坐下吃了面后，沈老太又很客气地端上茶来，道士感动地说：我与您本来不是老熟人，却承蒙您这般招待，我没有什么报答您的，只有一个救酒的药方，我将它送给您，如果您家有识字的，就让他跟我去找药。沈老太答：我女婿王甲识得几个字。随后就喊王甲出来和道士相见。

王甲跟着道士到了野外，采集到苍耳、马蓼、青蒿等草药，共计有十二种，都是平常能找到的草药。回沈家后，道士让王甲记下药方，并缝了个小布兜将药保存，叮嘱说：好好保管这些药，即便是至亲也不能外传，传出去就不灵了。今天采集的这些药，可供一年使用，明年的三月三，再去采集新药，碰到酒发酸、发涩、变质的情况，放一点药进去，就会变得美味可口，这救酒方，可以养沈老太一辈子，我以此来报答沈老太的心意。

这救酒方，十分灵验。有个刘舍人，春天时酿了几十缸酒，颜色和气味都变了，正在懊丧之时，有人和他说王甲会救酒，他就将王甲请来。王甲装模作样看了一会，趁刘舍人不注意，将药偷偷倒入他的酒瓮中，出来坐下后，王甲再装模作样地倒腾作法一番，然后引着刘舍人来到那瓮边说：您再尝尝您的酒。刘掀开酒瓮盖，一股香气直扑他的鼻，再看酒，颜色清淳，再尝酒，味道醇正。刘欣喜若狂：太好了，其他的酒，你也帮我救起来吧。他用了酒价的一半来酬谢王甲。

沈老太家常年备着一些晒干的药物，遇到没生意的时候，就去市场买一些回来，即便是质量差的酒，加一点药后，都变成了上等佳酿。

沈老太死后，王甲也死了，那药方没能传下来。

（《夷坚三志壬》卷第六《罗山道人》）

救酒，有些神奇，不过把道士的药加进病酒后，确实能起反应，而这种反应正是病酒成佳酿的主要原因。

导致酒变的原因多种多样，单种草药，起不了这么大的作用，而十二种草药相加，就是一方治酒的良药，能快速使酸、涩、变质之酒，恢复原状，甚至超过原酒。

显然，十二种草药是无数次实验的结果，一般人无法研究出，所以，普通人只能认为神仙才会有这样的能耐。其实，民间许多秘方，都是方子持有人一辈子或几辈子不断探索的结晶，有好多甚至是用生命换来的，常人自然难以研究出。

我去过浙江苍南的矾山，那里被称为“世界矾都”。矾山的矾矿储量约占全中国的百分之八十，约占世界总储量的百分之六十，矾用到现在，已经有替代品出现，但以前没有的时候，污浊的一桶水，加点一点矾进去，就会清澈明净。所以，矾就是救水的良方。

我认为，矾净水和草药救酒的原理应该是一样的。

长生的蜗牛

开封（今河南开封）城，宋柱光的老家中收藏有一样东西，形状如刚长出的蜗牛，他家说叫长生蜗。

这长生蜗，是宋柱光的祖父在哲宗元祐年间从相国寺和尚那儿得到的。长生蜗长年被放在箱子里，往往一整年才打开看一次，也不见得它有什么变化。长生蜗喜欢酸性的东西，如果将它放进醋中，它就活泼地向前爬。

王晦叔看了这个长生蜗，也感觉到奇怪，自己这么多年来跑东颠西，水中、陆上的东西，不说全部认识，也知道十之七八，但这样子的蜗牛，实在没见过。他一时性起，就用游戏的笔法写了一篇小文称赞：小虫介族，自托依依，效彼醯鸡，瓮牖徜徉。岂不能饮醇而漱甘，奈鼻观之或妨。问涂微生高之邻，集百酸于中肠。幸陋质之收敛，税驾于不死之乡。时无张茂先之多识，郭景纯之穷搜。没世无闻，亦可伤哉！

这长生蜗，整天缩在一副躯壳中，保存在宋家已经有上百年了，而不知在此之前，它是如何度过那些岁月的。唉，万事万物中的道理，是多么难以理解呀。

（《夷坚三志壬》卷第七《长生蜗》）

洪迈这则笔记的素材，应该来自王晦叔。

王的这篇小文，确实有调侃的意味：你这个小不点呀，整天迷迷糊糊的，你就像那小飞虫，在水缸边的窗户毫无目的乱飞，估计那些香的、辣的，你也吃不了，看不了，闻不了。你喜欢在醋里面待着，我说你没事喝那么多醋干吗？没想到你如此其貌不扬，却能挤进长寿队伍的行列。你既没有张茂先（张华）的多识，也没有郭景纯（郭璞）那样的博学，你虽活得长，却默默无闻，你不觉得自己很可怜吗？

长生蜗只是长生蜗，但王晦叔将其看作一个人，虽是调侃，却也有些意思。他借此指出了人活着的意义，人对社会的作用，毫无疑问，活得久，自然对社会的贡献就多了。王晦叔借蜗说人，更加有趣。

瑞瑞（我孙女）奶奶买菜回来，洗菜时，发现了一只小蜗牛，这可是好标本呀。她找了个小瓶子，在瓶盖口戳个小洞，里面放一张生菜叶，小蜗牛就在里面悠然度日了。早上起来，小瓶子里有点点黑物，那是它的粪便。早餐时，我对瑞瑞说：看看，小蜗牛的两只角，果然，它伸出两只角，一长一短（仔细观察，它其实有四个触角），动得挺慢。有时，发现它长久地不动，开始还以为它死过去了，后来，它又动了，活得好好的。瑞瑞有的时候，会拿着小蜗牛使劲地摇，每摇一次，我们都劝她赶紧停下来，蜗牛脑震荡了。两个月下来，我们看着小蜗牛好像有点长大了，但实在不知道它的习性。

下面是我查找来的关于蜗牛的主要习性的介绍：

世界各地有蜗牛四万余种。汉语中的蜗牛基本只指陆生种类，不包括水生螺类蜗牛。蜗牛壳，帮助蜗牛呼吸，蜗牛休息时，分泌出黏液，形成干膜封闭壳口，将全身藏在壳中，气温和湿度合适时才出来活动。蜗牛大约有二万六千颗牙齿。蜗牛以植物根叶、花果为食，是农业的害虫之一。蜗牛有很高的食用和药用价值。蜗牛交配的时间很长，每次需要两三个小时。蜗牛一般的寿命是五到六年。

这样说来，那个宋朝的长生蜗，真是神奇。

我们家那只小蜗牛，要好好养，至少要让它陪伴瑞瑞上幼儿园吧。一只老蜗牛，陪伴着一个小女孩去上幼儿园，世上还有比这幸福的事吗？！

月上落下桂花树籽来

秋天的夜晚，江南人常在家门口的院子里捡到天上掉下来的树木种子，他们以为是娑罗树籽，就是月亮里面桂花树结的籽。天竺山上生长着很多树，没人能说得清，那些到底是什么树。

林子长说，他住在苕溪边时，有天夜晚，屋子上的瓦瓣里啪啦乱响，有东西像下雨一样掉下来，而且下个不停。子长叫书童拿了扫帚，搭梯上去扫，扫下来几百颗树籽，很像是皂角树荚里的籽，每一颗都坚硬结实，没有受到损伤。林子长感到很奇怪，他家屋子四周没有这种皂角树，夜里光线不好，他也不敢确定，

月上落下桂花籽来

第二天再仔细看，确实是皂角树籽，他就拿了十几颗给管园子的仆人，让他试种到菜地里。来年春天时，它们都抽芽了，确实是皂角树，枝条和人世间的并没有一点差别，他实在不知道，这是怎么一回事。

唐李邕所作《楚州娑罗树碑》，我已经收在《容斋四笔》中了，他说得很奇特，但不是这种皂角树。

（《夷坚三志壬》卷第十《娑罗树子》）

宋代吴垧的笔记《五总志》中有这么一个场景：骆宾王还没有成名的时候，他在杭州的梵天寺做帮工，白天要干很多的活，到夜晚才能休息。有一天夜里，月色明亮如白昼，骆宾王凭栏而立看月亮，有一老僧面对美好景色，正搔头叹气，骆宾王有些不解，就问老僧原因，僧答：我作梵天寺的诗，只想出了两句，就再也想不出来了，苦恼好多天！哪两句呢？骆宾王问。僧答："桂子月中落，天香云外飘。"骆宾王闻此，看看眼前景色，随口接上："楼观沧海日，门对浙江潮。"僧大奇之。

这显然是附会，因为这四句诗是唐人宋之问《灵隐寺》中的四句，但人们对月中桂子的向往却是真实的。传说灵隐寺和天竺寺，每到秋高气爽时节，常有似豆的颗粒从天空降落，人们称之为桂子。梵天寺也很有名，它在离钱塘江很近的凤凰山上，是五代吴越国名刹，全国重点文物保护单位。据《吴越备史》载，梁贞明二年（916），钱镠迎鄮县（今鄞县）阿育王寺释迦舍利塔到杭州，建城南塔珍藏，后城南塔毁于火。乾德三年（965），吴越国王钱弘俶重建城南塔，后改名梵天寺。

再说娑罗树，这是一个长长的话题。

娑罗树被佛家视为圣树之一，多年生高大乔木，印度、中国、尼泊尔等地都有。它有许多别称，娑罗双、波罗叉树、摩诃娑罗树、沙罗树、娑罗双树、圣树、萨尔树、七叶树等。

世人多将月中之桂树说成是娑罗树，但没有人能说清楚它的来历。《容斋四笔》卷六有《娑罗树》，先摘引的是唐朝段成式《酉阳杂俎》里的记载：巴陵有一寺庙，某天，僧人的床下，突然冒出一棵小树苗。外国僧人见到后说，这是娑罗树。元嘉年间，这棵树突然开出一朵很像莲花一样的花。唐玄宗天宝初年（742），西域的安西（治所在今新疆库车）国向唐朝进献了娑罗树枝，他们在进献的表文上说：臣管辖四镇，拔汗郍国有娑罗树，与一般的杂树不同，特别奇巧绝妙，凶猛的飞禽都不在上面停留，近来，采得该树二百枝，进呈给大唐皇帝。

洪迈接着记叙，近来，他读到唐朝海州刺史李邕撰写的《娑罗树碑》，此碑写于唐玄宗开元十一年（723），碑文的大致意思为：

该树不适宜在中国气候、土壤环境下生长，娑罗树很大，一棵占地十亩，可供千余人乘凉，恶鸟在树的上空飞翔但不落在树上，善鸟可以落在树上但不在树上构巢。有见识的人，往往在树下徘徊抬头观看，低头沉思，但不知所以然，广见博闻的人虽为之赞叹却不能辨清它的美名。娑罗树枝叶的方位一有变化，就会出现反应，而且大都很灵验。如果树的东部枝叶枯萎，那么东部就会出现旱灾而当年歉收，如果树的西部枝叶茂盛，那么西部就会出现好事而秋季丰收。过去曾有三藏义净，自西域返回时，在此斋戒并瞻仰赞叹，于是淮阴县张松质就请李邕撰文，并在此刻石立碑。

我（作者洪迈）看李邕的碑文，所谓的恶鸟不在娑罗树上停留，和《酉阳杂俎》的记载相同。此外，张松质在写给李邕的一封回信中这样说：这些泥像、玉像，以及石龟，离开淮阴，已经一百多年了，此前，虽多次上奏朝廷，请求降旨归还这些遗物，于今仍然不能如愿。现在希望借助您的威望和德行，上奏朝廷，使这些遗物归还故里，为此，特派僧人三位，父老七人，携带状文，前往拜谢。

我朝宋徽宗宣和年间，向子諲路过淮阴，见到过此树，今有两棵，方广各一丈多，说已经不是先前的娑罗树了。然而，我以为，世上并无别的品种的娑罗树。吴兴人芮国器曾写有《从沈文伯乞娑罗树碑》古风一首，诗这样写：

楚州淮阴娑罗树，霜露荣悴今如何？

能令草木死不朽，当时有为北海书。

荒碑雨浸涩苔藓，尚想墨本传东吴。

芮诗中所述，正是此娑罗树。另外，欧阳修在《定力院七叶木》诗中说：伊洛多佳木，沙罗旧得名。常于佛家见，宜在月宫生。扣砌阴铺静，虚堂子落声。

欧阳修说的也是此娑罗树，但是，他对“七叶”没有作详细说明。

洪迈的意思，概括起来说就是，娑罗树很神奇，但确实存在，古今文献都记载着。而欧阳修说的七叶树，其实就是娑罗树在中国北方的形态。

贞观十九年（645），玄奘法师自天竺国（印度）回大唐，随身携带了那烂陀寺前娑罗树上的娑罗树籽，手植在陕西省铜川市宜君县的艾蒿洼村，这里处于长安著名的玉华寺附近。1370 多年的娑罗树，高二十余米，树围三点八米，树荫六百多平方米，如今依然如冠如盖，虬枝四展，枝繁叶盛，花季时开出如高塔状的白花惹人眼，花身上的嫩芽极像彼岸花，树身上挂满了人们用来祈福的红绸带。

2016 年 5 月，这株玄奘手植、经多年培育而成的幼树，被成功移植到了西安的大慈恩寺。大慈[illegible]其实只是个遗址公园。2019 年 5 月，我[illegible]看了这棵娑罗小树，几十厘米高，嫩叶宽阔，这棵意蕴极强的树，如果不挂着牌子说明，没有什么人会知道，那就是一棵普通的树。不过，它并不普通，它是一种文化交流的象征，相信它在这深厚的土壤上，如玄奘手植的那株母亲树一样，也能长得很好。

天上不会掉桂花树籽，但会掉娑罗树种、皂角树种，只要是人间存在的树种子，都有可能被大风刮来，被飞鸟衔来。

娑罗树、月桂、七叶树，都带着一种美好的愿望和深深的祝福。

第十五卷

夷坚志补

一念

还钱和借钱

救命小金钗

面具惨案

恶毒燕

九头鸟

卖生姜的小商贩

乡官之死

一个杀人犯是如何脱罪的

情爱连环骗

舔铁锹口

古墓只是土堆

你妻原来是我妻

[illegible]

下棋赢个妻

六臂孩童

石头奇遇记

比干墓中的大铜盘镜

神秘种园翁

一念

宋徽宗政和年间，各地的学校都办得红红火火，学生云集官学，外出都穿戴得整整齐齐。家住余干的吴老头，以做帽子为业，他将家搬到了饶州（今江西鄱阳），人们都称他为“吴纱帽”。

吴纱帽每天都要和官学的学生们打交道，看着这么多的学生，心里羡慕。他有个儿子叫吴任钧，非常聪明，吴纱帽就让儿子也进学校读书。儿子读书用功，学习大有所获。纱帽的邻居史老头，是个商人，他与纱帽关系很好。史虽经商，却十分崇尚儒学，他想将女儿嫁给纱帽的儿子，两家于是订了婚。随后，吴任钧被举荐到京城候考。

这一下，吴任钧就成了京城体面的读书人了。有一天，小吴上街，遇到一位道士，那道士头戴绿巾，身着宽大布袍，手中捏着一把大扇子，上面有精通看相之类的广告词。该道士一见小吴，就迎上前去说：秀才你很有福气啊，你马上就要做官了！小吴一听，高兴坏了，心想如果自己确实像道士预测的那样，那应该在京城官宦人家或者是地方上的富户中去选择好的配偶，为什么要听父母的话，娶一个普通人家的姑娘呢？但又想着，他的婚约是父亲做主订下的，悔婚担心受到道义的谴责，于是心里决断不下。

过了几天，小吴在街上又碰到了那道士，这次，道士见了他，却很困惑地挠挠头说：哎，您是做了什么亏心事了吗？我上次看的相，有变化了！小吴自然矢口否认，道士说：我并不能观察到人内心的秘密，只是一般看人的骨相气质，首先要看阴德纹，你的阴德纹已经消失，再也看不到了，前途怎么可能通达呢？

小吴回到旅社，自己知道是怎么回事，非常悔恨。夜幕降临，他悄悄在院中点起一炷香，向上天叩头祷告：我吴任钧前些时候产生了非常糊涂的想法，我理应受到惩罚。现在，我愿意痛改前非，如果有幸博得功名，我立即去史家迎亲，绝不违背原来的婚约！小吴郑重地行了九叩首谢罪，然后才回房睡觉。

十多天后，小吴又在人群中碰到了道士，道士高兴地对他说：您肯定要高中了，从前的阴德纹又回来了，可见您要功成名就了。小吴[illegible]问他其他事，道士笑笑不答就离开了。这一年，小吴果然中了进士，后来官做到提举江西常平，[illegible]白头。

吴任钧经常向人提起这件事，让大家知道，不能做亏心事，连做亏心事的念头都不能有。

（《夷坚志补》卷第二《吴任钧》）

一般的平民，通过自己的努力，真有希望改变自己的命运。

就如小吴，他原是小商人的孩子，因为父亲的教育理念而受益。要在现代，吴老头就是个工艺大师，他做纱帽的名气极大，要不怎么会有这么一个绰号呢？更要称赞他的理念，如果他安于现状，安于命运，他就不会羡慕那些读书人，他甚至会让小吴来帮他做生意，学校边上的纱帽生意好呀，忙不过来，让儿子做帮工，完全有可能。

史老头眼光也超前，他敬重读书人，女儿找个读书人，有出息，这也是几十年从商的经验，再有钱，也只是有钱，没有地位，而只有读书取仕，才有可能获得高人一等的政治地位。果然，他没有看错。

吴老头、史老头的想法和做法，正是宋朝统治者们所需要的，任何人都有上升的通道，前提就是好好遵守规则，努力读书。

阴德纹，自然是本则笔记的重点，我不知道它究竟是如何被道士看出来的，这无关紧要。我看出的，其实是一种告诫，教人向善向上，做好人好事就会得好报。而做坏事，别说做坏事，连做坏事的念头都不能有，有了念头，就会付诸实施，而那些坏事，正是来自最初的一念。所谓一念成佛，一念成魔。

我们家走廊的右壁上，挂有两副弘一法师的联句，一副是“一念疏忽是错起头，一念决裂是错到底”。我抱着几个月大的瑞瑞，走来走去，经常指给她看，八个月后，她就点出两个“一”字和那个繁体的“头”字了，自然，她不会知道意思，她只是凭记忆。

但那个“一念”，确实是从“头”中产生的。

我看过一个国外的八卦数据，说是再恩爱的夫妻，一生中平均会产生 100 次的离婚念头和 50 次掐死对方的冲动。我只是笑笑，我坦率承认，前面念头确实也有过，后面从来没有过。

宋朝进士吴任钧现身说法，此“一念”就在彼“一念”中。

还钱和借钱

饶州（今江西鄱阳）街上住着一位叫何隆的老人，宋孝宗乾道二年（1166），他还在军队中服役。有一次，他到一个茶馆喝茶，临走时看到桌上有一叠钱，他不知道有多少，旁边也没有人，他就将钱收好，拿回家后，他将钱装入一个小木盒子里，等失主寻找，准备核实后还给人家。但从中午等到晚上，也没有人上门来。第二天，何隆上街，忘了交代女婿郑郎要保管好那笔钱，当他看到街上有人用纸钱换铜钱时，他就担心将自己捡的那些钱弄丢了，赶紧回家，一看木盒子的钱好好的，才放下心来，这一夜，他没

又一天，何隆在街上碰到了董三，董告诉他：妹夫在提点刑狱公事衙门中领了三百张官府发的会子，出门之后，不知道放在哪里了，现正急得要死。何隆知道，董三的妹夫叫包兴，他管着钱库。何隆一听，立即赶到包家，包兴夫妇面对面而坐，愁眉苦脸，

何隆便问原因，他们的回答和董三一样。

何隆还设置了一个防冒领环节，他先带了包兴到张山人店里去算卦，结果，卦象也指出，包兴的钱会被人还回来的。这时，何隆才告诉包：你不要着急了，那些钱被我捡到了。随后，他便带着包兴到自己家，打开小木盒，三百张会子，一张不少。包兴连忙向何隆下拜道谢，并愿意分一半钱给何隆，何隆拒绝。

后来，何隆患病，向包兴借三百钱，包兴不借。

整个鄱阳都在感叹，何隆得了飞来横财，却不据为己有，可敬可畏；包兴忘恩负义，虽然已经遭受了刺字充军的处罚，但也难保以后终生平安。

何隆现在已经八十多岁了。

（《夷坚志补》卷第二《何隆拾券》）

作为军人的何隆，道德素质极高，他还钱的一系列描写，都充分证明，别人的钱虽和自己一分钱没有关系，也要保证准确无误还到对方手中。

这一系列行为是：从当天下午到晚上，他一直在坐等；第二日看到别人交易时立即赶回家查验；第三日得知消息，立即赶往包家核实，再一次通过算卦核实，加数还给包兴。其间包兴还钱的场景应该动人，但何隆推辞的态度绝对坚决。

包兴的为人是通过何隆生病借钱体现的，这是一个鲜明的对比。何千方百计地寻找包兴，而包兴连三百钱也不肯借，世人都会唾弃包兴。

包兴的想法，虽然不代表大部分人，但至少代表一小部分人：你帮他，他坦然。突然有一天，你要他帮，对不起，早忘记了，或者，找出一万个不能帮的理由，潜意识里依然是：我凭什么要帮你呢？

还钱和借钱，都是检验道德高低之利器。

唯一的不足是，何隆捡钱的茶馆难道没有店员？为什么不在店里等失主？

救命小金钗

张五郎住在乐平县（今江西乐平）东城，孝宗淳熙七年（1180），他有个亲戚请他做担保到典当行借钱，他用了一个金钗做抵押。规定的期限到了，亲戚没来还钱，张五郎只好自己拿钱去赎金钗。到了钱庄，一算账，利息钱没带够，五郎就回家让丫鬟雪香拿钱去补足，再取回金钗。

香雪拿钱取回金钗，半路上去了趟厕所。她怕金钗掉下去，就将金钗插在墙上，香雪上完厕所，却忘了墙上的金钗，[illegible]步后才想起，立即回头去找，金钗已经不见了。厕所外只有一个弓箭手，别无他人，雪香就向他索要，弓箭手一口回绝说没看见。雪香急得眼泪哗哗流下，边哭边对弓箭手说：我家夫人性子急，这是为做抵押赔钱取回典当的东西，她心里已经很不高兴了。如果我再将金钗弄丢了，她肯定说我与人私通，把东西送人了，必定要痛打我，说不定我会被打死，与其被打死，还不如我自行了断！雪香说完，就往水边跑去。那弓箭手怕雪香寻死，赶快高喊：我还你！我还你！我本来以为得了金钗，发了笔横财，现在却要置你于死地，于心何忍呀，还给你吧！弓箭手便将金钗还给了雪香。雪香一时着急，也没问弓箭手的姓名，但大体模样脑子里却记得清楚。

雪香回家，将事情和主人说了，张五郎听后，就对妻子说：雪香在我们家干了三十年，没有一点过错。如果这次因金钗自杀了，那太冤枉了，不如就此将她嫁了，也算我们做了件好事。张妻也认为这样做很好，就将雪香嫁给了十里地外结竹渡边的王二，那小金钗，也给她做了陪嫁。

四年后的一天，雪香去溪边打水，看到渡船上已经坐满了人，其中一个很像弓箭手，雪香走过去一问，果然就是。雪香就热情地邀请他到家坐坐。弓箭手推辞说自己身上带着公文，要在规定时间内送到，而错过这一班船，就慢了五里路，所以不能去。雪香再三请求，说要报他的恩。弓箭手只好跟着雪香到她家去，弓箭手一下船，那船就开走了。雪香到家，喊出王二，一家人都热情地接待弓箭手，正当他们坐在门口喝茶时，就听见渡口那边传来吵闹的人声，大家连忙跑出去看。原来，是船出事了，正是涨水季节，船到河心，不小心翻船，来不及抢救，结果淹死了三十六人。

这一碗茶的耽搁，全因为那一只小小的金钗。

（《夷坚志补》卷第三《雪香失钗》）

这小金钗确实是救人命的，它救了雪香和弓箭手两条命。

如果当时弓箭手没有归还雪香小金钗，那么，雪香就会冤死，而按笔记的套路，弓箭手必定会得到恶报。弓箭手因为公务关系，常走这条线路，完全可以让他在渡河中翻船死去，这已经算最好的结局了，雪香的魂灵还可以幻化成各种各样的厉鬼来报复害死她的人。

从这个角度说，弓箭手是自己救了自己。当他面对雪香热情的邀请时，当他看到雪香双眼发出的真诚而感恩的光芒时，他犹豫再三：公务送信，稍微耽搁一下，解释解释应该可以吧，上司也是通人情的。这么一想，他就下了船。

就灾难而言，谁也无法预料，谁也就无法避免。每当有空难发生，总会有这样的新闻：某某本来已经在前往该航班的路上了，不知因为什么而耽搁，于是幸免于难；某某本来不是该航班，却因为事情办得顺利而改签此班。看到这样的新闻，人们除了唏嘘和惋惜以外，[illegible]

当然，在本案中，还得要感谢张五郎夫妇，如果他们不将雪香嫁了，弓箭手说不定还得要死。

面具惨案

德兴县（今江西上饶德兴）上乡新建村的程家，世代都狩猎，家境很富裕。有一天，程老头去州里交税，正好碰到街市上有人在摇着小鼓出售面具，他就买了六个带回家，分给孙子们玩。小孩子戴起面具，高兴极了，在厅堂下面开心地追来追去玩。

程家养有十几条凶狠的猎狗，平时跟着他们打猎。这些狗看见那些戴面具的小孩，就一齐咆哮起来，争着跑过去扑咬，小孩子们毫无还手之力。程家人见状，慌忙拿着棍子驱赶，这些狗毫不退让，结果，程老头的六个孙子都被咬死了。

（《夷坚志补》卷第四《程氏诸孙》）

这一场“猎杀”，事发实在突然，也就几分钟的时间，那六个孩子就这么死在了大人们的面前。

对于那些凶猛的猎犬来说，这就是一场平常的实战，是它们的职责所在，狗们必须奋力搏杀，否则，便会遭主人的呵责，甚至给予不给食物吃、关禁闭的处罚。

祸水就是那逼真的面具。

笔记中没有详细描写是什么样的面具，但一定是那些奇奇怪怪的兽形，大多来自民间想象，色彩艳丽，夸张吓人，孩子们喜欢玩，大人也喜欢玩，特别是碰上节日。

中国传统文化中的各种面具，蔚为大观，跳神面具、傩戏面具、社火面具、悬挂面具与戏曲舞蹈面具大多承传有序，蕴含着相当丰富的含义，有宗教信仰，有民族图腾，还有未被人们完全认识的多种文化因素。两宋时期，此类手工艺制作水平已经相当先进。

我几次去贵州，那里的苗族、布依族、侗族、土家族、彝族、瑶族、仡佬族等多个民族中都有傩戏流传，许多制作这类面具的技艺都成了非物质文化遗产。

哐！哐！哐！锣鼓紧敲，观众里三层外三层，傩戏马上要上场了。人们只顾眼前的开怀欢笑，没有几个人能记得住洪迈笔下的这一场面具惨祸。

恶毒燕

南安军（今江西大余），在张子韶住所的堂屋东廊屋檐下，有两只燕子各筑了一个巢，我们权且称其为A巢和B巢。

A巢里的小燕子都长大飞走了，B巢中，几只小燕子正等着喂食，但一整天过去，那只母燕也没有回巢，而小燕子们叽叽叫个不停。张子韶估计，母燕一定遭遇了不测，于是将那几只小燕从B巢移到A巢。他以为，A巢中的母燕，一定会将同类的小燕子当作自己的孩子喂养。不久，A巢中的母燕回来了，但在巢外转悠了半天，不愿意进巢，随后就快速飞走了。不一会，那母燕衔来一些东西，好像是来喂小燕的，小燕们都争着接食，张子韶看见了这样的场景，很高兴。

两天后，张又到东廊的屋檐下察看，A巢中静悄悄的，再看地上，那几只小燕子都张着嘴闭着眼睛，翅膀和腿都断了，一动不动，张连忙蹲下细看，小燕子的喉咙中，都有荆刺横梗着，张子韶叹息了好久。

（《夷坚志》补卷第四《张氏燕》）

张子韶叹息什么？不是亲娘的母燕假装喂食害死了小燕。

五代王仁裕的笔记《玉堂闲话》中，有一则小燕子被害死的故事：汉朝的时候，曾经有一对燕子在范质家的屋檐下筑巢，养育了几只雏燕，小燕子已经进入喂食阶段。突然有一天，雌燕被猫捉住给吃掉，雄燕鸣叫了很久才飞走。过了不久，雄燕又和另一只雌燕配成一对回来了，还如从前一样哺育雏燕，但没过几天，所有的雏燕都一只接一只掉到了地上，痛苦挣扎着死去。有好奇小孩将雏燕的肚子剖开观察研究，发现有蒺藜子在雏燕的胃里。人们于是判断，这些雏燕都是被后来的雌燕给害死的。

张子韶家的小燕子被不是母亲的燕子害死，怪谁呢？只能怪他自己，他没有弄清楚燕子的习性，只是按人的常规行事，不想酿出了惨祸。而汉朝的那只后母燕的性质更恶劣，几乎和人类恶毒的后母相似。

“爱”字的本义中，有“吝惜”的意思，就是舍不得给人家，张子韶家的母燕和汉朝那只后母燕，都是这一类。

不愿施爱也就罢了，为什么还要去害死雏燕呢？唉，和畜生没有道理可讲，极少数人也会这样。

九头鸟

九头鸟，人们叫它鬼车，但大多都只听到过它的叫声而很少见过它的模样，我（作者洪迈）在《夷坚戊志》写过，九头鸟在明州（今浙江宁波）的海面上出现过，它的形状有大芦席子那么大。

孝宗淳熙初年（1174），李寿翁做长沙太守，九头鸟晚上经常来叫，他深恶痛绝，于是贴出告示：谁捕杀一只九头鸟，赏钱一万。飞虎营的士兵用箭射中了一只，九头鸟肚子受伤，就掉了下来。兵士将鸟拿来献给太守，只见它圆圆的像簸箕一样，周围有十个颈脖子，上面长着九个头，一个脖子上是空的，鲜血正是从这个脖子上流出来的，就如人们传说的那样。此鸟极神奇，每个头颈下面都长着两只翅膀，它飞行时，九对翅膀都在动，有时各个头要飞往不同的方向，便会相互较劲，翅膀就会受伤。

我的侄媳妇是李寿翁的外孙女，她小时候也见过这九头鸟。

唐代陆长源的笔记《辨疑志》里面，也记载了九头鸟的一些情况：

应州（山西应县）和洛阳之间的地方，每年二三月，寒食节前后，天气阴暗，晚上下着小雨，这时就会听到九头鸟在喳喳乱叫。在家里的厅堂上，听着屋顶的鸟飞过，恐怖至极，人们说是九头鸟驮着鬼经过。因为它被夹断了一个头，那个伤口处始终在流血，如果它落到人家里，就会带来灾祸。所以，人们都关紧门窗，在屋里学着狗叫来吓它，让它赶快飞走。黄河北面，有个叫张岸的人，以狩猎为生，有一次听到九头鸟快要经过他家的屋顶时，就用竹篙在屋上撑起一张网，结果捕捉到了一只，放到灯下一看，像是野狐狸，但黑一些，嘴很长。洛阳一带将这种鸟叫作渠逸鸟。

（《夷坚志补》卷第四《九头鸟》）

中国历代神话都有九头鸟，就如洪迈说的，许多人都听说过，但几乎没有人见过。洪迈在此写的九头鸟，也只是道听途说而已，是一种想象下的添油加醋。

九头鸟是一种想象，也是一种文化的化身。其实，传说中，先前的九头鸟，是一种凤，是吉祥鸟。《山海经》应该是最早记载这种鸟的：大荒之中，有山名北极天柜，海水北注焉。有神，九首、人面、鸟身，名曰九凤。

宋代的《太平御览》载：齐后园有九头鸟见，色赤，似鸭，而九头皆鸣。明代的《正字通》则说九头鸟“状如鸺留鸟，大者广翼丈许”。显然，这都是想象。

《山海经》中的九头“凤”变成了人见人怕的九头鸟，应该源于周公。

一只鸟，十个头，周公非常厌恶，他晚上听到此鸟叫，便让人驱赶，赶不走就射，连射三箭都不中，只好派天狗去咬，咬掉一个头，剩下九个头。

段成式的《酉阳杂俎》、周密的《齐东野语》，都有关于“鬼车”的记载，但没有更多有效的信息，比如周密这样写：鬼车，俗称九头鸟。——世传此鸟昔有十首，为犬噬其一，至今血滴人家为灾咎。——身圆如箕，十脰环簇，其九有头，其一独无而鲜血点滴，如世所传。

许多文人都写到九头鸟，并引申出各种自我理解的含义，看刘基《郁离子》中的《九头鸟》，描写十分简洁：孽摇山（神话传说中的山）上有一种鸟，一个身子上长着九个头，其中任何一个头得到食物，其余八个头都来争食。每个头都张着嘴，相互撕咬，弄得鲜血淋淋，羽毛乱飞，食物也不能吞下去，结果九个头都受了伤。有一只海鸭看见了，它笑着对九头鸟说：你们为什么不想一想，九张嘴，无论哪一张嘴吃了食物，最后不都要流进同一个肚子里去吗？干吗要这样争呢？

斗来斗去，数败俱伤，国家离灭亡也不远了。刘基写《郁离子》，是他在元朝的官场上不得志，在家乡隐居而写的，这是一部长长的讽谏对策，他要告诉那些统治者，如何做才是聪明的，可惜元朝气数已尽，他这部书倒成了朱元璋的鉴戒。

武汉有九头鸟雕塑，凤凰形状，相亲相和，看着就让人感受到湖北人的机智和聪明，九头鸟既然有九个头，那就表明身体的强大和坚韧，并且，九个头的思维，一个头能比吗？

九头鸟在中国各地都有传说，以前的浙江舟山一带，说是听到九头鸟叫时，附近就有野鬼游魂出现，其实，那是一种名叫勾蟹的海鸟的叫声。

不过，有许多神话传说被证明是有现实依据的，说不定哪一天，在中国广袤的大地上，真发现了有九个头的鸟。

未知的世界太神秘了。

卖生姜的小商贩

湖州有个小商人，到永嘉（今浙江温州市下辖县）去卖生姜。正好走到王家大户门前，王某要买，两人还没有谈好价钱，王某就强行称姜，小商贩随口责备了几句，王大怒，猛击小商贩的背部，小商贩就倒在门槛上昏死过去了。这下王某慌了手脚，赶紧抢救，又向神祈祷，过了好长时间，小商贩醒了过来，王某知错，就办了酒席招待小商贩，向他赔礼道歉，并送了他一匹绢。

小商贩回程，经过一个渡口，船夫问他从哪儿得到这匹绢的，小商贩就将事情的前后经过说了一遍，并感慨：如果我当时倒下去起不来，那我现在就变成异乡的怨鬼了。船没行几里，碰上了一具无主的浮尸，船夫随即就冒出了一个邪念，他用高价向小商贩买下了那匹绢，并要了他的竹篮子。

小商贩离开后，船夫就将浮尸捞上岸，运到王家门口，脱下衣裤给尸体套上，再去敲王家的门，王某打开门，船夫就惊慌失措地对他说：今天正午后，有个湖州客商坐船时，说是被你家殴打得生命垂危，又说家里有父母妻儿，求我为他上告官府，通知他的亲人替他申冤，他还留下了绢和篮子为证，没多久他就气绝身亡了。喏，这就是那绢，我特地赶来告诉你。王某吓得出了一身汗，全家都哭成了一团，和船夫千说万说，给了船夫二十万钱，船夫装出不得已接受的样子，他们一起将尸体埋到深山中。第二天，王某就将家迁走了，没人知道搬到哪儿。

王家有个仆人，对此事的前后知道得非常详细，他也数次借此威胁主人，敲诈了不少钱，后来，王某就不给他钱，仆人竟然去县衙告了王某。这一下，王某因不明不白杀人而进了监狱，他受不了折磨，不久就病死在牢中。

第二年，那个卖姜的小商贩又来永嘉做生意，他辗转多方，终于打听到了王家，就去王家拜访，王家人一见他，以为他是鬼，就骂道：去年你偶然昏倒在我家门口，其实没事了，却使得我家主人遭横死，现在你还要来作怪吗？小商贩很吃惊地连连否认，抖[illegible]了，[illegible]真的差点死了。承蒙您家救了我，又送我绢，我将它卖给船夫后就回家了。这次我带了点特产，来向您家道谢，怎么说我是鬼呢？王某的儿子听说后，立即留下小商贩，详细了解情况，并将仆人抓起来，送往衙门处理，衙门也立即派人去捉拿船夫，最后在天台县（今浙江台州市下辖县）的深山里将船夫抓获。

船夫和王家仆人，后来都死在了牢中。

这件事，是吴子南告诉我的。

（《夷坚志补》卷第五《湖州姜客》）

又是船夫，恶船夫。

船夫起意于无意间的巧合。他应该知道王家的富有和本分，如果王是奸刁之人，便没有了敲诈成功的可能。而船夫刚听到的情节和眼前的这具浮尸具有高度的关联性，在他看来，生财之道来了，而且不露痕迹。

果然，王某一听船夫的话，一见那浮尸，就吓得六神无主，如果他仔细去辨别一下，或许船夫就露了马脚，但眼前的绢和那卖姜的篮子他都认得，于是赶紧拿钱塞住人家的嘴巴，免得闹大了，惊动了官府。

人的贪欲，如果不加控制，就会迅速膨胀。王家仆人一定参与了事件的整个过程，小商贩昏死又醒来，主人请商贩吃赔礼酒，将浮尸弄到深山里，他还是主力，或许，他急于想弄到一笔钱，家里有急用，造屋、娶媳妇、赡养老人都需要钱，而那点工钱，显然是杯水车薪，于是恶念胆边生。有了第一次，就有第二次，不满足他，那就告发，他捏准主人怕事的心理。

如果姜贩不再来寻找王某，这就成了无头案，船夫带着那二十万钱，逍遥在天台山中，王家仆人也不会受到处罚。

心平气和，规矩做人做事，明天的阳光依旧会灿烂耀眼。

乡官之死

张允蹈做信州永丰县（今江西上饶辖区）知县，有一次让主管官员找了二十个乡官到县衙来，准备整理夏季赋税的簿册。主管官员督察严厉，从早到晚，也不让人休息一下。

有个乡官夜间去上厕所，县衙中的小吏就提着灯笼跟着，乡官对他说：我马上就回来，你不用等着。但过了很久，那乡官也没回来，主管就认为他逃跑了。第二天上午，主管向张知县报告，有乡官擅自跑了，张彼时正在审一个案子。一白衣女子，拿着一张白纸在哭诉：我丈夫是个乡官，有几天没回家了，今天早晨，有人来告诉我，河上浮桥的柱子上，挂着他的鞋袜和头巾，还有一张纸，纸上写着说，他被押录苛酷地督促干活，连轴转，生不如死，已经投江自杀。我赶紧跑去看，发现那些东西真的是我丈夫留下的。张知县转头就问主管怎么回事，主管从衣袖里拿出刚刚送到的情况报告，张知县立即召集巡河士兵和百姓，沿河寻找打捞尸体，但都没有找到。张知县觉得可疑：那么个大活人死，怎么会死不见尸？但他没有做出决断，让事情先搁置起来。

三个月后，有人从长沙来，说是看见那乡官在街上摆摊，替人抄写文件和书信。主管听说后，自己出钱，雇了强壮的人马，将那乡官抓了回来。那乡官自然因为逃跑罪而被杖责。

张允蹈后来被调到另一个地方去做知县，也有一个乡官忍受不了这样的工作逃跑，他翻墙跑出去后，将衣服挂在桥上，径自投水。乡官的妻子来县衙申诉，张知县听后很生气：狡猾的乡官耍弄人，到处都一样，我清楚得很！他还立即让人将那乡官的妻子打了顿板子。不料，次日，距城三十里地的乡官报告说，在河滩上发现了一具尸体，张大吃一惊，赶快派人去查验，发现那乡官果然死了。

张允蹈后来被调任武陵（今湖南常德）太守，但他辞职而未去上任。此后，他寄居在吉州（今江西吉安），常常感慨地对朋友说起这两件事，他说，断狱审案绝不能只考虑一个方面。

（《夷坚志补》卷第五《张允蹈二狱》）

前一个乡官的假死，造成了后一个真死的被误判，这是典型的经验推理。在司法实践上，判例法可用，但也要具体情况具体分析。

在宋朝的政府制度设置中，乡官这一层级，不属于朝廷任命，但他们是县级政府和乡民百姓之间的重要媒介，他们起着十分重要的沟通与衔接作用，是桥梁，无论徭役还是税赋，都需要乡官去执行。

从上则笔记可以读出一些另外的信息，就是宋朝乡官的日子并不好过。不说他们怎么去直接面对老百姓，只说他们被县官抓差，如此苦不堪言，以至于不如死掉算了。这是何等的绝望！细细分析，白白干活，没有工资，人也得不到休息，还要受到呵责，凭什么要他们自觉树立起这么高的觉悟呢？逃跑才是正常。而县衙直接管理乡官，这就造成了一些素质不太好的县吏，像使唤牛马一样使唤乡官，将他们当贼防，最后出了人命。

张允蹈是从断案角度来认识乡官之死的，此一时彼一时，确实不能仅凭经验。即便两个案子表面完全相同，也不能被表面所迷惑。

一个杀人犯是如何脱罪的

绍兴八年（1138），临川人王瑊做饶州安仁县的知县，县里有个小官（我们权且称他为复生吧），年纪比较大了，办事经验老到，王瑊派他审理案子，复生对王知县说：办案是件很重要的公务，稍一马虎，就有无辜者被冤枉、重罪者逃脱的事发生。接着，他很详细地向王知县说了自己杀人、脱罪而逃过惩罚的亲身经历，之所以说出来，是因为这件事已经过去了四十年，朝廷也经过两三次的大赦了。

接下来，是复生的自述。

年轻时，我与一个大户人家的姑娘相好，后来被人知道了，姑娘的父母打骂她，要她和我断绝往来，我们被迫断了关系。后来，我忍不住又偷偷去找她，却被她拒绝，我一气之下，就杀了她。那时，我父亲是县里的押录，他见我杀了人，就对我说：你和那姑娘的事，人们都知道，你现在不能逃跑连累我们，你把刀子藏好，我带你去官府投案，审问你，你全部招供，千万不要抵赖，如果不说，那只会白白招来皮肉之苦。于是，我们将刀埋在床下后，就去县衙投案。

我坐牢后，我父亲请了长假外出，他对家里人说：我不忍心看到这小子被自己处死，现在我去外地散散心，到他被斩首后再回来。当天，我父亲就动身外出，他到了南康军（今江西星子县）后，就听说司理参军拟定判我杀头之罪，马上就要结案了。我父亲打听到推官家的住地和爱好，旁人告诉他说：他们夫妇都喜欢赌博，常常因为没有对手而苦恼。我父亲就让一个朋友去推官那里透风，说自己本钱多、赌瘾大，引诱推官上钩。

赌性极大的推官终于耐不住了，他将我父亲请去赌，从头天傍晚一直赌到第二天早晨，推官输了二十万钱，当场付了一半，其余的约定第二日去拿。第二天，我父亲上门要钱，推官却拿不出钱，见此情景，父亲就说了：本来就是弄几下好玩的，钱算什么！不仅不要钱，还将前一天赢的十万钱都还给了推官。推官感动至极，再三道谢。

过了几天，我父亲再上推官家门，送上十万钱，这时，推官有点惊异，不敢接受，我父亲就告诉他：有件事想请您帮忙。我有个儿子，没有杀人，却被抓进大牢，因为凶手没抓着，他也没法辩明自己是冤枉的。听说牢里本来就有要处死的犯人，我想请您将这杀人罪加到他头上，对于那死囚而言，并没有加重惩罚，而我儿子却能活命，如果能办到，那您对我真是恩重如山了。推官一听，就说：这不难办，我一定帮你做到。

这里有个前提，我一开始被审问时，供出了刀埋在床下，但县里派人去找刀却没找着，原来我父亲已经将刀转移到社庙边埋了，凶器找不到，自然也就结不了案。

过了不久，南康军的公文到达县里，县里也将情况上报了，我于是被释放。

复生讲完这件事，满脸的感叹：至今我想起从前的罪过，还是诚惶诚恐。由我脱罪的事，我联想到，其他办错的案件，岂止是一两件呢？！

（《夷坚志补》卷第六《安仕佚狱》）

复生父亲，临危不乱，一系列的精心运作，终于成功使儿子脱罪。

古代的司法，依然比较严谨，找不到关键的证据——那把刀，就无法定人死罪，即便自己承认了也不行，还要铁证才行。

作为押录的父亲，深知其中关节，痛痛快快认罪，免受皮肉之苦，他自有妙计。而州里的推官具体负责死刑的执行，既然没有证据，至少有权让犯人先不死，慢慢查清，这不算犯规，反正那死刑是板上钉钉要执行的。

复生在后面四十年的岗位上，或许堵住了许多类似的司法漏洞，至少，在他手里，坏人逃脱不掉。一个死而复生的人，他一定珍惜自己的生命，他不会再拿自己的性命开玩笑，他也要对得起为他奔忙的父亲。

然而，这都只是表面，复生、复生的父亲、推官，其实都是不折不扣的坏人，他们分别是杀人犯、包庇犯、渎职犯，转移证据，徇私舞弊，行贿受贿，一个坏人就这么脱罪了。

一个洗心革面后的杀人犯的真心话，反映出了宋朝漏洞百出的基层司法状况。

情爱连环骗

洪迈在《夷坚志补》卷第八中，接连写了五则情爱骗局，主角各式各样，骗子的手法大多相同，都是一步一步设套，不经意间，慢慢将冤大头往套里装，最后皆实施成功。因为篇幅都比较长，我根据情节演绎。

1

道州（今隶属湖南永州市）人吴约是个宣教郎，因为父亲补官，他家久住南方，本次去京城吏部候任等官，带了许多价值巨大的财宝在身边。吉州（今隶属江西吉安市）人李生，因为家里捐助朝廷而得官，他也去京城候任，也带了不少钱财在身边。

吴约住在高级旅店中，进进出出排场很大，一下子就被宗室赵监庙盯上了。赵开始不断和吴约套近乎，送盘水果，送一壶酒，让人替吴约洗个衣服，然后，又请他到家里喝酒吃饭，并让妻子卫氏全程陪同，卫氏长得令吴约醉迷，而卫氏公开在饭桌上和吴约眉来眼去，赵监庙假装看不见。

某天，赵对卫氏说要去金华出差，不久，吴约就收到了卫氏带来的充满诱惑的邀请函：下午来我这喝酒吧，老公出差了！接下来的场景是，两人酒喝着喝着，一直喝到了太阳下山，喝到了明月照窗，卫氏用迷醉的双眼望着吴约，并没有说话，但意思却十分明白：还等什么，咱们上床吧。正互相搀扶中，门外响起急促的敲门声，侍女报告赵监庙回来了。接下来的情节是，吴约起先藏到床下，赵对卫氏说，钱塘江风浪太大，过不了江，只得暂时回来住一晚，赵发现了床下的吴约，然后将卫氏捆绑起来拷打，卫氏一一招供，吴约无法抵赖，只有再三求饶，愿意赔钱，从铜钱一百万加到两百万再到三百万，并愿意将马匹及其他财物一并送出，写下悔过书，赵才答应不追究。

而李生呢？他住在清河坊旅店，旅店对面有一幢小别墅，常有一女子站在窗下看风景，只闻其声音，只见其双足，那妇人喜欢唱“柳丝只解风前舞，诮系惹那人不住”，而李生则一边打着节拍，一边叫好，两人配合非常默契，李生好想看一看那妇人貌，却一直没机会。

有一天，旅店门口有来卖永嘉黄柑的小贩，李生将他叫住，并兴起赌了一把，却一下输了万钱，李生于是叹气：一个柑也没吃到，却输了十千钱！过了一会儿，有个青衣小童捧着小盒来找李生：我们赵县君请您吃黄柑。李生有点摸不着头脑：我不认识你们赵县君呀，她是什么人呢？小童答：就是居住在旅店对面的赵大夫妻子，刚刚她都看到了您的事，她藏的柑不多，只是意思一下。李生瞬间顿悟，立即追问赵县君在哪里，小童答：在建康（今南京）拜会老朋友，都两个月了，还不回来。李生立刻想入非非。

接下的情节是，李生送赵县君各种礼物，赵县君送李生各种美味佳肴，两人你来我往，赵县君故意矜持，李生神魂颠倒。终于，在赵县君生日时，两人都变得干柴烈火，刚要上床，门外也传来了马的嘶鸣声，侍女跑进来说主人回来了。赵大夫拷打李生，李生自愿赔钱，从五十万铜钱，加到一百万再到两百万，写下悔过书，赵才答应不追究。

而真相呢？和吴约住一个旅店的客人告诉他：那妇女哪里是什么宗室之妻呢，都是阴险狡诈之徒，勾结妓女来诱骗你的。吴约有点不相信，次日再到赵监庙处一看，果然人去楼空。李生刚刚还庆幸用钱财消灾，用钱躲过了一桩丑闻，次日起来，朝赵大夫家一望，也早已杳如黄鹤。

吴约后来调任连州阳山县（今隶属广东清远市）知县，因为钱财损失太多，精神抑郁，又被乡人和亲友嘲笑，常常如喝醉了酒一样迷糊，还没来得及赴任就死掉了。李生则囊空如洗，官也没选成，只有黯然而归了。

2

杭州城中，大理寺正向巨源的儿子向士肃，这一天出门去拜客，两个随从跟着，他们走到军将桥时，目睹了这样一个场景：一个蓬头散发的女子哭着从对面走过来，一个穿着青色丝绸袍子像是将领模样的武士，手持宝剑，牵着驴子，骂骂咧咧跟在后面，还不时举起鞭子抽打女子，怒不可遏，随后是十来个身强力壮的士兵，大箱子、小箱子，肩扛手提，路上行人纷纷停下看热闹。小向也感到奇怪，就问随从怎么回事，随从告诉他：这不过是做了一笔生意罢了。小向还是不明白，随从立即跑去打听，一会儿，他回来说了事情的前后经过：

浙西路有个年轻官员（我们暂且喊他小梅吧）到吏部参加官绩考核，住在三桥黄家旅店的楼上。小梅每次上下楼，总看到一间挂着青色帘子的小房间，有个娇滴滴的美妇人进进出出，他一眼就喜欢上了，就问茶房是什么人，茶房皱着眉头答：这妇人，唉，我们店里的人都被她拖累三年了。小梅再追问原因，茶房再答：从前，有一个将领，带着妻子在房间里住了十来年，后来，将领说要去附近州郡，留下妻子看房，开始时，十来天就回来一次，到后来，那将领却一去不返，这妇人连饭钱都没有，店主只好一天供她两顿，后来，店主也吃不消了，只好让住店的客人轮流供她，唉，也不知道什么时候才能了结！

小梅听了很开心呀，他对茶房说：那我可以给她送食物吗？茶房答：恐怕不行，人家是正经女子，丈夫又外出，这怎么行！小梅不死心，又问茶房：那我略微送点东西给她总行吧，茶房说：那可以的。

后面的情节就简单了，顺利按着小梅的设想行进，一直行进到两人同床共眠。小梅如此快活地过了两个月，那妇人却有些担心：我天天上楼来，大家都看得到的，时间长了，别人就会怀疑，如果您换个房间，住到我隔壁房，那我们就方便了。这不简单嘛，换个房就是了。小梅于是更加快活。两天后的一个早晨，两人还没来得及梳洗，就见一个六尺多高的魁梧男人从外面进来，妇人一见，脸色大变，声音颤抖：我丈夫回来了！小梅吓得魂飞魄散，拔腿就跑。

接下的情节就是小向一行看到的场景，小梅跑掉后，所有财物却在房间里，都被大汉带人搬走。

小梅当初迷恋那妇人，足不出户，也没到吏部去考核，弄得灰溜溜返回。

3

还是杭州城，浙西路的郑主簿到京城办理调动，就在清河旅店住下。过了几天，衡州通判孙朝请也住了进来，他也是来办理调任的，孙住在郑的楼下。楼上楼下的，郑和孙每天都会碰见几次。

孙朝请人长得英俊潇洒，带着的几个士兵也都彬彬有礼，他一到京城，就忙着到各大衙门投递名片。几天之后，事情就有了眉目，有个高级官员，拿着尚书省的公文来，问孙朝请想去哪儿任职，孙就写了名州大郡，那官员没有答应，随后，他被确定调到建昌军（今江西南城）任职。不久，任命下达，就等着皇上召见了。

这天黄昏，孙朝请邀请郑主簿喝酒，喝着喝着，孙对郑说：我这次来京，还想买两个妾回去，前些时间，忙于调动的事，也没有去寻。我刚刚听说，吴知阁大人家放出了三个姑娘，就住在附近的“经纪人”家里，我想乘夜去看看，郑兄能和我一起去看看吗？

酒都喝到兴头上了，还有这等美事，郑难道还会拒绝？于是，两人一起到了“经纪人”的家里，看那三个姑娘，年轻的那个会音乐，身价八万，另外两个不太年轻，也不太美貌，却要价四五十万。原因嘛，人家回答得合情合理：年轻的那个，再过半年，雇佣期就满了，所以要价不高，另外两个，到吴家没多少时间，按契约，还要服务三年。孙于是出钱六十万，买了两个不太年轻的。郑主簿一看，八万，这么鲜活漂亮的一个姑娘，实在不贵，他还想，先买下，等她年纪大了，再转卖，不会吃亏，于是掏出八万纸币，收下吴家的契约后，带着小姑娘回店，而孙朝请先付了一万铜钱的定金，约定次日成交。

两人都抱得美人归，事情也办得很顺利，两人不禁又喝了好多酒。

三天后，郑主簿外出有事，委托孙照看一下房间。晚上回房，不见了小妾，赶紧下楼找孙，孙的房间也空无一人。郑立即上楼检查自己的行李，箱子里原来存放的许多银子和银票，均不见踪影。郑立即下楼，跑去找原来那户“经纪人”，不料却是一家酒店。郑再去寻访孙朝请的来历，才知道，他的任职文件，尚书省官员的文书，都是一帮狡诈之徒合起来造假的。

4

宣和年间，沈某将调动到京城做官，当时，他正年轻，好玩，身上又带着许多的钱，整天和住旁边旅店的郑某、李某一起喝酒进餐，寻欢作乐。

半年后，沈某对这种生活感到厌倦，他们几个就想到郊外去寻乐。

走着走着，经过一个池塘，塘边有个马夫在给几匹马洗澡，看到三人过来，马夫很客气和他们打招呼，沈某不解地问：这，你们都熟啊？郑和李答：这是我们的老朋友朝议郎王太守家的仆人。三人往前又走了几百步，李某对沈说：我们这样漫无目的乱走，还不如去王太守家玩，王家钱财多，美女多，对客人也热情，但他年老多病，小妾们都有另攀高枝的想法，我们去，太守一定会热情接待我们的。沈某一想，还有这等好事，赶紧的呀。

宽大的房屋，气派的建筑，三人兴致勃勃地拜访王太守。通报进去，王太守果然热烈欢迎，只是致歉身体不好，不能穿着官服见大家。酒过三巡，太守一阵咳嗽，喉咙里还冒出痰涌的声音，气也喘个不停，他就起身向三位道歉：看我这老病体，实在坚持不了多久，大家照常吃喝，我进去吃点药，稍微休息一下再出来！

沈某觉得很扫兴致，放下酒杯和郑李两人到外面散步，想告辞，却又舍不得走，突然，他们听到了厅堂中传出一阵阵快乐的欢笑声，从门缝望进去，七八个美貌姑娘在大桌子上玩牌正玩得高潮迭起。

沈某和郑某、李某自然要进去参与了，沈某的运气好，连赌连赢，很快赢得了上百万，还赢了不少首饰钗环。最后一把了，心跳加速的时刻，对方姑娘压上三百万，一局赌输赢，沈某自然输了，赢来的钱赔光，身上带着的几百万也全部赔进去。而他正想着再扳一局时，另一间屋里的王太守又大声咳嗽起来，姑娘们一哄而散，说是要跑去照顾太守。

就这样散了，沈某有点不明不白，毕竟是全部家当呢。沈某回到旅店，怎么也睡不着，天一亮就去找郑和李，想约着再去王太守家玩，从早晨等到中午，郑和李也没有出现。他就一人跑到王太守家，里面空无一人，一打听，人们说，这儿从来就没有什么朝议郎王太守，昨天晚上，是几个浪荡子弟和平康里的妓女们在里面喝酒赌博。

（《夷坚志补》卷第八《吴约知县》《李将仕》

《临安武将》《郑主簿》《王朝议》）

5

《袖中锦》中有一篇长长的《南宋杭州的骗子》，只不过，这五起骗局，差不多都是利用美色，第五起骗局的方式虽有点不太一样，本质上还是打着情爱的幌子。

南宋的京城，人口众多，繁华无限，具有滋生各种骗子的良好土壤。

吴约和李生，他们两个遭遇的情爱骗局，几乎是一个模式，都是钱赔光了，还要加上悔过书，“老公”才肯放过他们。那两个姓赵的“老公”，应该就是骗局的主要策划者，而那两个女子，也都是临时雇佣的“演员”，我相信，她们都是老演员了，熟门熟路，演技精湛，某种程度上也是同伙。

小梅的结局，也是霉字当头，倒了大霉。事件的主谋，有可能是“老公”，也极有可能是旅店的老板，从茶房的熟练程度看，上钩的已经不少了，要不，跟着小向的随从，一眼就能看出是老套路，他们也见得多了。

第四起的主谋应该是孙朝请，估计，他的通判身份也是假的，但他对官场这些套路极熟，应该也是老骗子，郑主簿以为捡到了宝，不想是个高级骗子。

第五起应该发生在北宋的都城开封，北宋灭亡以前，开封的繁华程度也不亚于杭州，尽管金人大军压境，不少官员们依然过着纸醉金迷的生活。

五起情爱骗局，给人的教训，大致说来有两个，首先是贪，贪色也是贪，有钱还贪色，人家骗的就是你；其次是不能露财，而有钱人要做到这一点，往往极难，他们面对的是一群职业骗子，或者局中设局，或者见招拆招，防不胜防。

而且，这五起骗局的主角，皆为去往京城候补或待选的官员，他们有一个共同的软肋——怕丑闻缠身，如果让主管官员的吏部知道了这样的丑事，非同小可，还想不想再当官了？丑事千万不要发生，用钱消灾吧。

一千年后，吴约和李生遭遇的情爱骗局，现代骗子还在用，从各地反腐败的案例看，那些跌进现代情爱圈子里的各类官员，就不仅仅是赔钱那么简单了。

舔铁锹口

胡乞买做北寿州下蔡县（今安徽凤台县）知县，善于处理政务。有一次，某百姓来报案说，他家有五亩瓜地，眼看瓜就要成熟，昨夜却被人挖了根和藤，现在，断根断藤的瓜都要死了。胡知县问他家离县城多远，瓜农答二十里，胡知县随即带了相关人员，骑马赶往现场。

胡知县到现场观察一番，随后让人找来瓜地附近的七八户人家，这些人都是瓜农，他们都按知县的要求，带着自家种瓜的铁锹，到了报案人的瓜田边。胡知县什么话也不说，拿过一把铁锹，就舔起铁锹口来，舔了一把又一把，舔完这些铁锹，他拿起其中的一把让随从再舔，什么味道？胡知县问。随从答：苦的。胡知县笑了：嗯。随后，胡知县把那带来苦铁锹的人喊过来：瓜是你毁掉的，你怎么这么坏呢？！那人一听，就跪下低头认罪：我与他家都种瓜，但他家的瓜早我五天成熟，到市场上卖鲜货，必定可以卖好价钱，我妒忌，所以做出这样的事来！

众人见此，纷纷交头接耳。胡知县随即判决：你们两家对调瓜地，但你家的瓜地只有三亩，所以，对调时间限定为一年。卖瓜季节过去，仍旧各归各。

还没完呢，胡知县又下令将破坏者痛打一百鞭，当场打，但没有留下记录，也没有判决书。

案子处理完毕，胡知县挥挥手，返身回县城去了。

（《夷坚志补》卷第九《胡乞买》）

铁锹有苦味，应该是铁锹的本味，那瓜农干了坏事后，担心被发现，于是将铁锹洗了又洗，而别的瓜农家的铁锹，天天在瓜地用，有甜味。

当然，这只是胡知县的常识判断，后面还要根据事实来佐证。

这个判决也挺智慧，对调瓜地，自己酿的苦酒自己喝，但还是少不了惩罚。

类似的小智慧判决，在古代笔记中比比皆是，那些传奇人物，比如狄仁杰、包拯、寇准、刘伯温、刘罗锅等，在他们的家乡，都有不少传奇的破案例子让人开怀大笑，这也是给当地留下的宝贵文化财富。破案方法常常出人意料，而又在情理之中，一下子让案情大白于天下，即便是犯事者，也口服心服。

比如寇准的一则断钱案，简单明了，让原告口服心服。原告砍柴，被告卖肉，原告说两千钱是自己辛苦砍柴挣得的，现在被卖肉的占有，不甘心，被告自然极力否认，说钱是自己辛苦卖肉攒的。寇准一听，计上心来，他让人搬来一只铁锅，再弄来一堆柴禾，将火生起来，把铁锅架上去，两千钱哗啦啦都被倒进铁锅，一会儿工夫，铁锅的水沸腾，冒出了一层油花，寇准将原告叫到铁锅前，大声责问：请看仔细了，这钱是你的吗？！

一阵哈哈大笑中，寇准轻松解决了纷争。

当然，那砍柴人，少不了要受些皮肉之苦了。

古墓只是土堆

衢州州衙的厅堂外面，有块地从地面上隆起，上面有许多竹木，相传是一座古墓。墓前原来有块碑，碑上刻着字：“五百年，刺史为吾守墓，前后相承，莫敢慢视”。绍圣元年（1094），齐安人孙贲来此做太守，便向衙门里的人询问土堆的事，他们就将古墓的事情说了，孙太守听后，决定平毁古墓。

平古墓的消息传出后，整个州衙的官吏们都惊恐万分，纷纷向太守提意见别这么做。但孙太守主意已定，坚决要平：即使里面埋的是先贤的骨骸，也要按礼制迁走。于是，孙太守亲自写了祭文祭奠，并让士兵们开始挖土堆。挖了一丈多深后，只发现了两块石头，五六尺长，坚硬而狭长，石板上有光泽，大树的根在石板上下缠绕着，孙太守起初还有点担心，见此情景，他放下心来，细读石上文字："乾符五年五月安于此，押衙徐讽龙山起砦处得二石。刺史李其题"。另外，还有一些字这样刻着："开宝七年（974）十月二日，重叠峨眉山于厅事前郡斋文会阁，移李公之石安置于此。刺史慎知礼题"。孙太守让人将两块石头移到州衙南院的冷堂边。

算起来，从李太守得到这两块石头，到慎太守移动它们，其间有九十七年时间，从慎太守移动石头，到孙太守将石头从土里挖出来，又有一百二十一年时间。不知道从什么时候起，这土堆就假冒为古墓了。孙太守干净利落地挖掉了土堆，破除了可能会永远蒙蔽人的传说。

张芸叟听到这件事后，很有感慨，他写了一首诗这样表达心情：芝兰虽好忌当门，何况庭前恶土墩。畚锸才兴双剑出，狐狸尽去老松蹲。百年守冢真堪笑，一日开轩亦可尊。安得掷从天外去，城都石笋至今存。

（《夷坚志补》卷第九《衢州郡厅疑冢》）

孙太守是有眼光的，他这么做的原因，显然是：堂堂州衙外有个古墓有碍观瞻。他认为，行过必要的礼节后，古人是不会怪他的，皇家官员行得正，为公事，不怕什么鬼神。

如果没有孙太守的决定，人们也许永远都不知道那古墓里面有什么。禁忌挡住了大家的眼，一般人的思维是，最好的办法，就是别动它。

押衙徐讽，在龙山的寨基上发现那两块石头，就是别致罢了，弄回到州衙门前，将其当作景观，并没有什么含义。关键是刺史李其，兴许闲着也是闲着，还亲自题词并安放石头，这就变成了一种官方行为。至于后来的慎太守，他也许想美化一下庭院，在衙门前的文会阁边弄了个假山，还像模像样，有点峨眉山的样子，假山堆好了，那就将那两块石头搬来吧，一起放到这儿！

至于那块外人能看到的旧碑，就是好事者用来吓人的。如果立碑者清楚知道是怎么一回事，那他就是故意恶搞，我猜极有可能他也是道听途说。既是古墓，那每年都会有人来添土祭扫，土越添越多，以至于竹木茂盛。

许多真相被揭开后，人们除了照例唏嘘感慨之外，并不会接受多少教训，没过多久，立刻就忘了。

由这个石头讹为古墓的事件，我还想到了那些有趣的考证。这里面学问很大，无论古今，都有不少人喜欢，考证就是弄清事情的来龙去脉。不过经常有笑话。比如刘基《郁离子》中的《工之侨》：好琴没有人欣赏，特意埋到土里一年，有意做旧，就成了古董。

《金石书画家笑史》上有不少笑话，曾经做浙江巡抚的阮元，就闹过一回：阮元有门生去京城考试，门生经过通州时，在路上买了一只烧饼充饥，饼的背面斑驳成文。他知道阮老师喜欢考证，就用纸将烧饼背上的图形拓下来，寄给阮老师，说是在某一古董店中见到这一古鼎，可惜没钱买，不知道是什么朝代的东西，特地将铭文拓出，请阮老师及各位专家考证一下，看是不是真的。阮老师收到信后，极其认真，当即组织专家力量协商考证，但各位专家的意见都不一样，最后还是阮老师一锤定音：这东西是北宋徽宗宣和年间某鼎的铭文。阮老师如此具体解释：你拓片中的某字，和宣和图谱中的某字相合，某字因年代久远而剥落了，某字因拓工手艺不精有点模糊，但从整体上看，你所看到的这个古鼎，应该是真的。

阮老师的那个学生收到信后，对自己这个恶作剧颇为得意，每次和朋友说起这件事，大家都笑得拊掌喷饭。

我忽然又想起某些号称“新潮”的书画家，拿起扫帚一样的笔，沾上墨，运上气，闭着眼，嗨嗨大叫两声，用力往大张宣纸上扫去，众人还不断起哄叫好。

唉，真是糟蹋了那些上好的纸！

你妻原来是我妻

建炎三年（1129），皇上驻跸在建康（今江苏南京），军校徐信和他的妻子晚上去逛夜市，累了，就在一家茶馆边休息。有人偷偷地看着徐的妻子，目光一刻也不离开，好像有什么话要讲。徐信发觉后，拉起妻子转身就走，但那人（我们权且称他为郝男吧）还是一路跟着，一直跟到了徐信的家门口，依然不肯离开。

徐信也颇有见识，他想此人一定有什么事，就询问了起来，郝男拱手作揖答道：我确实有事情想和您说，只是，您听后要保证不生气，我才敢和您说。我们去前边，找个人少一点的地方，我和您说。徐信和郝男走到一处僻静的地方，郝男开口了：您的妻子是不是某州某县姓某名某？徐一头雾水地看着郝男：是的呀。郝男顿时捂着脸哭了起来：这是我的妻子呀，我家在郑州，刚刚娶她两年，就碰上了金兵南侵，我们在慌忙逃难中失散，不料现在她做了您的妻子！

徐信闻此，也替郝男难过，徐信也说了自己的事：我是陈州（今河南周口市）人，也在那次兵乱中失散了妻子，情况和你差不多。我偶然到了淮南的一家乡村小店，碰上一位妇人，烂衣蓬头，坐在店外的地上，自称被逃兵抓走，兵们走不动了，就丢下了她。我于是脱下衣服让她穿，又送给她吃的东西，留她在店里住了一二天，就和她一起回来了。我不知道她是您的妻子，现在怎么办好呢？郝男答：我现在也另外娶了妻子，我妻子还有些积蓄

你妻原来是我妻

可以过日子，但想复婚已不可能了。您如果准许我和她再见一面，以慰离别之苦，我即便死了，也都没有怨言了。徐信本来就是个侠义之士，当即答应郝男：您明天就来吧，带上您现在的妻子，以免邻居说闲话！郝男一听，高兴坏了，叩头再谢离开。

第二天，郝男和后妻如期来到徐信家，徐出门迎接。远处走来的身影，让徐的心一下子拎紧，看着身影越来越近，徐信悲从心来，原来，郝男的后妻，正是徐信的前妻。四人相见，相拥相抚，各诉衷肠，号啕大哭。当天，徐信、郝男仍各复前婚。后来，两家仍如有婚姻关系一样，互相走动。

（《夷坚志补》卷第十一《徐信妻》）

无巧不成书，但此处的巧，合情合理。

其中情节，特别是徐信和郝男各自找回了自己妻子的场景，一定催人泪下，您尽可以充分想象，甚至将其演绎成一部曲折的传奇，我此处不再细叙。

北宋灭亡，赵构一行一路溃逃，百姓也吃尽了苦头。冯梦龙写的《卖油郎独占花魁》故事的背景，也是如此，秦重和父亲走失，花魁娘子和父母走失，被同村骗子拐到临安妓院。亲人失散，还算好的，更有人吃人的事不断发生。

洪迈在《夷坚志补》卷第九写有《饥民食子》，第二则讲的就是这个时期的事：金兵南犯，盗贼蜂起，荆南（今湖北荆州市）有某百姓带着一妻一子，逃难到城中，他家在乡下颇有财产，经常有钱、米送来，有次很久没有吃的东西送来，这人就和妻子商量，吃掉儿子活命（灾荒年份，人食人现象极其普遍，许多人不忍心，就易子而食）。妻子将儿子骗到内室，用绳子打个结扣，套住儿子的头，再将绳子的另一头丢出房来，里头妻子喊拉，外头丈夫就用力拉，拉了一阵，他感觉儿子应该断气了，就进屋去看，死的却是妻子。

残忍到食子，就是为了活下去，不然，大家都得死。这就是战争和灾荒造成的灾难，后人读了不寒而栗，然而，这却是真实的历史。

对徐信和郝男来说，你妻原是我妻，我妻原是你妻，他们可以如蝼蚁一样生存下去。

食挂

眉州（今四川眉山市）人朱师古，二十岁的时候得了一种病，慢慢地就吃不下东西，一闻到荤腥味就要呕吐。他做饭和煲汤都用一口平底锅，每次用锅时，都要将锅洗数十遍，不然就觉得有腥味，奇怪的是，每次吃完饭，他鼻中就会流出一滴血来。

因为厌食，朱师古越来越瘦，看了好多个医生，一点好转也没有。他只好到州里去拜见著名医生史载之。史一看朱的病，就对他说：俗辈不读经典医书，就随便行医治病，真是悲哀。你这个病，《素问》正经中就有记载，它叫“食挂”。人的肺有六叶，当它舒张的时候像个盖子，向下覆盖着脾，如此就子母气和，饮食甘美，一旦有病，肺就不能舒张，脾也被肺遮蔽，所以人就不想吃东西了，《素问》中这样说“食挂”：肺叶焦热，称为食挂。食物不能进入脾脏，久而久之，就得病了。

史医生给朱师古开了一个药方，要他自己去买药配制。朱师古买回了药，连续服用三天，看到别人吃肉，不再呕吐，觉得喷香，他试着吃了一块，并没有什么不舒服的感觉，从此后，朱就越发喜欢吃肉了，旧病完全没了影子。

史载之，擅长医术，中过进士，当时正做着眉州的太守。

（《夷坚志补》卷第十八《食挂》）

史载之，就是史堪，宋代著名医学家，政和年间进士，官至郡守。他治病用药，不求怪异；炮炙制剂，必依本法。望闻问切，精要准确，每病三四服药即愈。若疗效不大或没有疗效，则重新诊治审视，改用他方。

本则笔记记载的治疗朱师古的食挂，就是一个著名的案例，以理服人，以药愈人，可惜没有具体的药方。不过，他留下的两卷《史载之方》，共列病症三十一类，现今还有许多方子在被他人借鉴。

史载之还有另一则替蔡京治便秘的医案也很出名：蔡元长苦大肠秘固，医不能通，盖元长不肯服大黄等药故也。时史载之未知名，往谒之，阍者龃龉，久之，乃得见。已诊脉，史欲示奇曰：“请求二十钱。”元长曰：“何为？”曰：“欲市紫苑耳。”史遂市紫苑二十文，末和之以进。须臾遂通。元长大惊，问其说，曰：“大肠，肺之传送，今之秘，无他，以肺气浊耳。紫苑清肺气，此所以通也。”此古今所未闻，不知用何汤下耳。

那么多医生看了都不顶用，而史载之只用二十钱的紫菀就解决了问题，他断准蔡京肺气浊，以紫菀清肺气而获奇效。没有十足的把握，他怎么敢找上门去，自讨苦吃吗？

百病百方，即便是同样的厌食症，用药也会有区别。病人体质不一样，得病的原因不一样，反正有太多的原因让一种药方失去原有神奇的效果，故著名的医生，从来都是对症下药，别人眼里看似简单的草药，名医能化腐朽为神奇。

下棋赢个妻

蔡州（今河南汝南）有个小村童（我们权且称其为宋小超吧），棋艺高超，附近没人能胜他，小超的父母准备给他娶妻，他坚决不要：我们家门户低微，所娶的也不过是农家女，这不是我的理想，我要凭棋艺出去闯荡，说不定会碰上好姑娘。父母拗不过小超，只得随他。宋小超对外自称小道人。经过太原的真定（今河北正定）时，他每次都偷偷地看人下棋，看过他就有数了，没有人下得过他，他便直奔燕京。

当时燕京还是金人的首都，那里的第一棋艺高手是一个女子，自称妙观道人，宋小超就每天去她的棋铺看她下棋，每次妙观下错棋，小超都会指出她的错误。妙观担心被人们讥笑，就严肃地教训小超别乱说话，甚至不让他进入棋铺观看。这一下，小超发火了，就到妙观的棋铺前面专门租了一间房，上面还写个广告词："汝南小道人手谈，奉饶天下最高手一先"。见宋小超如此狂妄，妙观也气得不行，但她担心下不过他，不敢与他比试，于是就派了一个棋艺最好的张姓弟子去和宋小超比赛。宋小超先让张一子，张输了，又让三子，张又输。张弟子回来和师傅讲：这个家伙棋艺高超，恐怕师傅您也下不过他。

没过几天，好事者知道了这件事，他们募集了二十万钱，作为本次比赛的奖金，想挑起宋小超和妙观在寺庙斗艺。妙观暗地里派人找到宋小超，对他说：比赛规则是三局两胜制，如果你能输给她，除那二十万奖金外，另外再加你五万钱。宋小超的回答是：我不缺钱，她的钱我也不要，我只是喜欢妙观，我输给她的前提是她要嫁给我。妙观没有办法，只得答应宋小超。比赛时，宋小超果然输掉两局，但妙观胜后违约，只给钱而人不嫁。

此时，恰好金国有位皇族公子要举行盛大宴会，他们请宋小超和妙观来下棋助兴，皇族公子问小超：你和她的比赛，到底谁赢呀！宋小超答：妙观的棋艺并不高，上次比赛，我是故意输给她的。于是，皇族公子将妙观也请来，以十万钱作赌注，让他俩当场比赛。宋小超拿出五两金子说：我用这五两金子作赌注。而妙观不愿意比，借口是她没带金子。宋小超此时趁机对皇族公子说：如果妙观赢了，金子就是她的，如果我赢了，请公子准许我娶她为妻。在场的人听了都大笑不止，觉得太刺激了，都说这个主意好。

接下来的比赛中，妙观连输两局。但比赛结束，妙观又准备违约，不肯嫁给小超。这一回，宋小超向官府请求，他起诉了妙观，并请皇族公子作证人，最后，官府判他赢，他终于如愿以偿，娶到了妙观。

（《夷坚志补》卷第十九《蔡州小道人》）

这算一则趣闻，不过，宋小超的行为挺励志。

他在一路的观察过程中，知道了自己的棋艺不凡，并且，为达到娶妻的目的，他直接盯上了第一高手妙观。妙观几次违约，肯定出于无奈，或许就是碍于道人的身份，但那个时候，是准许道人结婚的，宋小超并没有违规。

不能怪好事者的行为，让两个高手在光天化日之下对决，从来都是一件让人注目的事，无论是棋艺还是别的武艺，观众的激情就在那剑拔弩张的紧张氛围中得到尽情释放，这实在是最高级的娱乐。

疑问是，宋小超普普通通，他的棋艺究竟来自何方？总不可能是天上掉下来的吧，难道真的是天人神授？棋艺越高，越让人生疑。

利用自己的一技之长，娶回漂亮的妻子，过上富裕的日子，想想那些细节，就像做梦一样。宋小超搂着妙观，梦中常常不自觉地发出笑声来。

六臂孩童

淳熙十年（1183），鄱阳县南乡有一村民的妻子，生下了一男孩，孩子从头到脚都与一般人没什么区别，只是两只胳膊下，各长了三条手臂，手臂挥起来的样子，极其怪异。母亲认为孩子是个怪物，便将他放进水盆中，准备溺死他，不久，那孩子就从盆中浮起，母亲又按下，又浮起，母亲在他身上加了一条凳子压着，不想又被孩子掀翻。当时，孩子的祖母就在边上看着，见此情景，忧心忡忡地说："这孩子恐怕是神灵化身而来，我们先把他养着，看以后如何。"于是家人将他洗好包起来养着。

这孩子后来长得越来越健壮，到八九岁时，家里让他放牛，有时候，别人家的孩子与他发生争执，他便六臂齐举，没有人能打得过他。如今，这孩子已经长到了十岁了。

（《夷坚志》补卷第二十一《鄱阳六臂儿》）

这无疑是一个特别的手臂畸形儿，虽怪异，却不影响健康。

历代笔记中，有不少关于畸形儿的记录，一般都将其当作异类看，或者归之于报应，并没有从生理、生殖的角度去研究。

从历史发展的长河中观察，现代有多少畸形儿，古代就有多少畸形儿，只是人口基数不一样，受到环境影响不一样，但可以确定的是，各类畸形儿，古代一定不会少，单单近亲结婚这一条，就极容易生出畸形孩子。

明代四大才子之一的祝枝山，号称“六指生”，就是因为比别人多了一根手指头。但六指、兔唇等，都是轻微的肢体缺陷，不会影响人的正常生活。

国外常有连体双胞胎的例子，甚至有的发育不全变成三只脚，不过，这种怪例发生的比率极小。

现代社会，假如有六臂之类的畸形出现，通过外科手术切除，一定不再是难事。

石头奇遇记

赵颁之从京城带着家眷到凤翔（今陕西凤翔）去任通判。家里的男子皆骑马，女眷都坐车，一妾因为怀了身孕，赵便让四个士兵用轿子抬着她走。关中士卒不太习惯抬轿，协调性比较差，突然，走在前面的一士卒被一块石头绊倒在地，轿子一倾斜，也就倒在了地上，赵妾于是从轿中摔了出来。一老年女仆急忙赶来，扶起赵妾，并一起坐在绊倒士卒的石头边安抚着她：啊啊，不吓！不吓！过了一会，赵妾才神情安定下来。

抬轿的四个士卒也吓坏了，他们请求赵妾不要告诉赵长官，赵妾看着屁股底下那块石头，一尺多宽，一寸多厚，一尺半长，很喜欢，想带回家做洗衣板，就对那四个士卒说：你们如果愿意将这块石头抬回凤翔，我就饶了你们，石头我有用处。士卒们一听，立即答应，他们共同出资，找了两个当地村民，将那石头抬回了凤翔赵的家中。

赵通判直到要去京城汇报工作时才发现了那块细腻光滑的石头，他一见也喜欢，就将它搬到书房。之后，有一位玉器雕琢工，到他家叫卖穿玉的彩带，看见了那块石头，摸来摸去，摸上摸下，看了好久，爱不释手。玉工对赵说：这块石头，可以分解成两块屏风，如果我能得其中的一块，我就可以琢磨它。赵答应了玉工的请求，玉工来到赵府，花了几个月时间，才将它们分为两块。只见那石头，如玉一般清亮晶莹，石头上显示出完整的白云、树木、山泉、山石形象，甚至还有飞鸦、翘鹭，更有渔翁坐于小舟上披蓑垂钓，这些图像都是天成，像极了王维、李思训笔下的山水画卷，真是罕见的宝贝。

那玉工将另一块屏风拿回家，又暗中将其裁为两块，他先将外面那块石屏风送给了皇上宠信的太监。太监随后就将其献给宋徽宗，徽宗高兴坏了，给了那玉工很丰厚的赏赐，并让人将石屏风做成了砚屏。玉工一五一十将玉如何得到、如何琢磨的经过说了一遍，宋徽宗立即下诏，让赵颁之火速将另一块石屏风送到皇宫，赵通判自然是一刻也不敢怠慢。当两块屏风一起陈列在宫中便殿的案几上时，那些奇珍异玩顿时失色。

几个月后，那玉工又对太监说出了自己的秘密：前面那两块石屏风，固然已经尽善尽美了，但正反两面的图案不太一样，显得有些不伦不类，而我这一块，正反两面图案完全一样，一点人工琢磨的痕迹也没有，这种宝物，只有皇上才可以拥有它。太监立即再报告宋徽宗，徽宗又给了玉工无数的赏赐，赵颁之也被提升为提举常平官。

（《夷坚志补》卷第二十一《凤翔道上石》）

石头成了发财和升官的敲门石，皆因为爱玩的宋徽宗。

历史上都这么评价，宋徽宗要是不做皇帝，那他会是一流的书画家，在书法和绘画方面，不说和同时代的专家比是第一第二，至少也是第一流的，自然他还有广泛的爱好，其中就包括对奇珍异玩的喜爱。虽然有人劝告，君主喜欢这一类东西常常是灭国的前兆，但他不是李世民，不可能听进去，于是花石纲、生辰纲什么的就弄得动静很大，一批奸臣也因此得宠得势。

绊倒赵妾的那块石头，真是遇了明主，这简直是天意，如果真一直做洗衣板，那就是明珠投暗，屈了人才，不，是屈了石才。

赵通判也算有点小眼光，他能将洗衣石变成风景石，但远远不够，玉工才是明主，识才的伯乐，如果不是他，风景石只能在赵通判的书房里附庸风雅而已，顶多，赵会在一场宴会之后，带着喝高了的情绪，当着客人面，将石头的来龙去脉戏说一番，还会叫来儿子：你和你妈妈都被它绊了一脚。说完，哈哈哈大笑几下，客人也陪着大笑几下。

有的时候，偶尔被哪块石头绊倒一下，你爬起来，真是要从容地打量一下它，如果不是宝贝，至少也是提醒你，千万不要生气，更不要飞起一脚，它不会痛，痛的只会是你的脚，你的心！

比干墓中的大铜盘镜

政和年间，朝廷向天下征集上古夏、商、周三代的器具。陕西转运使李朝孺、提点茶马程唐，派人在凤翔挖掘商代比干的坟墓。他们在墓中发现了一个直径为两尺的大铜盘镜和四十三片白玉，玉片长三寸、半指厚，上部圆而尖，下底呈方形，玉身晶莹透亮。李、程两位长官，将那些玉存放在秦州（今甘肃天水）的军需库，将铜盘镜献给了朝廷。宋徽宗下诏：前代忠贤比干的墓，怎么可以挖掘呢？诏令罢免李朝孺的职位，将铜盘镜送回比干墓中。

方山，是真州（今江苏仪征）六合县境内的大山，它四面平直，左右多有古丘。绍兴十二年（1142），附近村民在平整田地时，挖到了一座古墓，里面有一百多枚玉片，每枚玉片都是二寸长、一指宽，上部有一个小洞，与比干墓中发现的玉片形状差不多。这些玉后来被转运司中的某官吏得到，他带着那些玉片，从天长县（今安徽天长市）经过，还给县尉魏生看，魏请求送他一片，那官吏却没有答应。见识颇广的人都说，那玉极有可能是古代王公贵族殓尸用的押棺之玉。

（《夷坚志补》卷第二十三《比干墓玉》）

宋徽宗这回算有点见识，比干这样的忠臣、贤臣，不应该去动他的墓。但让人想不通的是，政府命令征集夏、商、周的古器具，天下百姓不挖墓又去何处找呢？或许，可以这样狡辩：我是让你搜集，并不是让你去挖墓呀！

河南新乡的卫辉市，有比干墓，据传是中国第一座有记载的坟丘式墓葬，墓地呈圆形，像心，寓意丹心，呈现宇宙之意。商纣王挖出比干的心，也成全了比干的万古英名。比干墓前有一石牌坊，左右分别有石刻的日月，中间依然有一心形石刻，寓意还是比干的忠心报国，日月照其丹心。

在比干墓地与日月石牌坊之间，有一亭，亭内有一碑，碑上有“殷比干墓”四个大字，相传为孔子挥剑所刻，世人尊此碑为天下第一碑。

看来，古人盗墓也是常事，曹操专门设摸金校尉，盗墓贴补经费不足，也算一条生财之道。

我常想一个问题，那些精美古玉之类的东西，有不少人当作宝贝挂在胸前，如果知道是押棺之玉，还会这样挂吗？

神秘种园翁

陈元忠是漳州龙溪人，他曾住在南海（今广州）。有一年，他去参加省试，途经南安（今江西大余），太阳已经下山，但离城还有不少路，于是便到当地一户百姓人家借住。该户的草房，掩映在茂密的竹子和树木中，风景怡人。主人年纪颇大，虽穿着麻衫草鞋，举止言谈却彬彬有礼，桌子上有一堆书闲散放着，陈仔细看了看，都是各类名著经典，他就好奇地问了：老人家是教孩子们读书吗？老人答：我不过是以种园为生。陈接着问：那家中的书拿来干什么呢？老人从容答道：偶尔翻一翻。陈又问：您经常进城吗？老人答：我已经十五年没离开这个地方了。

陈元忠和老人一直在闲聊，过了会，大风挟着暴雨而至，老人的两个儿子穿着蓑衣背着锄头，从外面匆匆跑进家。大儿子十八九岁的样子，小儿子十四五岁左右，他们放下锄头，和陈元忠礼貌地打过招呼后就退到一边去了。陈元忠观察到，他们的精神气质，一点也不像农家的孩子。老人端上豆浆招待陈元忠后，便不再与他说话。

次日晨，陈元忠离开，到了南安城，因有事，他就住了下来。一天，他随意散步到街上，发现那老人在街上慌忙地走着，陈元忠便追上去问：老人家，您说已经十五年没进过城，今天怎么突然来了呢？老人答：我有急事，不得不进城来！陈元忠再三追问，老人才告诉他是大儿子的事，大儿贩卖水果到关外，没有向官府纳税，现在已经被一关卡扣留。陈元忠热心帮助打听，才知道老人的儿子已经被押往郡衙。老人和小儿子一起赶到郡衙，听说大儿子已经被判了杖刑。老人对郡守说：我年老眼花，全赖两个儿子供养，他受不了杖刑，一旦儿子被杖死，我也就没有人养了，还是我来替他受刑吧。此时，老人的小儿子一步上前对郡守说：怎么可能让我父亲受刑呢，请让我代哥哥受刑吧！老人的大儿子认为罪在自己，表示心甘情愿接受官府的处罚。

公堂上热闹起来了，老人与他的两个儿子争执不下。过了会儿，小儿子走到父亲跟前，靠近他耳边说了几句，老人听了便大声责骂儿子，但小儿子的眼朝着郡守看，似乎有什么话要讲，此时的郡守，心中已经有了疑问，便问他们到底何事，小儿子答：我父亲原是带职的正郎官，宣和年间（1119—1125）曾多次担任过州郡长官。老人闻此，立即拉过小儿子，对郡守说：我儿子一派胡言。郡守看出点名堂来了，这里面一定有故事，他就问老人的小儿子，朝廷任命他父亲官职的文件还在不在，小儿子答：早已经被捆作一把装在一个瓦罐中，如今被埋在山下。郡守便派小吏随老人的小儿子去挖取，果然找到了官府的任命文件。郡守当即请老人到堂上坐，并向老人道歉，也当场释放了他的大儿子。

第二天，郡守亲自到老人家中去拜访，到了才发现，彼家已经空无一物了。

（《夷坚志再补·种园翁》）

神秘种园翁，原来是级别不低的中央政府部门官员，多次做过郡守。

想来，郎官已经十分厌倦官场，尔虞我诈，虚假客套，他不想两个孩子和他一样，陶渊明式的田园生活，是他的毕生理想。所以，陈元忠偶然借住他家，发现隐在竹树中的茅屋别有一番风景。

一定是某个突如其来的事件，让本来就内心充满抵抗的他，感到严重不适应，于是，他带着老婆、孩子悄悄地遁隐了。郎官的乡居生活，悠闲而充实，他肯定不是偶尔看看书，他也不是不管儿子们（从儿子们和他争杖刑过程看，教育相当成功），他只是想换个空间，换个场景，这里的天与地宽阔无边，空气清新洁净，无杂尘烦事打扰，自由已经成为他生命中的重要一部分。十五年不去城市，这没有什么，如果不是大儿子出事，城中他不会踏上一脚。

如果不是大儿子出事，这位神秘的郎官，依旧会神秘下去，一直神秘到他成为大地中的一粒尘埃为止。陈元忠不会知道这位郎官，洪迈不会知道这位郎官，我们今天自然也肯定不会知道这位郎官了。

由郎官大儿子被抓的事件看，官府对税收还是紧抓的，一点水果也逃不掉，且处罚也极为严厉。

郡守第二天上门看望郎官，是一种礼节和尊重，可是，郎官早已不是郎官，他留下了小说一样的结尾，再次神秘遁隐。

后记

洪迈为我们留下了两本大书，洪迈自己也是一本大书。

几十年来，我经常读他的笔记《容斋随笔》和《夷坚志》，时常与他交会在那些千奇百怪的世界中。

庚子年，史无前例的新冠疫情将人裹足在家，我用了整整四个月的时间，写完《夷坚志新说》，重温与解构，激活与见识，每天都与洪迈交流，一直沉浸在两宋长长的时空中。或许是疫情的焦虑，这一百余条新说中，后来数了数，竟然有三十来条与医学有关，一想又释然，和疾病斗智斗勇，乃人类生存的永恒主题。写作时，有一个强烈的愿望，就是想去一下洪迈的老家鄱阳，看一看他的墓，看一看鄱阳。心想事成，去年十月，我终于到了鄱阳。

鄱阳是古代饶州州府所在地，一座伫满历史文化因子的千年古城。鄱阳除了洪迈，洪迈的父亲洪皓，洪迈的两个哥哥洪适和洪遵，都极有名，人们并称“四洪”，东晋陶侃之母湛氏，南宋文学、书法和音乐皆一流的大腕姜夔，还有历史上到鄱阳和饶州任过职的吴芮、颜真卿、范仲淹、王十朋等，他（她）们都是鄱阳历史上重要的文化符号，一起构建了鄱阳厚重的文化底蕴。

我专门去双港镇蒋家村看洪迈，这是一场迟到的问候。从鄱阳县城出发，半个小时就到了蒋家村，车子在逼仄的村道中缓行，洪迈的墓就在龙吼山。往山上走几分钟，看到一个台门，两根罗马水泥圆柱，上有横梁，梁上一行红漆泡沫字已经剥落，不过，字迹依然可以辨出：宋洪迈生先墓址。台门往里，洪迈的墓就在中间，狭窄得很，因为两边都有坟挤着他，左边一座气派的大坟，右边两座坟，一小一大，小的应该是百年以上的老坟。我站在洪迈墓前细看，极普通的大理石，碑上标着2004年立，墓前有护栏，上有一块宣传板，风吹雨淋日晒，板面已经发白，三合板和架子分离，一切的细节，一切的迹像，都表明有些落寞和寒伧。

我在洪迈墓前静静伫立，一时感慨颇多，来也匆匆，没带一束花，没带几支香，有些遗憾，更觉得有些悲凉，倒不是说一定要有一座豪华的洪迈墓，我只是想有更多的人来纪念他。

鄱阳回杭没多久，《人民日报》海外版刊发了我的《鄱阳的鄱》，临近中午，鄱阳文旅集团的汪懋良先生联系了我。汪兄是文旅集团的董事长，平时一直关注研究洪迈，他说，鄱阳很幸运有了洪迈，他与我细聊洪迈，颇为专业。我们聊了刚出版不久的笔记新说盒装系列，里面《字字锦》写到洪迈，他说已经买了几套，并在认真拜读。汪兄又继续问我还有没有专门写洪迈的书，我说《夷坚志新说》刚和出版社签了出版合同，电话那头，显然听出了他的兴奋，随后，仅一周时间，鄱阳文旅集团就与出版社签约，为本书另外制作腰封，专门为鄱阳文旅加印八千册。本书的出版，鄱阳开心，出版社开心，我自然也开心，我甚至认为洪迈也挺开心，家乡人民，如此重磅宣传《夷坚志》，对洪迈来说，是最好的褒扬方式。

如序言中说，洪迈的《夷坚志》，写作持续贯穿他一生，是一部大书，奇书，博杂广深，它是经典，需要常读。我的解读，实属挂一漏万，纯粹个人眼光，你如果喜欢《夷坚志》，完全可以写一本自己的夷坚志新说。

鄱阳湖聚集了世界上 98% 的湿地候鸟群种，蓑羽鹤是它们的代表，个头虽不大，但它能飞过珠穆朗玛峰，洪迈像极了此鹤，《夷坚志》中显现的智慧光芒，洞透八百多年的时空，今日依旧灿烂。

飞龙在天　辛丑端阳

杭州问为斋